Deux mois pour t'aimer

Alliée à son ennemi

MAUREEN CHILD

Deux mois pour t'aimer

Traduction française de
PATRICIA RADISSON

PASSIONS

HARLEQUIN

Collection : PASSIONS

Ce roman a déjà été publié en 2018

Titre original :
THE TEMPORARY MRS. KING

HARPERCOLLINS FRANCE
83-85, boulevard Vincent-Auriol, 75646 PARIS CEDEX 13
Service Clients — https://www.harlequin.fr/contenu/contactez-nous
ISBN 978-2-2805-2037-9 — ISSN 1950-2761

Édité par HarperCollins France.
Composition et mise en pages Nord Compo.
Imprimé en juillet 2025 par CPI Black Print (Barcelone)
en utilisant 100% d'électricité renouvelable.
Dépôt légal : août 2025.

MIXTE
Papier
FSC FSC® C159065

Pour limiter l'empreinte environnementale de ses livres, HarperCollins France s'engage à n'utiliser que du papier fabriqué à partir de bois provenant de forêts gérées durablement et de manière responsable.

1

Sous le choc, Sean King faillit s'étrangler avec sa bière.

— Accepteriez-vous de m'épouser ? répéta la voix suave.

Sean reposa sa chope sur le comptoir du bar en toussant puis se tourna vers la jeune femme qui venait de l'interpeller.

Il ne fut pas déçu, car elle valait vraiment le coup d'œil.

Ses cheveux noirs, ses yeux d'un bleu très doux, sa peau couleur de miel, ses hautes pommettes et ses sourcils délicats, jusqu'à son air résolu, elle était ce qu'on appelait une beauté.

Comme elle passait sa langue sur ses lèvres, il s'autorisa un bref regard vers le reste de sa personne. Elle portait une courte robe bain-de-soleil jaune vif, qui dévoilait de magnifiques jambes fuselées. Ses sandales blanches découvraient de jolis pieds aux ongles rouge vif.

Reprenant ses esprits, il demanda, mi-figue mi-raisin :

— Ne croyez-vous pas que nous devrions d'abord dîner ensemble ?

Elle lui décocha un bref sourire. Après un regard circulaire autour d'elle, elle répondit à mi-voix :

— Ma proposition doit vous paraître étrange, mais...

— Etrange ! s'exclama-t-il en riant. Le mot n'est pas assez fort !

— Mais, poursuivit-elle sans se démonter, j'ai mes raisons.

— A la bonne heure ! dit-il en levant sa chope dans sa direction. Bonne soirée.

La jeune femme le relança :

— Vous vous appelez Sean King, et vous êtes ici pour rencontrer Walter Stanford.

Intrigué, il la scruta de plus près.

— Les nouvelles se propagent vite sur cette petite île, remarqua-t-il.

— Encore plus vite dans mon cas, puisque Walter est mon grand-père.

— Votre grand-père ? Ça veut dire que vous êtes...

— Melinda Stanford, répondit-elle en lançant autour d'elle un regard gêné.

Elle, la petite fille du riche propriétaire de cette île ? Cela paraissait un peu invraisemblable.

— Ça vous dérangerait de vous installer à une table avec moi ? proposa-t-elle. Je préférerais que notre conversation demeure discrète.

Et pour cause ! songea-t-il. Il n'était guère d'usage de se présenter à un homme en lui proposant le mariage ! Cette jeune femme avait beau être très jolie, il lui manquait sûrement une case ! Sans attendre sa réponse, elle se dirigea vers une des tables vides du bar de l'hôtel.

Il la suivit du regard. Devait-il la suivre ou pas ? Malgré sa radieuse beauté, elle semblait un peu dérangée.

Elle s'assit dans le coin le plus sombre de ce bar autrefois élégant, qui donnait quelques signes de vétusté. L'hôtel avait connu son heure de gloire trente ans auparavant, mais n'avait pas su se mettre au goût du jour. Le plancher de beau bois bien ciré s'affaissait un peu par endroits, les fenêtres étaient trop petites, et les murs auraient eu besoin d'un sérieux coup de frais. Il avait cependant de beaux restes. De style art déco, il était tout en courbes gracieuses, avec des meubles en marqueterie délicate, des lampes Tiffany du plus bel effet. L'ensemble donnait une impression de classe, qui avait grand besoin d'un coup de jeune. S'il en était le propriétaire, songea-t-il, il garderait le style années trente, mais percerait de grandes baies vitrées, pour que les clients de l'hôtel jouissent de la merveilleuse vue sur l'océan. Déformation professionnelle, s'amusa-t-il. A force de bâtir, il ne pouvait s'empêcher de remodeler tous les bâtiments qui lui tombaient sous les yeux.

Mais ce bar ne lui appartenait pas, et il se trouvait en présence d'une jolie femme un peu étrange. Et puisqu'il ne rencontrait Walter Stanford que le lendemain matin, il avait quelques heures libres devant lui...

Il la rejoignit finalement en souriant et s'assit en face d'elle en allongeant confortablement les jambes. Sa chope à la main, il attendit qu'elle se lance dans ses explications. Il n'eut pas à attendre longtemps.

— Je sais que vous êtes ici pour acheter la terre du North Shore, dit-elle.

— Ce n'est un secret pour personne, répondit-il en avalant une gorgée de bière.

Délicieuse, d'ailleurs, la bière locale, se fit-il la réflexion. Quand ils obtiendraient le feu vert et que son cousin construirait son complexe hôtelier, il lui conseillerait de proposer cette marque au bar de l'hôtel.

— Il y a des King qui négocient avec votre grand-père aux quatre coins de l'île, poursuivit-il.

— Je sais, répondit-elle, d'une voix à la tonalité à la fois bon chic bon genre et terriblement sexy. Lucas King a obtenu un rendez-vous avec mon grand-père, il y a deux mois. Cela n'a rien donné.

Agaçant mais vrai, songea-t-il. Lui-même avait déjà eu l'occasion de parler une fois au téléphone avec Walter Stanford, et cela ne s'était pas bien passé. Cette fois-ci, il s'était déplacé en personne pour rencontrer le vieil homme le lendemain.

Tesoro était une des plus petites îles privées des Caraïbes. Ici, Walter Stanford régnait en maître, tel un seigneur féodal. Il y possédait la plupart des entreprises et protégeait l'île des nouveaux arrivants avec la vigilance d'un pitbull.

Or, il se trouvait que Rico King, son cousin, voulait étendre son empire hôtelier et construire un complexe de luxe dans cette île. King Construction, l'entreprise qu'il dirigeait avec ses deux demi frères Lucas et Rafe, serait partenaire du projet. Mais sans le vaste terrain qu'ils convoitaient, pas d'hôtel possible. Voilà pourquoi, depuis des mois, la famille se relayait auprès de Stanford pour le convaincre des avantages qu'il tirerait de la présence d'un King Hotel sur son île. Des emplois supplémentaires, un accroissement du tourisme et beaucoup d'argent dans les caisses des commerçants locaux.

Rico était venu le premier rencontrer le vieil homme. Suivi par Rafe, puis Lucas. Maintenant, c'était son tour à lui. Sa famille l'envoyait toujours au feu quand une affaire se présentait mal. En général, son charme et sa décontraction emportaient le morceau. Il savait s'y prendre, sans jamais dévoiler sa méthode.

— Je ne suis pas Lucas, dit-il. Je conclurai l'affaire avec votre grand-père.

— N'y comptez pas ! On ne fait pas plus têtu que lui.

— Vous ne connaissez pas les King ! Plus obstinés que nous, ça n'existe pas !

Elle se pencha vers lui. La profonde échancrure de sa robe bain-de-soleil révéla des seins pleins, et un soupçon de soutien-gorge en dentelle. Il détourna le regard à contrecœur.

— Si vous voulez vraiment ce terrain, il existe un moyen infaillible de l'obtenir, affirma-t-elle.

Il émit un petit rire en secouant la tête. Cette jeune femme était certes très avenante, mais il ne voulait à aucun prix d'une nouvelle femme dans sa vie. Encore moins d'une *épouse*. Il obtiendrait ce contrat avec le vieil homme par ses propres moyens, sans avoir recours aux services de Melinda Stanford.

— J'ai compris ! dit-il en riant. Selon vous, je n'obtiendrai ce terrain qu'en vous épousant !

— Exactement.

— Vous êtes sérieuse ? demanda-t-il en fronçant les sourcils.

— Tout à fait.

— Vous... vous êtes sous médicament ?

— Pas encore, marmonna-t-elle.

Puis à voix plus haute :

— Mon grand-père rêve de me voir mariée, avec une ribambelle d'enfants autour de moi.

Il frissonna. Ses frères et de nombreux cousins avaient sombré dans le mariage, ces derniers temps. Même Lucas, l'an dernier, était tombé dans le piège. Mais pour lui, pas question ! Il y avait eu droit une fois et en conservait le souvenir d'un cuisant échec. Fort heureusement, aucun membre de sa famille ne connaissait sa brève incursion dans la vie maritale.

Non ! Sous aucun prétexte il ne se remarierait.

— Bonne chance, dit-il en se levant de table.

Mais elle s'était penchée et le rattrapa par la main.

Il sentit une brûlure instantanée au creux de sa paume et s'immobilisa. Le corps soudain en émoi, il croisa le regard de la jeune femme, et y lut la même surprise, la même émotion involontaire. Il avait l'art de maîtriser ses désirs face aux femmes qui l'attiraient. Depuis longtemps, il ne laissait plus son sexe prendre les décisions à sa place.

Pourtant... la sensation de chaleur diffuse persistait. Pour s'en prémunir, il retira sa main. Cet attrait soudain, il le refusait, il pouvait s'en passer.

— Ecoutez-moi, au moins, lui dit-elle.

Les sourcils froncés, il se rassit. Il ne voulait pas prendre le risque de froisser un des membres de la famille avec laquelle il venait conclure une affaire.

— Dans ce cas, dépêchez-vous, répondit-il.

— Disons... mon but est que vous m'épousiez.

— Ça, je l'ai compris. Mais pour quelle raison ?

— C'est logique.

— Dans quel univers parallèle ?

— Vous voulez le terrain pour que votre cousin y construise un hôtel. Moi, j'ai besoin d'un mari temporaire.

— Temporaire ?

Elle eut un petit rire profond et musical. Elle secoua la tête, et il observa, fasciné, ses cheveux noirs former un halo mouvant autour de son visage.

— Evidemment, temporaire ! Vous ne croyez tout de même pas que je faisais une demande en mariage pour la vie à un homme que je ne connais même pas ?

— Comment savoir ! Moi non plus, je ne vous connais pas !

— Bien, dit-elle en redevenant sérieuse. Voici le marché : quand vous allez rencontrer mon grand-père, il va vous suggérer une fusion-mariage.

— Comment le savez-vous ?

— Parce qu'il a déjà essayé au moins trois fois.

— Pas avec Lucas et Rafe, en tout cas.

— Parce qu'ils sont déjà mariés !

— Hum... logique.

Pourquoi tentait-il de comprendre une situation qui ne tenait pas debout ?

— Mon grand-père va vous proposer de vous vendre la terre si vous m'épousez. Je vous demande d'accepter sa proposition.

— De vous épouser ?

— Temporairement.

— Temporairement, cela représente combien de temps, à vos yeux ?

Le seul fait de poser cette question paraissait surréaliste. Il n'en revenait pas lui-même. Temporairement ou pas, il ne voulait pas entendre parler de mariage. Il était venu sur cette île dans le seul but d'acheter ce magnifique terrain pour son cousin.

Point final.

— Deux mois devraient suffire, répondit-elle après réflexion. Grand-père est persuadé qu'un mariage arrangé peut durer. En ce qui me concerne, je n'y crois pas un instant.

— D'accord avec vous, sur ce point, approuva-t-il en levant sa chope de bière dans sa direction.

— Voici mon point de vue : si nous restons mariés deux mois, grand-père pensera que nous avons essayé, et que ça n'a pas marché. Deux mois, c'est assez long pour le calmer, et assez court pour ne pas trop nous importuner mutuellement, vous et moi.

Désarçonné par le tour que prenait cette conversation, il regarda pensivement son interlocutrice.

— Je vois, dit-il. Et en quel honneur avez-vous jeté votre dévolu sur moi pour devenir votre époux temporaire ?

Elle tambourina des doigts sur la table. Elle donnait l'apparence d'une femme décontractée, mais ses nerfs la trahissaient.

— J'ai effectué quelques recherches à votre sujet, déclara-t-elle.

— Pardon ?

— Je n'allais tout de même pas épouser n'importe qui.

— Je vois...

— Vous avez fait d'excellentes études universitaires, dont vous êtes sorti major. Votre diplôme en poche, vous êtes entré dans le monde des affaires avec deux de vos demi-frères. Vous avez à la fois l'expertise et la capacité de résoudre les difficultés. Votre famille fait souvent appel à vous. Vous habitez un bel immeuble rénové à Sunset Beach, Californie, et vous adorez les cookies de votre belle-sœur.

Il but une rasade de bière. Il ne prenait aucun ombrage des recherches entreprises à son sujet par cette femme, et se moquait éperdument de ses propos.

— Sur le plan affectif, vous ne vous engagez pas. Vous êtes un monogame en série, vous quittez toujours une femme avant de vous lancer dans une nouvelle aventure. Vos ex vous apprécient, et cela me donne à croire que vous êtes un type bien. Même si vos relations... sentimentales sont toujours de courte durée.

— Pardon ?

— Votre relation sentimentale la plus longue date de la fac. Elle a duré environ neuf mois. Je n'ai pas découvert la cause de la rupture...

Et elle pourrait toujours courir pour la découvrir, décida-t-il. Belle ou pas, cette femme commençait à l'agacer.

— Ça suffit, dit-il en se penchant par-dessus la table et en plongeant ses yeux dans le magnifique regard bleu de

Melinda. J'achèterai ce terrain, et je le ferai à ma manière. Vos manigances ne m'intéressent pas, ma petite. Adressez-vous à quelqu'un d'autre.

— Attendez, supplia-t-elle, les yeux écarquillés comme sous le coup d'une intense panique.

Malgré lui, il se sentit fléchir.

— Tout cela est mal engagé, ajouta-t-elle. Excusez-moi de vous avoir offensé.

— Je ne suis pas offensé. Votre proposition ne m'intéresse pas, c'est tout.

Melinda sentit son cœur battre plus vite. Elle s'y était mal prise, et la perspective d'un refus définitif la paniquait. Respirant profondément, elle se lança :

— Donnez-moi une seconde chance, voulez-vous ?

Il lui adressa un regard méfiant, sans pour autant se lever. Un bon signe, jugea-t-elle. Par où commencer ? Aussi bizarre que cela puisse paraître, elle avait jeté son dévolu sur Sean King des semaines auparavant, dès le moment où elle avait appris sa venue dans l'île. D'où les recherches qu'elle avait effectuées sur internet. Cependant, elle avait omis d'établir une stratégie convaincante pour exposer sa proposition sans passer pour une folle.

— Bon... revenons un peu en arrière, expliqua-t-elle. La vérité, c'est que je rentrerai en possession d'une grosse somme d'argent, provenant de fonds de placement, le jour où je me marierai. Avec cet argent, je vivrai enfin ma vie comme je l'entends. Ne vous méprenez pas, j'aime mon grand-père, il est adorable. Mais, ajouta-t-elle en secouant la tête, il est terriblement vieux jeu. Il pense que les femmes ont besoin d'un mari et d'enfants. Et il dépense beaucoup d'énergie à me trouver un époux. J'ai pensé que... si je pouvais m'en trouver un à mes conditions...

— J'ai bien compris, mais pourquoi moi ? répéta-t-il.

— Parce que nous y trouvons tous les deux notre compte,

dit-elle, soulagée qu'il veuille bien l'écouter. Vous obtenez le terrain, je touche mon argent. Ensuite, nous divorçons, et le tour est joué !

Comme il n'avait toujours pas l'air convaincu, elle s'enhardit :

— Je pourrais... vous payer pour le temps que vous me consacrerez.

Elle essuya un regard courroucé.

— Vous me paieriez pour vous épouser ? Pour qui me prenez-vous ? Je n'ai que faire de votre argent !

Cette réaction irritée ne fit que la convaincre davantage. Avec lui, elle faisait le bon choix. Des millions d'hommes auraient été plus qu'heureux d'accepter son argent. Même s'il était riche, son refus était tout à son honneur.

— Je comprends, dit-elle. Mais votre cousin et vous souhaitez construire un hôtel à Tesoro, oui ou non ?

— Oui.

— Et pour le construire, il vous faut ce terrain, oui ou non ?

— Oui.

— Pour obtenir ce terrain, vous avez besoin de *moi*. Vous ne me croyez pas, et c'est bien dommage. Vous avez rendez-vous avec mon grand-père demain, n'est-ce pas ?

Il hocha la tête et elle poursuivit :

— Parfait. Dans ce cas, pourquoi ne dînerions-nous pas ensemble ce soir ? Nous pourrons reparler de tout ça, et peut-être parviendrai-je à vous convaincre ?

Après un instant d'hésitation, il esquissa un sourire.

Melinda frémit. Cet homme exsudait charme et sensualité à un point qu'elle avait sous-estimé sur les photos. La situation présentait peut-être un danger, après tout, se dit-elle pour la première fois.

— Un dîner ? Pourquoi pas. Une occasion de dîner avec une jolie femme, ça ne se refuse pas. Mais je vous préviens, je suis absolument réfractaire au mariage.

— Je sais. C'est pourquoi vous êtes l'homme de la situation.

— Je n'arrive pas à décider si vous êtes folle ou pas, s'exclama-t-il en éclatant de rire.

— Pas folle, rectifia-t-elle. Déterminée.

— Belle et déterminée, murmura-t-il. Quelle dangereuse combinaison !

Elle refusait de se laisser séduire par King. Pourtant elle ne pouvait nier qu'il lui faisait de l'effet. Passant outre, elle suggéra :

— Il y a un restaurant qui s'appelle Chez Diego, en ville. Retrouvons-nous là-bas à 19 heures.

— J'accepte le dîner, pas le mariage, dit-il avec un sourire entendu.

Elle le regarda s'éloigner. Il était grand et élancé, et se mouvait avec la grâce nonchalante propre aux hommes sûrs d'eux. Sean King répondait à toutes ses exigences.

Pourvu qu'elle soit de taille à faire affaire avec lui.

Au bout de la jetée, regardant les bateaux de pêche rejoindre le port, Sean appela Lucas sur son portable.

— Vieux, que sais-tu de Melinda Stanford ? demanda-t-il.

— C'est la petite-fille de Walter Stanford.

— Mais encore ?

— Que veux-tu que je te dise d'autre ?

Ce serait trop long à expliquer au téléphone, décida Sean. Il s'enquit :

— Est-ce que tu l'as rencontrée quand tu es venu à Tesoro ?

— Brièvement. Mon séjour entier a été bref, d'ailleurs. Walter a dit « non » si vite que je n'ai même pas eu à défaire ma valise avant de repartir vers la civilisation !

Pensif, il hocha la tête, les yeux fixés sur l'océan.

— Déjà en difficulté ? reprit Lucas. Le charme légendaire de Sean King n'opère pas ?

Il éclata de rire en rebroussant lentement chemin.

— Je t'ai dit que j'obtiendrais l'île, et c'est ce qui va se passer, affirma-t-il.

— Bonne chance avec le vieux ! Je crois qu'il est immunisé contre le charme !

— C'est ce qu'on verra !

Melinda avait choisi Chez Diego car c'était un petit restaurant populaire gai, bourré d'autochtones et de touristes. On y servait les fruits de mer et le poisson à de petites tables carrées recouvertes de nappes rouges. Des bougies donnaient à l'ensemble un joyeux air de fête. Les tables du petit jardin à deux pas de la plage offraient une plus grande intimité. Mais ce qui coupait le souffle aussi bien à l'intérieur qu'à l'extérieur, c'était l'extraordinaire vue que le restaurant donnait sur la mer, que pour l'heure, la clarté de la lune moirait d'argent.

Un souffle d'air venu de la mer souleva ses cheveux au moment où elle s'asseyait. L'automne à Tesoro se montrait capricieux. Tiède dans la journée, la température baissait la nuit.

Cependant, songea-t-elle en sirotant une gorgée de son vin blanc bien frais, ce soir, ce n'était pas la température qui la rendait fébrile. Serait-ce Sean King ?

Non ! C'était impossible, elle combattrait toute éventuelle attirance envers lui. Aucun homme ne l'intéressait pour le moment, et il en serait sans doute ainsi pour toujours. Elle traitait une affaire d'importance, dans laquelle King et elle devaient écarter toute question de sexualité.

Elle avait des papillons dans l'estomac, ses doigts couraient nerveusement le long du pied de son verre. Elle n'arrêtait pas de se répéter que ce qu'elle s'apprêtait à faire était la seule solution envisageable.

Il lui fallait un mari.

Conclusion logique : prouver à Sean King qu'il était l'homme de la situation.

— Aucune pression, se murmura-t-elle, ironique.

Quelque chose attira son attention. Qu'était-ce ? Le son de

semelles de cuir sur le sol pavé du patio ? Quelque chose de plus basique ? Le regard de King fixé sur elle ?

Levant la tête, elle le vit avancer vers elle. Son visage n'exprimait rien, à part le sourire en coin qui éclairait ses traits. Or, avec son pantalon noir, sa chemise blanche ouverte et une veste noire déstructurée, il avait l'air à la fois décontracté *et* dangereux.

2

— Un décor bien romantique pour un dîner d'affaires, commenta Sean en s'asseyant en face de Melinda.

Les nerfs à vif, elle se força à sourire. Pas question de commettre une erreur fatale. D'une manière ou d'une autre, elle devait convaincre King de l'épouser. Pour un temps.

— J'ai plutôt recherché le calme, corrigea-t-elle.

— Eh bien, vous avez les deux !

Il fit signe au serveur de lui apporter un verre de vin. Puis il croisa les bras sur la table, et attendit.

Son regard était ferme, l'expression de son visage indéchiffrable. Bon signe ? Mauvais signe ? Elle n'en avait pas la moindre idée. Mais il existait un moyen certain de le savoir : le dialogue.

— Je suis désolée de vous avoir agressé, cet après-midi. Pour vous, ça se présente sûrement comme un cheveu sur la soupe.

— Je présume qu'il n'existe pas de bonne façon de proposer le mariage à un étranger, répondit-il en haussant les épaules.

— Exact. Tout cela doit vous paraître très étrange, mais mon grand-père me surprotège.

— Au point de vous utiliser comme appât pour ses affaires ?

Elle se raidit. Si elle se plaignait parfois de son grand-père, elle ne permettait à personne de s'arroger le droit de le critiquer. Surtout pas un étranger.

— Il cherche à ce qu'on s'occupe de moi, rétorqua-t-elle d'un ton sec.

— Si vous étiez une jeune fille sans défense du Moyen Âge, cela aurait un sens, mais…

— Il est un peu démodé, soit.

— Un peu, comme vous dites.

— J'ai grandi à Tesoro, expliqua-t-elle en réprimant son impatience. C'est là que mon grand-père m'a élevée, après la mort de mes parents dans l'accident de leur avion de tourisme. J'avais cinq ans, à l'époque.

L'expression de Sean changea imperceptiblement. Sourcils froncés, il porta le verre de vin à ses lèvres. Impossible de savoir ce qu'il pensait. Ce devait être un excellent joueur de poker, se dit-elle. De son côté, elle était une piètre joueuse de cartes. Même pour sauver sa vie, elle serait incapable de bluffer. Trop droite et honnête pour ça. Même si, rectifia-t-elle en son for intérieur, elle ne se montrait pas très honnête envers son grand-père, dans cette affaire. Mais que faire d'autre ? Elle avait cent fois essayé de le convaincre d'abandonner cette chasse au mari. Sans succès.

Malgré sa frustration, elle sourit à la pensée de son grand-père. Il était la seule constante de sa vie, la seule personne qui l'ait aimée, quoi qu'elle fasse. Elle comprenait qu'il essayait de la marier parce que, *à ses yeux*, cela signifiait qu'elle serait protégée et aimée quand lui disparaîtrait.

Elle repoussa vivement cette triste éventualité. Un monde sans Walter Stanford lui semblait impossible.

— Il devient vieux, expliqua-t-elle, et se fait du souci à l'idée de me laisser seule, après lui. J'ai beau lui assurer que je me débrouillerai, il appartient à une génération d'hommes qui prennent soin des femmes et les protègent. Je suis sa seule famille. Vous venez d'une famille nombreuse, et vous êtes très proches de vos frères. C'est encore une des raisons pour lesquelles je vous ai choisi pour mon plan. Vous savez ce que la loyauté familiale signifie.

— Vrai, dit-il en hochant la tête. De tout ce que vous me dites, c'est la seule chose que je comprenne. Je saisis parfaitement les motivations de votre grand-père. Ce que je ne comprends pas, c'est la raison pour laquelle vous vous soumettez à ses plans.

Elle lissa sa robe courte de la paume moite de ses mains et répondit :

— Parce que je l'aime. Je ne veux pas qu'il s'inquiète.

— *Et ?*

Il avait raison. Il y avait autre chose. Bien davantage.

— Et comme je vous l'ai déjà, une fois mariée, je toucherai une grosse somme d'argent.

— Ah ! dit-il avec un petit sourire. Et en me prenant pour époux, vous ne craignez pas que je m'envole avec votre précieux pécule ?

— Exactement, dit-elle en lui rendant son sourire.

Tout à coup, elle se détendit. Une fois surmontée l'étrangeté du sujet de conversation, elle se rendait compte avec surprise qu'elle n'éprouvait aucune difficulté à parler avec cet homme.

— Rappelez-moi combien de temps durerait ce mariage ? demanda-t-il.

— Deux mois feraient l'affaire, dit-elle avec chaleur.

Elle travaillait à ce plan depuis des semaines et, dans son esprit, tout s'enchaînait avec logique. Pour le moment, rien n'était perdu. King était toujours assis en face d'elle. Certes, il n'avait pas encore accepté. Mais il n'avait pas formellement refusé non plus.

— Cela suffira pour que mon grand-père soit convaincu que nous avons essayé de nous entendre, reprit-elle.

— Et une fois que notre mariage aura « échoué », vous croyez qu'il n'essaiera plus de vous remarier ?

— Je l'espère, dit-elle en se mordillant la lèvre inférieure. Je suis lasse de repousser les hommes qui cherchent à acheter le bon vouloir de mon grand-père. En plus, c'est le seul moyen que j'aie de récupérer cet argent à ma façon. Je vais me marier, comme le désire mon grand-père. Mais ce sera avec un homme que j'aurai choisi, et un mariage organisé à ma convenance.

Il bougea sur sa chaise. Elle fut rassurée de constater qu'il l'écoutait toujours, mais se hâta de conclure avant qu'il ne se lasse de ses explications :

— Si vous êtes d'accord, nous nous marions pour deux mois. Je touche mon argent, vous obtenez le droit d'acheter votre terrain. Ensuite, nous demandons tous les deux le divorce.

Le serveur se présenta pour prendre leur commande. Le choix sembla durer des heures. Enfin, ils se retrouvèrent face à face.

— Alors, qu'en pensez-vous ? demanda-t-elle.

Pour lui, la réponse était claire : quelque chose ne tournait pas rond chez cette jeune femme. Et pourtant... un bras posé sur le dossier de sa chaise, il l'observa de plus près.

Une nuit tiède, du bon vin, une belle femme assise en face de lui... Il la détailla des pieds à la tête. Ses cheveux noirs, brillants et ondulés, ses boucles d'oreilles émeraude, l'échancrure de sa robe sexy, le vernis de ses ongles peints. C'était une beauté. Aucun doute à ce sujet. Mais c'était aussi une femme compliquée, peut-être dérangée.

Tout de même. Rien de tout cela ne l'empêchait de prendre au sérieux sa proposition. Pour être tout à fait honnête, il avait passé ces dernières heures à y réfléchir.

Son grand-père, Walter Stanford, refusait tout accord avec les King, et ce depuis des mois. Chacun à son tour, les frères avaient monté les enchères, en vain. Soit le vieil homme n'avait vraiment pas besoin d'argent, soit il était aussi timbré que sa petite-fille. Mais il coupa court à ces réflexions. Non, le grand-père n'était pas fou.

Il était malin.

Walter savait ce qu'il voulait, et ne cèderait pas. Et comment un membre de la famille King pouvait-il lui en tenir rigueur ? Les King étaient aussi têtus que lui ! Ils n'abandonnaient jamais ce sur quoi ils avaient jeté leur dévolu.

Une pensée soudaine le fit sourire : Walter Stanford et lui s'entendraient sans doute à merveille !

— Qu'y a-t-il de si drôle ?

— Pardon ?

— Vous souriez, dit-elle d'un air offensé.

Pouvait-il lui reprocher de se vexer ? Elle croyait sans doute qu'il riait sous cape de sa proposition bizarre ?

— Combien de fois avez-vous fait cette proposition à d'autres avant moi ? demanda-t-il à voix basse pour ne pas être entendu des autres tables.

— C'est la première fois.

— Pourquoi ? Pourquoi moi ?

— Je vous l'ai dit, j'ai fait une enquête à votre sujet.

— Si vous avez entrepris ces recherches, c'est que vous m'aviez déjà désigné comme l'heureux gagnant.

Elle se mordit la lèvre inférieure, et but une longue gorgée de vin avant de répondre :

— Je savais que mon grand-père était en pourparlers avec vous. Il me tenait informée des négociations entre lui et votre famille. Il m'a appris que vous aviez pris la relève de votre frère Lucas et, peu après, j'ai vu une photo de vous. Et vous aviez l'air... gentil.

— Gentil ! Les vieilles filles maîtresses d'école sont gentilles. Les chiots sont gentils. Mais les *hommes*, et surtout les King, n'ont rien de gentil, comme vous dites.

— Je vois ce que vous voulez dire, marmonna-t-elle.

Contrarié, il ruminait le mot. Jamais personne ne l'avait qualifié de gentil ! On l'avait trouvé drôle. Beau. Intelligent. Certains le qualifiaient de froid. Renfermé sur lui-même. Mais gentil ? Quelle photo avait bien pu lui donner cette impression ?

— Où avez-vous vu cette photo ? s'enquit-il.

— Dans un de ces magazines people qu'on vend au supermarché, répondit-elle en rougissant. Vous assistiez à un match de foot avec un de vos frères...

— Ah oui, mon frère Lucas, l'interrompit-il.

Sa secrétaire lui avait montré le cliché. Lui ne prenait jamais garde aux photographes qui mitraillaient la famille King. Cela faisait partie de son quotidien d'homme habitué à être sur le devant de la scène.

— Sur cette photo, vous riez tous les deux. Vous m'avez paru très amical.

Il avait une philosophie de la vie bon enfant, songea-t-il, et cela lui rendait service en affaires. Mais jamais, au grand jamais, ses relations féminines ne lui accoleraient l'adjectif « gentil » ! Il n'était pas gentil du tout. Et généralement, les gens mettaient peu de temps à s'en apercevoir.

— En fait, vous m'êtes apparu comme le genre d'homme avec qui je pouvais parler de tout ceci. Quand j'ai appris que vous veniez à Tesoro en personne, j'ai décidé de me jeter à l'eau.

— En mentant à votre grand-père.

— Ce n'est pas un mensonge, protesta-t-elle vivement. Nous serons mariés pour de bon. Il s'agit d'un petit embellissement de la réalité, rien d'autre.

Il se retint de sourire. Elle s'arrangeait avec ses propres règles de conduite. Et d'ailleurs, il admirait les gens qui ont un projet et ne transigent pas avec lui. En se mettant à sa place, il comprenait pourquoi elle le percevait comme le meilleur mari temporaire possible. La question était : pouvait-il penser la même chose, de son propre point de vue ?

Le garçon les servit et, pendant quelques instants, ils se concentrèrent sur leur assiette. La nourriture était excellente, l'ambiance très chaleureuse. La belle jeune femme en face de lui était la cerise sur le gâteau d'une soirée parfaite.

Très peu de femmes savaient, comme elle, demeurer silencieuses quelques minutes, sans chercher à tout prix à combler le vide. Cela le détendit. Entre eux, le silence était en quelque sorte un allié, comme s'ils formaient déjà une équipe.

A cette pensée, il fronça les sourcils. Rien n'était encore décidé.

Rompant le silence, il s'enquit :

— Vous vivez ici depuis toujours ?

— Depuis l'âge de cinq ans.

Elle tourna la tête vers la plage où quelques couples se promenaient au clair de lune.

— C'est une très jolie île, reprit-elle. La ville est toute petite, mais l'hôtel de grand-père attire beaucoup de monde. Les gens apprécient que Walter n'ait jamais autorisé les gros navires de croisière à faire escale au port. Nos clients sont très riches, et aiment préserver leur vie privée ici. Ils dépensent beaucoup d'argent au village, ce qui permet aux boutiques de supporter la saison creuse.

— Je sais, dit-il avec un sourire bref. Les King aussi font des recherches.

— Donc vous savez que Tesoro est le lieu rêvé pour le complexe hôtelier que vous voulez bâtir.

— Exact.

L'endroit était plus que parfait. Comme s'il avait été créé pour répondre aux vœux spécifiques de Rico. L'hôtel de son cousin à Mexico était un palace magnifique, moderne et huppé. Mais celui de Tesoro serait différent. Rico souhaitait qu'il reflète l'élégance générale de l'île. En faire la destination mondiale la plus haut de gamme, la plus convoitée.

Nul doute que, avec l'aide de King Construction pour la construction et la décoration, il le deviendrait à coup sûr. Quant à lui, l'envie de construire cet hôtel le démangeait. Les plans étaient fins prêts, les matériaux aussi. Seul manquait le feu vert du vieil homme. Ensuite, tout se mettrait en branle.

— Ce serait une bonne chose pour l'île aussi, poursuivit-elle. Nous avons une petite entreprise de travaux publics, que mon grand-père a créée il y a plus de vingt ans. Elle vous serait d'une grande aide.

— Oui.

Il savait cela aussi. Bien entendu, les King amèneraient avec eux leurs équipes, parce qu'ils travaillaient avec les mêmes personnes depuis des années et leur faisaient confiance. Mais le fait d'employer de la main-d'œuvre locale accélérerait la construction, et permettrait d'établir de bonnes relations avec les insulaires.

Tout serait parfait.

A condition d'épouser la petite-fille de Walter Stanford.

Les yeux de Melinda brillaient à la lueur du chandelier. Sa bouche souriante était si tentante qu'il eut envie de se pencher pour en savourer le goût. Elle mordillait une fois de plus sa lèvre inférieure, et il eut soudain très envie de le faire à sa place.

— Vous m'écoutez ? demanda-t-elle.

— Pardon ? dit-il en souriant, heureux d'être distrait de son obsession. Oui, bien sûr ! La construction, c'est ma passion.

Les sourcils froncés, elle soupira.

— Je vous expliquais que le contrat que je vous propose serait satisfaisant pour tout le monde. Vous obtenez le terrain, l'île se voit dotée d'un hôtel de luxe, qui créera des emplois pour les gens de l'île...

— Et vous toucherez votre argent, acheva-t-il.

— Voilà, dit-elle en sirotant une gorgée de vin. Qu'en pensez-vous ? Donnez-vous votre accord ? Etes-vous prêt à m'épouser ?

Cette dernière phrase lui donna des sueurs froides. Il s'efforça pourtant de l'écarter. Evidemment, il s'était juré de ne jamais commettre l'erreur de se remarier. Mais aujourd'hui, la situation était différente.

La première fois qu'il avait dit « oui » au pied de l'autel, il s'était fait avoir dans les grandes largeurs. Cette fois-ci, en revanche, il obtiendrait quelque chose de tangible de cette union passagère. Cette fois-ci, il contrôlerait la situation, ce serait lui qui mettrait fin au contrat et qui partirait la tête haute.

Et cette fois-ci, son cœur serait bien à l'abri, hors d'atteinte.

Il hocha la tête avec lenteur et répondit sobrement :

— Accord conclu.

Il vit aussitôt son visage se fendre d'un sourire si éclatant qu'il en eut le souffle coupé. Dans un élan de plaisir, elle lui prit la main. Au moment où leurs paumes se touchèrent, une sorte de décharge électrique se propagea de nouveau en lui. La première fois, il avait cru qu'il se faisait des idées. Mais cette fois-ci, la sensation était encore plus forte ! Ressentait-elle la même chose que lui ? Si tel était le cas, elle n'en laissait rien paraître. Pas davantage que lui, d'ailleurs. Il se reprit et combattit la puissante attraction qui le poussait vers elle.

— Une dernière chose, dit-elle en retirant sa main.

— Quoi encore ? demanda-t-il en riant. Vous avez déjà tout obtenu !

— Pas de sexe entre nous.

Il la contempla pendant une longue minute, jusqu'à ce qu'elle détourne la tête avec nervosité.

Pour lui, l'expérience était entièrement nouvelle. La plupart des femmes tournaient autour de lui comme des mouches. En général, il devait se défendre de toutes celles qui mouraient d'envie de se jeter à son cou et dans son lit. Au bar de l'hôtel, tout à l'heure, il avait repoussé les avances d'une jolie jeune femme, dont ni la blondeur ni les beaux yeux marron ne lui avaient fait le moindre effet. Et pour cause. A ce moment-là, il était obnubilé par la seule pensée de Melinda Stanford.

Cette femme voulait l'épouser, mais refusait la perspective de coucher avec lui ! Il l'avait regardée droit dans les yeux et elle n'avait pas détourné le regard.

Que lui arrivait-il ? Il était envahi d'un désir brûlant chaque fois qu'ils s'effleuraient par mégarde. Il était plus que sensible à la chaude lueur au fond de son regard. La petite fille de Stanford transformait complètement l'enjeu de sa visite dans l'île. S'il l'avait rencontrée en d'autres circonstances, il aurait à coup sûr été tenté de la séduire. Et il ne doutait pas un instant de son succès.

Alors, quel était le problème ?

— Pas de sexe ? répéta-t-il.

— C'est ça, dit-elle en le regardant de nouveau en face. Pourquoi compliquer les choses ? Tout ceci n'est qu'un contrat d'affaires, après tout. Ce n'est pas un vrai mariage et je ne vois pas pourquoi nous...

— Coucherions ensemble ? acheva-t-il.

— Exactement.

— De mieux en mieux, murmura-t-il.

— C'est seulement pour deux mois, fit-elle remarquer d'un air pincé. Cela ne vous tuera pas.

— Je pense en effet que je peux attendre.

Quoi que... pour être honnête, ça ne s'annonçait pas facile. Il la connaissait depuis quelques heures à peine, et déjà, il la désirait avec une sorte de férocité. Etre marié avec elle, passer son temps avec elle, sans la toucher... Comment tiendrait-il deux longs mois de la sorte ?

Ne ferait-il pas mieux de passer un coup de fil à Rico pour lui suggérer de bâtir son hôtel de luxe dans un autre endroit ? Mais cette idée ne fit que l'effleurer. Leur beau projet, c'était Tesoro ou rien. L'île était trop magnifique pour y renoncer.

Pour nombre de gens riches, l'hôtel de Walter Stanford possédait le charme d'un luxe désuet. Mais il était petit et ne recevait que peu de clients à la fois. Comme l'île appartenait à Stanford, et que ce dernier aimait le calme et l'intimité, tout projet novateur devait recevoir son approbation. Cela convenait d'ailleurs très bien aux King. Leur clientèle huppée et extrêmement riche se réjouirait de passer des vacances sur une plage ultraprivée, à l'abri des paparazzis et loin du tourisme de masse.

Tesoro était l'endroit rêvé.

Si l'on excluait cette histoire de mariage farfelue.

— Et, continua-t-elle, interrompant la dérive des pensées de Sean.

— Encore autre chose ? demanda-t-il avec un rire incrédule. Vous voulez m'enfermer dans un donjon pour avoir la paix ? Vous souhaitez que je vive de pain et d'eau pendant deux mois ?

— Ne soyez pas ridicule.

— Ah, parce que c'est moi qui suis ridicule ? Vous organisez notre mariage, notre vie ensemble, vous travestissez la vérité pour votre grand-père, tout cela sans la moindre contrepartie excitante, et vous me jugez ridicule ?

Mal à l'aise, elle changea de position sur sa chaise. C'était le signe qu'il attendait pour être sûr de son fait : sans se l'avouer, elle ressentait la même chose que lui. Combien de temps ferait-elle durer cette petite règle de chasteté ? Cette pensée le fit sourire. Voilà qui devenait intéressant, après tout.

— Il ne s'agit pas de quelque chose d'excitant, lâcha-t-elle.

— Ça, c'est clair !

Elle pinça les lèvres, et sa bouche se tordit pour prononcer des mots qui refusèrent de sortir. Au bout d'un moment, elle inspira profondément et dit d'un ton patient :

— L'île est petite, vous savez. Vous ne pourrez donc coucher avec personne d'autre, non plus, pendant ces deux mois. Mon grand-père le découvrirait et tout s'achèverait avant d'avoir commencé.

L'insinuation le fit bondir. Il posa ses deux mains sur la nappe, planta son regard dans celui de Melinda et détacha bien les mots les uns des autres d'une voix sourde :

— Je... n'ai... pas... l'habitude... de... tricher. Quand je donne ma parole, je la tiens.

Ils se toisèrent du regard jusqu'à ce qu'elle acquiesce d'un signe de tête :

— Excusez-moi. Je voulais juste que tout soit clair.

Il grinça des dents puis se détendit et se renversa sur le dossier de sa chaise.

— Très bien. Tout est donc clair, articula-t-il d'une voix toujours tendue.

— Et notre contrat tient toujours ?

Il la regarda au fond des yeux. Il commettait certainement une énorme erreur. Mais existait-il une autre façon d'obtenir ce qu'il voulait ?

— Oui, dit-il, le contrat tient toujours.

Il n'en croyait pas ses propres oreilles. Etait-il vraiment en train de commettre un acte aussi contraire à ses principes intimes ? Acceptait-il pour de bon de se remarier ? Un mariage qui serait aussi peu réel que le précédent ? L'ensemble lui semblait complètement déraisonnable et surréaliste.

Il n'y percevait qu'un point positif : cette fois-ci, il le savait d'avance, ce mariage ne signifiait rien.

3

La première impression de Sean fut que malgré les soixante-dix ans que Walter Stanford affichait, peu de choses devaient échapper à son regard bleu perçant. Grand, il était doté d'abondants cheveux blancs et d'une mâchoire bien dessinée et faisait beaucoup plus jeune que son âge. Il se tenait assis derrière son large bureau, et posait sur lui des yeux calmes et impartiaux.

Sean soutint son regard sans ciller. Il savait mener à bien une négociation, connaissait l'adage selon lequel, dans une discussion d'affaires, le premier qui parle perd l'avantage. Il restait donc silencieux et attendait que le vieil homme se décide à prendre la parole.

La suite de Walter Stanford occupait la moitié du dernier étage de son hôtel, l'autre moitié étant celle Melinda, avait-il appris. L'appartement était d'une élégance surannée, et montrait, lui aussi, des signes discrets de vieillissement, comme si les lieux avaient connu des temps meilleurs. Le vieil homme était-il aussi riche que le disait la rumeur ? On pouvait en douter.

Il avait déjà remarqué des taches d'humidité au plafond, preuve que le toit n'était pas en très bon état. D'autres petits détails aussi trahissaient de la négligence. Un parquet un peu éraflé, des peintures un peu écaillées, des encadrements de fenêtres légèrement abîmés.

Rien de tout cela ne prouvait quoi que ce soit. Peut-être Walter Stanford était-il trop occupé par d'autres affaires pour faire effectuer la douzaine de rafraîchissements que méritait le bâtiment ? Ou bien, à l'inverse, le vieil homme avait-il bien davantage besoin de vendre son terrain qu'il n'était prêt à le reconnaître face aux King ?

Sean sourit en son for intérieur, mais s'efforça de ne rien montrer de sa satisfaction.

— Vous avez rencontré ma petite-fille, constata Walter en s'asseyant.

— Elle a l'air… gentille, répliqua Sean en citant avec délice l'expression que Melinda avait utilisée à son égard.

Tous les trois avaient passé vingt minutes à discuter de l'île. Elle venait de quitter la pièce et son grand-père ne perdait pas de temps.

— Je vais être franc, déclara-t-il en croisant les mains sur son bureau. Vous voulez construire un hôtel sur mon île. Moi, je veux le bonheur de ma petite-fille.

Sean s'assit en face du vieil homme. Posant un pied sur son autre jambe, il décida de jouer les naïfs :

— Quel rapport entre les deux ?

Walter sourit et lui adressa un clin d'œil en disant :

— Vous êtes célibataire. Riche. Assez séduisant.

— Merci, ironisa Sean.

— Je joue cartes sur table avec vous, poursuivit le vieil homme. Et vous ?

— Il est toujours intéressant de savoir où l'on va…

— Parfait. Venons-en donc au fait. Je souhaite que vous épousiez ma petite-fille. Dès que vous l'aurez fait, le terrain sera à vous.

Si Melinda ne l'avait pas préparé à cette proposition, Sean en serait tombé à la renverse. Même préparé, même avec le contrat déjà établi, il était surpris. Stupéfiant de constater qu'au vingt et unième siècle, on troquait encore des femmes contre des biens.

Bien entendu, dans ce cas précis, la femme avait négocié elle-même les termes de l'échange. Mais tout de même…

Walter attendait une réponse. Sean prit son parti de le faire patienter un peu. Son esprit tournait à cent à l'heure, soupesant les conséquences de l'accord qu'il s'apprêtait à conclure. Un mariage, même bref, était une démarche pesante. Cette solution lui déplaisait au plus haut point. Mais il avait passé la nuit à chercher une autre façon de parvenir à ses fins. Sans résultat.

Comme Melinda, la fine mouche, le savait depuis le début.

Tapotant son genou de la main, il s'enquit :

— Que pense votre petite-fille de cet arrangement ?

Walter fronça brièvement les sourcils et rétorqua :

— Elle comprend. L'arrangement est bon pour elle. Il est bon pour la famille. Bon pour l'île, aussi.

A sa grande surprise, Sean sentit la colère s'emparer de lui. Si Melinda n'avait pas eu la présence d'esprit d'établir son propre plan et de conclure son propre accord avec lui, elle n'aurait été qu'une victime, pieds et poings liés sur l'autel de Stanford.

« Bon pour l'île ! » Qui concluait de tels contrats, de nos jours ?

Courroucé, il sonda le regard de Walter. Mais le visage du vieil homme ne trahissait rien. Il avait dû être un sacré joueur de poker, dans le temps !

— Alors, qu'en pensez-vous ? demanda Walter calmement en posant ses mains à plat sur le bureau.

Il y avait beaucoup de choses à en dire ! Que sa petite-fille valait bien mieux qu'une simple monnaie d'échange dans une transaction immobilière, par exemple. Il lui avait suffi de deux heures en sa compagnie pour s'en apercevoir. Que sa petite-fille avait une intelligence aiguë et savait mener sa propre barque. Et qu'en fait, il devrait les envoyer tous les deux au diable, eux et leur île.

Il aurait aussi aimé dévoiler au vieil homme les pensées érotiques que lui inspirait sa petite-fille, dont le simple contact excitait ses sens pendant des heures. Mais ça non plus, il ne pouvait pas le dire.

— J'accepte, s'entendit-il dire, tout en enregistrant l'étincelle de surprise au fond des yeux de Stanford.

— Vraiment. Aussi facilement ? Vous me pardonnerez,

mais je suis curieux d'entendre les raisons d'un accord aussi vite conclu.

— Déjà envie de changer d'avis ? demanda Sean avec un sourire.

— Pas du tout. Je pensais seulement que j'aurais davantage de mal à vous convaincre.

— Melinda est une belle femme...

— Sans conteste. Mais elle est bien davantage que ça, rectifia le grand-père.

— J'en suis sûr, acquiesça Sean. Quand nous serons mariés, nous disposerons de beaucoup de temps pour apprendre à nous connaître.

— Hmm...

— Je suppose que vous avez déjà pris vos renseignements à mon sujet ?

« Comme votre petite-fille », ajouta-t-il in petto.

— C'est exact.

— Vous avez proposé. J'ai accepté. Accord conclu.

A présent, Walter le contemplait comme s'il s'attendait à ce qu'il change d'avis. Sean réprima de nouveau un sourire. L'homme avait vendu sa petite-fille à un étranger. Et maintenant que l'étranger acceptait, il lui venait des doutes. Mais il était trop tard. Ils avaient conclu un accord, et bientôt les King débarqueraient sur l'île pour mener à bien leur projet.

Il se leva et tendit la main à Walter en disant :

— Je vais annoncer la bonne nouvelle à ma fiancée. Ensuite, je téléphonerai à mes frères pour leur dire que nous avons le feu vert pour l'hôtel.

Walter se leva à son tour, serra la main de Sean et déclara :

— La construction pourra commencer le lendemain du mariage.

— Vous ne me faites pas confiance ? demanda Sean, les sourcils arqués.

— Si je ne vous faisais pas confiance, vous n'épouseriez

pas ma petite-fille, répondit Walter d'une voix douce. Mais... disons que je préfère prendre toutes les précautions.

— Très bien. Mes avocats vous faxeront les papiers nécessaires cet après-midi.

— Le mien vous fera aussi signer un contrat.

Ils se toisèrent du regard. Pendant quelques secondes, une conversation silencieuse se déroula entre eux. Deux hommes, puissants l'un et l'autre, concluant un accord en toute lucidité, chacun pensant à la femme au centre de ce marchandage.

J'espère que vous savez ce que vous venez de provoquer..., songeait l'un.

Vous et ma petite-fille vous entendrez très bien, pensait l'autre.

Si le vieil homme le pensait vraiment, il était à côté de ses pompes, songea Sean un peu cavalièrement. Un instant, il éprouva du remords à l'idée de jouer un mauvais tour à cet homme. Puis il se reprit. Après tout, ce n'était pas lui l'instigateur de ce contrat tordu. Et si Melinda se sentait à l'aise dans cette mise en scène, pourquoi pas lui, dans le fond ?

— Je vais prévenir Melinda que tout est au point, dit-il en souriant.

— Parfait. Peut-être pourrions-nous dîner en privé, ce soir, pour parler de vos plans d'avenir ? Disons 19 heures, ici ?

— A tout à l'heure, donc. Et... j'imagine que vous vous chargez des détails du mariage ?

— A la fin de la semaine, vous serez un homme marié, répondit Walter en opinant de la tête.

Fin de la semaine. La phrase sonnait comme un glas. Mais il choisit de ne pas y penser. Sa décision prise, il ne reviendrait pas en arrière.

— Melinda est une femme forte, mais elle a un grand cœur. Efforcez-vous de ne pas l'oublier.

— Je n'y manquerai pas, répondit Sean.

Puis il quitta la pièce, en quête de la femme au grand cœur avec qui il avait conclu un marché tout à fait inédit pour lui.

Le lendemain matin fut un désastre.

Devant son ordinateur, Sean attendait que passe son appel téléphonique. Son reflet dans l'écran le stupéfia. On aurait dit un cadavre ! Cela lui apprendrait à boire du brandy avec un vieil homme dont le sang était probablement imbibé d'alcool.

Stanford avait tenu à porter des toasts à leur marché. Ne voyant pas comment refuser, il s'était prêté au jeu à contrecœur. Plus tard dans la soirée, il avait regagné sa chambre en titubant, les oreilles encombrées de mille histoires de l'île, et d'innombrables anecdotes remontant à l'enfance de Melinda.

Il s'était étendu, dans l'espoir que la pièce cesse de tourner. Il avait fini par s'endormir, sombrant dans des cauchemars où Stanford le poursuivait en riant comme un sauvage en brandissant une énorme bouteille de brandy, tandis que Melinda lui lançait à la tête des bouquets de mariée.

— Pas la peine d'analyser ce rêve, bougonna-t-il.

En fait, pour l'heure, une seule chose lui importait : mettre fin aux coups de marteau qui battaient à ses tempes. Il lui semblait que sa tête allait exploser. Il gémit et se levait pour prendre un cachet d'aspirine quand le visage de son frère Rafe apparut sur l'écran.

— Sean, commença celui-ci. Mon Dieu, tu as une tête de déterré !

La vidéoconférence ne lui permettait pas de dissimuler sa gueule de bois. Pour la première fois de sa vie, il maudit les progrès de la technologie.

— Merci du compliment, vieux. Tu vas bien ?

— Et toi ? Tu as la gueule de bois, ou quoi ?

— Très perspicace, mon frère...

— Difficile à ne pas remarquer, avec tes yeux cernés et tes paupières crispées. On dirait un vampire hébété par le plein soleil !

Pourquoi ne pas avoir attendu d'être en meilleure forme avant de téléphoner ? se lamenta-t-il.

— Que se passe-t-il ? renchérit Rafe. Tu as obtenu le contrat ?

Au désespoir, Sean se massait les tempes. Il finit par atteindre son flacon d'aspirine, avala deux cachets coup sur coup, avec un grand verre d'eau, en priant pour qu'ils accomplissent un miracle.

Peine perdue.

— Allez, vieux, reprit Rafe, dis-moi ce qui se passe.

— C'est une longue histoire, répondit-il en se frottant les yeux. J'aimerais mieux ne la raconter qu'une fois. Lucas est au bureau ?

Rafe se pencha, appuya sur un bouton et demanda à sa secrétaire :

— Marie, dites à Lucas de me rejoindre, merci.

— Marie ? Une nouvelle assistante ?

— Oui, admit Rafe. Katie a insisté pour que je prenne une seconde secrétaire, de façon à rentrer plus tôt à la maison.

Rafe avait beau faire semblant de se plaindre, Sean le savait éperdument amoureux de sa femme. Qui le lui reprocherait ? Autant son frère se montrait parfois insupportable, autant Katie était adorable. Elle avait transformé le méchant loup Rafe King en un agneau. En plus, elle cuisinait les meilleurs cookies du monde !

— Comment va-t-elle ? demanda-t-il.

— Elle va très bien, répondit Rafe avec un sourire tendre. Elle te garde un sachet de ses cookies aux pistaches.

Il déglutit avec difficulté. En temps ordinaire, cela aurait été une agréable surprise. Mais en ce moment précis, ses entrailles se tordaient sous l'effet de spasmes. La seule idée de manger quoi que ce soit le révulsait.

— Remercie-la de ma part, parvint-il à articuler.

Sa réplique sans enthousiasme ne manqua pas d'intriguer Rafe. Il fit signe à Lucas, qui entrait, de venir s'asseoir devant l'écran de son ordinateur.

— Bon sang ! s'écria Lucas, choqué. Tu as l'air ravagé !

— Nous sommes tous d'accord là-dessus, soupira Sean. Comment va le bébé ?

— Danny est génial ! Il a dit « papa » pour la première fois aujourd'hui.

Sean rit, ce qui eut pour effet de lui vriller le cerveau comme s'il venait de recevoir un coup de poignard. Son nouveau neveu n'ayant que trois mois, le propos de Lucas semblait un peu exagéré. Mais celui-ci était convaincu du génie de son nouveau né.

— Au travail, les gars ! intervint Rafe. Sean, est-ce que par hasard tu ne ferais pas trop la fête avec une blonde au lieu de t'occuper de nos affaires ?

— Parce que si c'est ça, renchérit Lucas, les blondes peuvent attendre que nos affaires soient conclues.

La voix de ses frères s'élevait, de plus en plus forte, et il sentait son cerveau enfler sous sa boîte crânienne. Même pour un membre de la famille King, Rafe et Lucas étaient difficiles à canaliser. Ils étaient capables d'argumenter pendant des heures, la conversation pouvait glisser de Sean à leur projet pour Tesoro, pour remonter à de vieilles rancunes d'enfance. Sans que quiconque puisse arrêter le flot de leurs paroles.

En dépit de son mal de tête, il sourit. Tous ses frères étaient proches les uns des autres. Leur père, Ben King, n'avait épousé aucune des femmes qui lui avaient donné ses nombreux enfants. Mais chaque été de leur enfance et de leur jeunesse, il s'était ingénié à réunir tous ses fils dans son ranch californien. Là, pendant trois mois chaque année, tous les enfants King avaient vécu en vrais frères, et un lien très fort les unissait, qui n'avait fait que se renforcer au fil du temps.

Il se rembrunit en évoquant le souvenir de ses parents. Ben avait fait de son mieux, il le savait. Mais sa mère était trop fragile pour affronter la vie. Trop faible pour quitter l'homme qu'elle avait fini par épouser, même quand les mauvais traitements avaient commencé et...

— Sean !

Il abandonna avec soulagement les tristes souvenirs qui venaient de l'assaillir. Voyant ses deux frères aussi déroutés l'un que l'autre, il s'éclaircit la voix et déclara :

— Il n'y a pas de blonde.

— Au moins une bonne nouvelle, marmonna Rafe.

— Elle est brune, poursuivit-il.

Cela ne suffisait pas à décrire la splendide chevelure de Melinda. Celle-ci évoquait la nuit profonde dans laquelle les rêves et les fantasmes des hommes prennent racine. Melinda, la femme aux yeux envoûtants, dont un simple effleurement de main lui mettait les sens à l'envers.

Avec un soupir, il se laissa envahir par le doux souvenir de la jeune femme. Les deux mois de leur mariage blanc allaient lui sembler très longs. Comment vivre près d'une telle créature sans la toucher, alors que vingt-quatre heures seulement après leur rencontre, tout son corps la réclamait ?

— Je savais bien qu'il y avait une femme ! s'exclama Lucas avec une sorte de fierté.

— Laisse-le parler, intervint Rafe d'un ton raisonnable.

Stupéfiant ! songea Sean. Katie avait vraiment accompli des miracles avec son frère, autrefois si bouillant et imprévisible.

— Je pensais que nous allions parler de notre projet d'hôtel. La dernière conquête de mon frère ne m'intéresse pas du tout, bougonna Lucas.

Le soleil inondait la chambre d'hôtel. Heureusement, il tournait le dos à la baie vitrée. De l'autre côté de la fenêtre, s'étalait le magnifique panorama de l'océan, avec le petit port de plaisance au premier plan. Mais pour le moment, toute cette beauté l'indifférait. Trop brillante, trop aveuglante pour ses yeux irrités.

Sa chambre correspondait à l'idée qu'on se faisait du luxe dans les années cinquante. Certes, elle était dotée d'un service internet ultrarapide. Mais à part ça, rien de spectaculaire, pas de téléviseur géant à écran plat, pas de douche à l'italienne, pas de sèche-cheveux ni même de cafetière électrique. En revanche, il y régnait un calme élégant, qu'aucun hôtel moderne n'était capable d'offrir.

— D'accord, lança Lucas à Rafe, je l'écoute si tu te tais.

Sean se mit à rire, ce qui lui vrilla une nouvelle fois le cerveau.

— De quoi s'agit-il, Sean ? demanda Rafe d'une voix calme.

— Je ne sais même pas par où commencer.

Les dernières vingt-quatre heures qu'il venait de vivre se révélaient les plus folles de son existence. Etaient-elles réelles ? Il n'en avait même pas la certitude.

— Commence par le terrain, suggéra Lucas. On a le contrat ou pas ?

Il prit une profonde inspiration et avala une gorgée d'eau.

— Alors ? s'agaça Rafe.

— Il y a de bonnes et de mauvaises nouvelles...

— Parfait, murmura Rafe.

— Commence par la bonne, dit Lucas. Ça me donnera de la force pour le reste.

— Bon. La bonne nouvelle, c'est que nous avons le terrain.

Soulagés, Rafe et Lucas laissèrent éclater leur joie.

— Mais pourquoi ne l'as-tu pas dit plus tôt ? s'étonna Rafe.

— Je savais que tu pouvais y arriver, s'écria Lucas. Je le disais hier à Rose, personne ne te résiste quand tu sors ton numéro de charme !

— Hmm.

Deux jours plus tôt, lui aussi aurait acquiescé. Mais sa rencontre avec Melinda soulignait les limites de son pouvoir de séduction. La jeune femme ne lui avait pas proposé le mariage parce qu'elle avait succombé à son esprit brillant, ni à son physique irrésistible. C'était au contraire par pur intérêt. Loin de se jeter dans son lit, elle avait anticipé toute relation sexuelle avec lui pour les refuser par avance.

Pour l'instant, en tout cas.

— Passons à la mauvaise nouvelle, proposa Rafe.

— A quel point peut-elle être mauvaise ? s'interrogea Lucas avec un grand sourire. Nous avons le marché et pouvons commencer la construction quand nous voulons, et...

— Laisse-le finir, intervint Rafe sans quitter Sean des yeux.

— Euh… disons que… il semblerait que je sois sur le point de me marier.

Silence.

Soudain sérieux, ses frères le contemplaient sans rien dire. Ils se regardèrent l'un l'autre d'un air désarçonné avant de retourner la tête vers lui.

— Te marier ? dit Rafe.

— Tu deviens fou ? s'enquit Lucas.

— La femme aux cheveux noirs ? poursuivit Rafe.

— Celle-là même. Melinda Stanford.

— La petite-fille de Walter ? D'où ton coup de fil.

Sean hocha la tête en direction de Lucas.

— Tu l'as rencontrée, tu es tombé amoureux et TU l'as demandée en mariage en vingt-quatre heures ? demanda Rafe d'une voix incrédule.

— Qui parle d'amour ? grinça Sean.

— Quoi d'autre ?

— J'ai passé un accord avec Melinda. Nous nous épousons et, en échange, les King obtiennent le terrain.

— Oh ! non ! protesta Rafe, les dents serrées.

— Dis donc, intervint Lucas, tu ne crois pas que tu pousses un peu trop loin le sens de la devise « un pour tous » ?

Il se passa une main moite sur le visage. Si seulement le cachet d'aspirine faisait de l'effet, il pourrait commencer à travailler avant que sa tête n'explose.

— Le contrat moral est passé entre Melinda et moi, et je n'ai pas l'intention de m'y soustraire, dit-il.

— Mais pourquoi faire une chose pareille ?

— Il n'y avait pas d'autre issue, lâcha-t-il d'un ton sec.

— Tu n'as plus toute ta tête !

Sean contint l'irritation qui le rongeait.

— Vous ne comprenez pas, dit-il. C'est un contrat temporaire. Dans deux mois, nous divorcerons. En revanche, les King demeureront propriétaires du terrain. Vous me suivez ?

A court de mots, Lucas secoua la tête tandis que Rafe laissait exploser sa colère.

— Tu ne peux pas faire une chose pareille ! dit-il. Se marier en sachant qu'on va divorcer, ce n'est pas...

— Pas bien, c'est ce que tu veux dire ? aboya Sean.

— Ce n'est pas ce que je souhaite pour toi, acheva son frère aîné. Quand on se marie, ça a un sens, figure-toi.

Il se mordit la lèvre pour ne pas laisser échapper les mots qui se bousculaient à sa bouche : pour certaines personnes, se marier ne signifiait rien. Il avait tenté l'aventure du mariage, dans le temps, et n'avait pas la moindre intention de revivre le même scénario. La seule raison pour laquelle il avait accepté cette farce, c'était pour que la famille King obtienne gain de cause. Et parce qu'il y avait une échappatoire à ce contrat ridicule.

Ses frères étaient heureux en ménage avec deux femmes merveilleuses qu'ils adoraient. Jamais ils ne comprendraient son point de vue à lui. Et comment pourraient-ils le comprendre ? Ils ne savaient rien de son mariage très bref et mouvementé, qui s'était achevé par un divorce.

Les King faisaient parfois des erreurs. Mais ils se gardaient de les étaler sur la place publique, ou de partager ce que leur inspiraient ces erreurs. Ce mariage avait été une faute de sa part, et il avait réglé le problème tout seul. Faire remonter cette histoire à la surface maintenant ne servirait à rien de bon.

Quand il put enfin parler sans que sa voix le trahisse, il expliqua :

— Ne prenez pas cet épisode comme un mariage, mais comme une association.

— Drôle de façon de faire des affaires, grommela Lucas.

— Drôle ou pas, nous en retirons le bénéfice espéré, répliqua-t-il.

C'était la seule chose à garder à l'esprit. Il faisait ça pour les King. Pour l'avenir de la famille. Bâtir cet hôtel pour leur cousin Rico permettrait à leurs entreprises respectives de se développer d'autant. Cela valait tous les risques.

— Walter signera l'acte de vente du terrain avant le mariage, ajouta-t-il.

— Et quand doit avoir lieu cette mascarade ?

— Fin de la semaine.

Il avala sa salive avec difficulté, comme s'il avait autour du cou le nœud coulant d'une corde. Ridicule ! ironisa-t-il. Il avait donné son accord, et ne reculerait pas.

— Une semaine ? répéta Lucas, sonné.

— Dis-nous la date, dit Rafe. Nous serons là.

En dépit de la douleur qui lui vrillait les tempes, il secoua la tête.

— Comment ça, non ? s'exclama Lucas.

— Bien sûr que nous serons près de toi, imbécile ! assura Rafe. On ne va pas te laisser faire cette bêtise tout seul.

— Bon sang ! Ce n'est pas comme si c'était un vrai mariage ! C'est du business, pas plus.

— L'idée que nous n'y soyons pas me déplaît, maugréa Lucas. On s'est toujours soutenus, et on se soutiendra toujours.

Sean sourit malgré lui, reconnaissant envers ses frères et la force de leur lien familial. Mais amour de ses frères ou pas, il ne les voulait pas à ce mariage. Leur présence ne se justifiait pas. Et surtout, il ne voulait rien entendre de leurs griefs ni de leurs commentaires, et encore moins de ceux de Rose et Katie.

— Ce sera plus facile pour moi si vous n'êtes pas là, dit-il.

— Stanford ne s'attend pas à ce que ta famille soit présente ?

— Probablement, reconnut-il piteusement. Je lui expliquerai que vous n'avez pas pu vous libérer de vos obligations prévues de longue date.

— C'est ça ! marmonna Rafe.

— Ecoutez, déclara-t-il avec un soupir, je vais m'occuper de tous les détails de l'opération. Appelez Rico et dites-lui que c'est dans la poche. Je vais vérifier la petite entreprise de construction de l'île, pour voir comment nous pouvons l'employer, et décider du matériel que nous devrons faire venir.

— J'ai un cargo qui prend la mer dans une semaine, dit Rafe.

Nous pouvons charger la majeure partie de notre équipement, pour nous mettre au travail aussi vite que possible.

— C'est parfait, déclara Sean, heureux que la conversation prenne enfin un tour plus pratique. Sur l'île, le temps est très clément. Nous devrions pouvoir travailler tout l'hiver sans délai majeur.

— Très bien ! répondit Lucas avec un large sourire. Rico va vouloir commencer tout de suite ! Au fait, on lui construit aussi une maison personnelle sur l'île. Je crois qu'il a envie de faire de Tesoro sa résidence principale.

Sean leva la main en signe de protestation.

— Je n'ai négocié que pour l'hôtel. Le reste, c'est le problème de notre cousin.

— Vraiment ? ironisa Lucas. Il ne te reste pas ton âme à vendre ?

— Très drôle.

— Ne t'inquiète pas, intervint Rafe, Rico a déjà le terrain pour sa maison. Les objections de Walter ne portaient pas là-dessus. Jusqu'à présent, son refus se limitait à la vente du terrain sur la plage.

— Oui, jusqu'à maintenant, répéta Sean, la gorge serrée.

— Tu es sûr de vouloir faire cette démarche ? demanda Rafe.

— Pourquoi ne le serais-je pas ? répondit-il par une pirouette.

— Tu as toujours été le plus têtu de nous tous, remarqua Lucas.

— Ça, c'est vrai, ajouta Rafe en riant. A côté de toi, papa paraissait raisonnable !

— Ne commence pas à critiquer papa, ronchonna Lucas.

Sean sourit intérieurement en regardant ses frères se lancer dans une nouvelle chamaillerie. La Californie et toute sa famille lui manquaient terriblement. Mais c'était mieux ainsi, raisonna-t-il. A quoi leur servirait de rencontrer Melinda, et de venir célébrer un mariage qui durerait deux mois en tout et pour tout ? Il avait conclu un accord et le respecterait. Mais il n'avait aucun besoin de témoins à cette mascarade.

4

— Tu quoi ?

— Je me marie, répéta Melinda.

Contre toute attente, cette perspective ne la paniquait pas. Et pourtant, si quelqu'un avait des raisons d'avoir peur, c'était bien elle.

Après la rencontre entre Sean et son grand-père, elle avait passé quelques brèves minutes avec l'homme qui serait bientôt son époux. Il avait peu parlé, lui annonçant simplement que tout était réglé et qu'il s'apprêtait à dîner avec Walter. Puis il l'avait quittée en lui assurant qu'il lui téléphonerait le lendemain. Ce que, pour le moment, il n'avait pas fait.

Elle lança un bref regard par la fenêtre. C'était la fin de la matinée, il restait à Sean encore beaucoup de temps pour se manifester. Alors, pourquoi cette boule à l'estomac, cette gorge serrée au point d'avoir parfois du mal à respirer ? Elle avait passé toute la nuit assise sur sa terrasse, à contempler l'océan. L'air iodé se mêlait à la senteur des jasmins du jardin, diffusant une ambiance paisible. Mais malgré cela, elle n'avait pas trouvé le repos de l'âme.

Et elle savait pourquoi.

Sean King était beaucoup trop attirant. Trop… elle ne savait quoi. Il la troublait comme aucun homme ne l'avait fait depuis Steven. Cela aurait dû la pousser à annuler leur marché. Hélas, c'était impossible. Pour acquérir son indépendance, elle devait en passer par là, coûte que coûte.

Et voilà qu'elle se retrouvait assise dans la cuisine de sa meilleure amie, à essayer de se convaincre que tout irait bien. Pourtant, il y avait un petit hic : maintenant que le marché était conclu et que la machine se mettait en branle, elle avait le sentiment angoissant de se trouver sur des montagnes russes vertigineuses, sans plus pouvoir diriger sa vie. Son grand-père, lui, était heureux. Quant à Sean... que ressentait-il au juste ? Elle avait du mal à l'imaginer. Pour sa part, l'anxiété l'étouffait, mais elle était résolue à poursuivre la démarche jusqu'au bout.

— Je n'arrive pas à le croire, déclara Kathy Clark. Tu disais toi-même que ce que ton grand-père essayait de faire avait un côté médiéval insupportable.

— Je sais mais...

— Et tu jurais que s'il essayait encore une fois de te marier, tu rentrerais dans un couvent !

— Oui, mais...

— Et tu disais que de toute façon, tu ne pouvais épouser aucun homme parce que tu aimais toujours... Steven.

Elle perçut l'hésitation dans la voix de son amie et fronça les sourcils. Kathy n'avait jamais aimé Steven. Pourquoi ? Elle n'en savait rien. De toute façon, ce n'était pas le problème à l'ordre du jour.

Tout en faisant manger son fils, Kathy contemplait son amie d'un air perplexe.

— Qui est cet homme mystérieux ? demanda-t-elle. Par quel tour de passe-passe te fait-il faire ce que tu avais juré de refuser à jamais ?

— Cette fois-ci, c'est différent. Ce n'est pas mon grand-père qui a arrangé ce mariage. C'est moi.

Elle vit les yeux de Kathy s'écarquiller davantage.

— Encore plus inimaginable, lâcha-t-elle.

Melinda se mit à rire et prit dans ses bras le petit garçon de deux ans. Elle lui caressa doucement les cheveux en expliquant :

— Ça se comprend très bien, au contraire ! Je vais épouser Sean, obtenir mon argent, et ensuite, nous divorcerons à l'amiable.

— Comme ça !

— Oui !

Melinda planta un baiser sur la tête de Daniel. Face au regard inquisiteur de Kathy, elle demanda :

— Quoi ?

— Un mariage, aussi bref soit-il, n'est pas une chose banale. Et souvent, les divorces, même souhaités, sont très douloureux. Tu es sûre de vouloir en passer par là ?

— Bien sûr que oui, répondit Melinda d'un ton léger, pour ne pas effrayer l'enfant sur ses genoux. Ce divorce ne sera pas douloureux, et ne provoquera aucune rancœur de part et d'autre. Chacun de nous deux y trouve ce qu'il veut : moi, mon argent, Sean son terrain. J'ai pensé à tout, envisagé toutes les éventualités. C'est la seule et unique solution.

— Hum... une bonne chose, épouser un complet étranger ? Je trouve ça plutôt bizarre, si tu veux mon avis.

— Ce n'est pas un étranger. Je me suis renseigné à son sujet.

— Hum... au lieu que ce soit ton grand-père qui te vende, tu t'es mise toi-même sur le marché.

— Et j'ai obtenu un meilleur prix, déclara Melinda en souriant. Ecoute, ça va être génial. Je me marie, j'obtiens mon argent, et ensuite, je me retrouve célibataire et la vie continue.

— Hum, répéta Kathy.

— Sean est d'accord pour tout. Même pour ne pas coucher avec moi.

— De mieux en mieux !

— C'est drôle, c'est exactement ce qu'il a dit !

— Au fait, quel est le nom de famille de l'heureux époux ?

Melinda sourit à Daniel et répondit :

— Sean King.

— Pardon ? Sean *King* ? Le type dont tous les magazines people parlent ? Le milliardaire aux cheveux noirs et aux magnifiques yeux bleus ? Je n'y crois pas !

Elle installa son fils dans sa chaise haute. Aussitôt, l'enfant se mit à jouer avec une peluche. Elle se leva et remplit deux tasses de café. Puis elle reprit place en face de son amie, l'air toujours aussi perplexe.

— Tu sais que je t'aime, Melinda. C'est pour ça que je me permets de te dire que tu cours à la catastrophe.

— Ne t'en fais pas, tout ira bien.

Et pourtant, en lisant l'inquiétude dans le regard de son amie, elle sentit un léger frisson d'angoisse la parcourir.

Sa réaction était normale, songea-t-elle. Elle et son mari s'aimaient comme au premier jour. A ses yeux, un mariage de raison ne pouvait que ressembler à une sentence de prison.

— Sean King peut avoir toutes les femmes qu'il veut, reprit Kathy. Et toi, tu vis sur une petite île de rien du tout, au milieu de nulle part.

— Je sais, mais...

— Il est riche, beau, et probablement arrogant, comme le sont les hommes de cette espèce.

— Tu en as connu beaucoup, des hommes du type de Sean ? ironisa Melinda.

— Je n'ai pas besoin de les connaître pour savoir comment ils sont ! Je crains juste que tu te sois embarquée sur une drôle de galère.

Kathy et elle étaient amies depuis quinze ans. Depuis que la famille de Kathy avait débarqué sur l'île au moment où son père prenait la direction de l'hôtel. Quand Kathy avait épousé un homme né et élevé à Tesoro, elle l'avait soutenue, et était devenue la marraine de son enfant.

La maison de Kathy représentait depuis toujours un lieu sacré pour elle. Désordonné et si différent de l'élégance tranquille de l'hôtel et des appartements privés dans lesquels elle avait grandi et vivait encore ! Ce petit cottage offrait une atmosphère chaleureuse et intimiste, saturée d'amour.

Il fut un temps où Melinda avait rêvé d'avoir une petite maison de ce type, une vie semblable à celle de son amie. Avec un mari aimant et des enfants qu'elle tiendrait serrés contre elle. Hélas, elle avait fait le deuil de ce rêve en même temps que celui de Steven, l'année précédente. Maintenant, ce dont elle rêvait, c'était de son indépendance. Une occasion de vivre sa vie comme elle le désirait, sans qu'un grand-père aimant et inquiet ne vienne s'en mêler.

— Je sais ce que je fais, crois-moi, assura-t-elle.

— Je l'espère, répondit Kathy avec un soupir. A quand le mariage ?

Melinda adressa un sourire à son amie et annonça :

— Samedi prochain. Et tu es mon témoin.

— Samedi prochain ? répéta Kathy éberluée. Je ne serai jamais prête !

Melinda écouta en souriant son amie évoquer coiffeur, manucure, robes et tailleurs, et baby-sitter.

Inquiète ou pas, Kathy serait là, elle n'en doutait pas un instant. Mais au fond d'elle-même, les réticences répétées de son amie l'avaient ébranlée. Elles avaient fait naître le doute sur le bien-fondé de ce mariage.

Les jours suivants passèrent en un clin d'œil.

Du moins Sean en eut-il l'impression. Il rencontra peu Melinda. Pourquoi en aurait-il été autrement ? Tout ceci n'était que du business. Même s'il s'agissait d'un business bien plus attrayant que d'autres. Pour s'ôter de l'esprit l'obsession de ce mariage, il explora l'île de fond en comble.

Il avait déjà passé un jour ou deux avec l'entreprise de construction locale, petite mais compétente, et dont la connaissance de l'île lui était précieuse. Il appréciait toute l'équipe. Ses frères seraient du même avis, il en était certain. Avoir comme partenaires des autochtones capables serait un atout non négligeable. Faire travailler les autochtones rendrait l'intrusion des King dans leur île plus acceptable et bénéfique pour tout le monde.

Tout seul, il avait mesuré l'île, en notant au fur et à mesure les différences de configuration. Certaines parties se révélaient presque désertiques, alors que l'essentiel de Tesoro foisonnait d'arbres et de fleurs de toutes sortes, ainsi que de chutes d'eau. L'île ne possédait pas de terrain d'atterrissage. Ses frères souhaiteraient certainement construire une piste pour les avions privés. S'ils convainquaient Walter d'accepter, une clairière près de l'hôtel ferait l'affaire. Dans le cas contraire, il faudrait continuer à se poser à St Thomas, et à prendre le bateau-navette jusqu'à Tesoro. Mais bien sûr, si les King construisaient une piste privée, cela faciliterait encore plus la vie de la riche clientèle qu'ils draineraient vers l'île.

En ce moment même, il explorait le village, où les commerçants s'apprêtaient à accueillir les touristes qui les faisaient vivre. Tesoro était une des plus grandes îles privées, dotée de plages magnifiques, et d'une végétation luxuriante.

Le village était pittoresque au point de ressembler à une carte postale. Chaque magasin étincelait de propreté et de charme, chaque façade était peinte de différentes couleurs pastel, bleu, rose, jaune et vert. Des pots en terre cuite dégoulinaient de fleurs éclatantes. Les devantures brillaient sous le soleil, et les portes ouvertes étaient une invite à entrer. Pour un homme habitué à vivre dans le sud bondé des villes californiennes, cela ressemblait à un village de conte de fées. A Brigadoon, par exemple.

Cette pensée le fit sourire. Sans la femme de Lucas, jamais cette référence ne lui serait venue à l'esprit. Un soir où il était allé chez eux pour se faire inviter à dîner, elle regardait ce vieux film à la télévision. En échange d'un repas, elle l'avait contraint à le regarder avec elle ! De sorte que ce petit village écossais magique, où tout était beau, et tout le monde gentil, lui semblait une comparaison appropriée.

Il comprenait pourquoi Walter protégeait jalousement son île. Détendu, il laissait vagabonder son regard, enregistrant les gens, les fleurs, l'ambiance paisible. Il essaya d'imaginer l'île grouillant de touristes se déversant d'énormes bateaux de croisière. La simple pensée du vacarme des voix fortes et du crépitement des appareils photos le fit frissonner.

Le village était bien tel qu'il le contemplait en ce moment, songea-t-il, loin du monde agité, caressé par une brise légère qui atténuait la chaleur. Contrairement à la plupart des îles des Caraïbes, Tesoro se trouvait toujours sous un petit vent, qui rendait la grosse chaleur supportable et tenait éloignés les insectes. Cela ferait le bonheur de leurs futurs clients, se réjouit-il.

Il déambula dans la rue principale, regardant les vitrines, prenant des photos avec son smartphone et les envoyant à ses frères au fur et à mesure. Bien sûr, Rafe et Lucas avaient fait la connaissance de l'île, au cours de leurs pourparlers avec Walter. Mais leurs séjours très brefs ne leur avaient pas permis de flâner comme lui avait la chance de le faire. En revanche, Rico avait séjourné dans l'île plusieurs années auparavant. Et depuis, il n'avait eu de cesse d'y construire un hôtel.

Pendant longtemps, Sean n'avait pas compris l'engouement de son cousin pour cette petite île. Mais plus il regardait autour de lui, mieux il comprenait, à présent. Cet endroit l'envoûtait et dénouait en lui des nœuds dont il ne connaissait même pas l'existence.

Incrédule, il secoua la tête, mettant ces émotions insolites sur le compte de son mariage imminent. Et pourtant, il ne convolait pas pour les raisons habituelles. Pas plus que lors de son mariage précédent, d'ailleurs. Tout cela sentait le déjà-vu. Pas de quoi susciter des émotions particulières, songea-t-il avec ironie.

Deux gamins le frôlèrent en courant sur le trottoir. Il sursauta, avant de rire de sa propre sottise. S'il ne prêtait pas attention à ce qui se passait autour de lui, il finirait par tomber d'une falaise ! Un commerçant enguirlanda les enfants d'une voix tonitruante. Même les cartes postales s'animent ! s'amusa-t-il. Et cela rendait Tesoro encore plus réelle.

Il s'arrêta devant une bijouterie, charmé par les bracelets, boucles d'oreilles et colliers disposés avec art dans la vitrine. Diamants, rubis et autres pierres précieuses, bien sûr. Mais il y avait aussi des pièces faites de cette pierre bleu-vert que portait Melinda au cours du dîner qui avait scellé leur accord.

On ne se marie pas sans offrir une bague, songea-t-il.

Sincère ou intéressé, un mariage devait avoir l'air vrai. Fort de cette conviction, il poussa la porte de la boutique et entra lentement. L'endroit était petit, mais les vitrines d'exposition regorgeaient de bijoux étincelants. Il fut frappé par l'éclairage heureux, qui mettait chaque bijou en valeur.

Sans prêter attention aux bijoux habituels, il se dirigea vers la vitrine dans laquelle brillaient les pierres bleu-vert.

Un vieil homme aux cheveux blancs s'avança vers lui en souriant et s'enquit :

— Vous devez être Sean King ?

Il sursauta.

— Les rumeurs se propagent vite ! fit-il observer.

— Tesoro est une petite île, et votre mariage avec Melinda Stanford est une grande nouvelle.

— Je suppose...

Pas un journaliste en vue sur cette île ! Les bavardages allaient bon train, de toute évidence. Mais à quoi bon en vouloir aux gens de parler ? Tout le monde ici connaissait Melinda et les Stanford, de sorte qu'un mariage inopiné créait la surprise.

— Ravi de vous rencontrer, dit-il en tendant la main au vieil homme.

— Réciproque, monsieur. Je m'appelle James Noble, et ce magasin m'appartient.

— Vous exposez de bien jolies choses. Et puisque vous savez que je me marie, vous vous doutez que je viens pour une bague.

Les yeux brillants de plaisir, le vieux bijoutier sourit.

— J'aime beaucoup ces pierres bleu-vert, poursuivit Sean. Elles sont différentes. Et...

Et elles seyaient à merveille à Melinda. Mais quel bijou ne la mettrait pas en valeur ? songea-t-il aussitôt. Elle était belle, et aussi élégante que le vieil hôtel dans lequel elle vivait. Qu'elle marche, et le mouvement harmonieux de ses hanches le captivait. Qu'elle sourie, et des idées de baisers lui venaient à l'esprit. Elle… elle prenait bien trop d'espace dans ses pensées, songea-t-il, le front plissé.

— Vous avez raison, expliqua le bijoutier. On ne trouve que sur notre île cette topaze de Tesoro. Et nous sommes l'unique bijouterie à la commercialiser.

— Topaze de Tesoro ?

— La pierre est extraite sur notre île. Apparemment, elle s'est formée il y a des millénaires, du fait de l'activité volcanique de l'île. Quant à savoir pourquoi on ne la trouve qu'ici, ça dépasse mes compétences. C'est sans doute dû à la constitution chimique de notre terre, à la façon dont elle a réagi à nos volcans depuis longtemps endormis.

Sean sourit et remarqua :

— On dirait que vous avez souvent tenu ce discours.

L'homme se détendit et lui rendit son sourire.

— En effet. Mais la plupart des gens ne s'intéressent qu'à la pierre, et non à sa formation.

— La pierre est belle, mais c'est le travail que je trouve remarquable, dit Sean en soulevant délicatement un bijou.

La bague se composait de plusieurs topazes serties dans un gros anneau d'or ciselé comme de la dentelle.

— C'est fait par une artiste locale. Son travail est d'excellence, et je ne parviens pas à satisfaire toutes les commandes.

— Ça ne m'étonne pas, dit Sean en examinant la bague.

Elle était petite, mais Melinda avait des doigts longs et fins. Le bijou lui irait certainement. Et si tel n'était pas le cas, elle pourrait toujours venir le faire modifier à sa taille.

— Je prends celle-ci, décida-t-il.

Le vieil homme hocha la tête en souriant.

— Melinda aimera votre choix, assura-t-il.

— Espérons…

— Je vais juste la polir une dernière fois, et vous l'empaqueter.

Le vieux bijoutier semblait sourire de l'intérieur. Heureux d'avoir fait une vente ?

Tout en lui tendant sa carte de crédit, Sean remarqua :

— Je ne me plains pas, au contraire, mais votre prix me surprend. Vous pourriez tirer un bien meilleur bénéfice d'un travail aussi beau et aussi soigné.

— Vous savez, dit le vieil homme en polissant les pierres, nous sommes une petite île et n'avons qu'un nombre limité de clients.

Sean posa ses mains à plat sur la banque et observa la réaction du bijoutier à sa question :

— Que diriez-vous si vous aviez davantage de touristes ?

— Je sais que vous songez à construire un hôtel sur l'île, si c'est à ça que vous faites allusion, déclara James avec un clin d'œil.

— Le téléphone arabe ?

— Exactement ! Rien ne reste secret longtemps à Tesoro.

— Alors, qu'en pensez-vous ?

— Je suis prudemment optimiste. J'ai toujours approuvé le refus de Walter de voir les bateaux de croisière faire escale dans notre île. Je déteste l'idée que Tesoro soit envahie par des hordes de touristes. Cependant, un hôtel de luxe, c'est une autre affaire.

— Moins de gens, moins de perturbations, moins d'impact sur l'environnement.

— Ça fera quand même un changement, nota James en fourrant la bague dans un écrin. Mais un changement dans le bon sens.

— Je pense que vous n'aurez pas à vous en plaindre.

James Noble rendit sa carte de crédit à Sean, lui tendit le paquet en disant :

— J'espère que Melinda aimera la bague.

— Merci. Je vous croiserai à l'occasion sur l'île.

— Bien sûr. Je serai à votre mariage.

Sean se mit à rire et se dirigea vers la porte.

— Vous et tout le reste de l'île, j'imagine ?

— Exactement.

Dans la rue, il souriait encore, un peu tristement. Bien entendu, tous les résidents de Tesoro assisteraient au mariage. Dans une île aussi petite, chaque individu avait le sentiment de faire partie de la famille. Tout cela ressemblait si peu à sa propre vie en Californie, pleine de gens, de bruit, où il était si difficile de s'entendre penser. Jusqu'à présent, cela lui avait convenu. A Sunset Beach où il vivait, il ne connaissait pas ses voisins, c'est à peine s'il échangeait avec eux un signe de tête en les croisant. Ses frères étaient ses meilleurs amis. Quant aux femmes avec lesquelles il partageait un peu de son temps, elles ne faisaient que de brèves apparitions dans sa vie et la quittaient presque sans qu'il le remarque.

Une fois, il avait souhaité davantage. Une relation plus durable. Mais cela s'était fait à ses dépens. Il avait retenu la leçon de cet énorme fiasco, et avait fait marche arrière aussi vite que possible. Ensuite, il s'était constitué une armure protectrice. Caché derrière son charme et son sens de la repartie, il prenait un soin infini à dissimuler des émotions plus profondes.

Maintenant, il se retrouvait sur une île, sans possibilité d'éviter la proximité humaine. Et il s'apprêtait à s'y marier.

La bague dans sa poche pesait aussi lourd qu'une ancre, ou un boulet auquel il s'était enchaîné, songea-t-il sombrement. Des images de Melinda se formèrent dans son esprit, aussi facilement que si elles étaient gravées dans son cerveau de façon permanente. Impossible d'effacer les pensées qu'elle lui évoquait. Impossible de rejeter la faim qu'il avait d'elle. Ses yeux, son sourire, sa tranquille détermination à faire les choses selon sa volonté.

Cette réflexion le fit sourire. Si les King comprenaient une chose, c'était bien la détermination, le désir de gagner ! Cela ne signifiait pas pour autant que les deux mois à venir seraient faciles. Son corps le lui disait déjà, il voulait Melinda de toutes ses forces. Faire semblant d'avoir une épouse et ne pas pouvoir la toucher, cela allait le rendre fou !

Il avala une goulée d'air marin. Aucune importance ! se dit-il. Il survivrait. Les King survivaient toujours.

Dans deux mois, il serait de nouveau un homme libre.

Et Melinda, malgré sa beauté, son intelligence et son incroyable sensualité, ne serait plus qu'un souvenir.

5

La foule applaudit.

Melinda l'entendit à peine. Elle regarda son *mari*, et lut dans ses yeux une sorte d'humour réticent.

Quelque chose en elle se réchauffa. La tenant par la main, son bras droit passé autour de sa taille, il la tenait serrée contre lui, au point qu'elle sentait les battements réguliers de son cœur.

Autour d'eux, la musique éclata, un vieil air d'Ella Fitzgerald. Cette voix enrouée et sexy sembla enfler dans l'air. Ses yeux s'emplirent soudain de larmes. Elle avait du mal à y croire : elle était mariée.

— Les jeunes mariées ne pleurent pas, lui souffla Sean.

— Je sais, répondit-elle en refoulant ses larmes. C'est juste…

— Etrange ? proposa-t-il en la faisant pivoter vers lui.

— Disons… oui.

Son regard planté dans celui de Sean, elle percevait du coin de l'œil des fragments brouillés de la foule.

— Je comprends, répliqua-t-il. Mais ton grand-père est heureux, lui.

Détournant un peu la tête, elle entrevit Walter au bord de la piste de danse. Radieux, il les regardait danser.

— C'est vrai, murmura-t-elle.

Un vague sentiment de culpabilité l'envahit. Elle l'avait rendu heureux en lui mentant. Et elle imagina son visage dans deux mois, quand elle lui annoncerait son divorce. L'image était insoutenable. Elle ferma les yeux pour la chasser.

— Déjà des regrets ? s'enquit Sean.

Un instant, elle fut tentée de lui mentir, à lui aussi. Mais à quoi bon ?

— Un peu, oui, reconnut-elle. Et toi ?

— Quelques-uns, admit-il avec un hochement de tête.

Puis il la serra plus fort contre lui.

Maintenant, elle sentait davantage que les battements de son cœur, remarqua-t-elle. Elle sentait contre sa hanche la preuve longue et dure de son désir. Elle leva la tête et croisa son regard.

Il haussa les épaules et lui adressa un bref sourire.

— Mes regrets sont plus… personnels, dit-il.

Pas de sexe.

Elle sentit son corps se réveiller. Une réaction immédiate et instinctive. Le centre de son intimité devint humide, palpitant entre ses cuisses. Le remarquait-il ? Il n'en laissa rien paraître, en tout cas, et continua à danser harmonieusement.

Tout en suivant le rythme, elle revécut dans sa tête la brève cérémonie qui s'était déroulée dans le jardin du Stanford. Elle avait descendu une allée bordée de fleurs, au bras de son grand-père rayonnant, et ses yeux s'étaient rivés à ceux de Sean. Il portait un costume gris, une chemise blanche amidonnée, et une cravate rouge foncé. Il la couvait du regard, et sous ses yeux appréciateurs, elle avait ressenti un petit frisson de plaisir.

Quelle femme n'aurait pas éprouvé la même chose ? se demanda-t-elle. King était viril au possible. Le fait qu'il ne cherchât point à déguiser qu'il l'appréciait avait éveillé en elle un feu qui continuait à couver dans son corps. Il était terriblement beau, son mari tout neuf. Pour couronner le tout, la façon dont il la tenait serrée entre ses bras lui donnait l'irrésistible envie de revoir la clause de leur contrat concernant la sexualité.

Au moment même où elle formula cette pensée, elle la bannit de son esprit, et remplaça l'image de Sean par celle de Steven, l'homme qui aurait dû devenir son époux. L'homme qu'elle avait aimé jusqu'au tragique accident de voiture qui avait mis fin à ses jours. Ce mariage aurait dû être un mariage d'amour, non un marché ou une association entre gens intéressés.

— Tu as l'air songeuse, dit Sean en penchant la tête vers elle. Nos invités vont se demander ce que j'ai pu dire pour t'assombrir de la sorte.

— Pardon ? répondit-elle en levant la tête vers le regard bleu penché sur elle.

Elle se reprit. La chanson d'Ella semblait ne jamais devoir finir. Cette conversation murmurée existait-elle pour de bon ?

— Souris, Melinda. Nous sommes mariés. Nous avons gagné notre pari. Tu as obtenu ce que tu voulais.

— Pas tout, dit-elle avec douceur.

— Que te manque-t-il ?

Il étala sa paume dans le dos de sa cavalière, lui communiquant la chaleur de son corps et propageant en elle un feu qu'elle n'avait pas prévu. Ni souhaité.

— Rien, répondit-elle d'une voix calme, désireuse de ne pas évoquer Steven devant l'homme qu'elle venait d'épouser. Ce n'est rien.

— Dans ce cas, souris. Sans ça, les gens vont se demander pour quelle raison tu m'as épousé.

Elle se mit à rire, repoussant la vague de mélancolie qui avait failli la submerger. Elle regarda la bague à sa main gauche, les éclats que jetaient les pierres.

— J'aime ma bague, dit-elle.

— Tant mieux. Je l'ai repérée dans une bijouterie en ville. C'est la même pierre que les boucles d'oreilles que tu portais l'autre jour.

Elle sourit.

— Topaze de Tesoro.

— Oui, dit-il en la faisant tournoyer. Elle m'a semblé appropriée.

— Elle est parfaite, assura-t-elle avec un grand sourire.

— Bien. Très bien.

La musique diminua et l'air s'acheva dans un soupir, tandis

qu'il l'entraînait dans un dernier tourbillon, en la regardant au fond des yeux. Elle sentit son cœur battre plus vite sous ce regard un brin charmeur.

La foule les applaudit de nouveau, mais aucun des deux ne le remarqua. Ils restaient figés sur la piste, les yeux dans les yeux.

Des étrangers intimes.

— Un baiser ! cria quelqu'un.

Tout le monde reprit en chœur. La clameur prit une ampleur sonore assourdissante dans la salle de bal de l'hôtel Stanford.

— Ce n'est pas une obligation, souffla-t-elle d'une voix qui se perdit dans le brouhaha.

— Bien sûr que si, protesta-t-il avec un grand sourire. Tu veux que notre mariage ait l'air réel, oui ou non ?

— Oui... mais nous avons déjà échangé un baiser à la fin de la cérémonie.

— C'était un petit bisou cérémonieux, pas ce que j'appellerais un baiser. Si nous voulons sceller notre mariage, il faut que ce baiser compte.

Elle ferma les yeux au moment où il penchait la tête vers elle et s'emparait de sa bouche pour un baiser romantique. Un accès de chaleur délicieux la fit fondre des pieds à la tête. Jamais de la vie elle ne s'était attendue à pareille chose. Un simple baiser, sans doute. Mais aussi bien davantage.

Emue, elle entendit à peine la foule des invités éclater en hourras chaleureux, tandis que, pantelante, elle avait l'impression que son corps était électrifié. Sa langue se mêlait à celle de Sean, elle arquait son corps contre le sien, et se laissait dévorer par lui. Pire encore, elle l'aidait à se faire dévorer.

Peu importait qu'elle ne soit pas amoureuse, qu'elle n'ait jamais eu l'intention d'embrasser son nouveau mari. En cet instant, seul comptait ce qu'il était en train de lui faire, les sensations qu'il faisait naître et qui se bousculaient dans son corps, dans son esprit.

Jamais elle n'avait connu ça. Il l'enlaçait si fort qu'elle en avait le souffle coupé. Trop occupée à comprendre ce qui lui arrivait, elle n'en prenait pas ombrage. Comment pouvait-elle éprouver des sensations aussi inouïes avec un quasi étranger ? Un homme qui n'était pas Steven.

L'évocation de Steven projeta comme un voile épais entre eux et elle se figea. Elle mit fin au baiser, rejeta la tête en arrière et regarda Sean avec étonnement. Dans le regard de son mari, elle lut la même surprise. Ce qui était loin de la rassurer.

— Ça, c'est un baiser de mariage ! s'exclama son grand-père avec plaisir.

Sean desserra son étreinte, et sourit au vieil homme. Puis il entoura ses épaules de son bras et l'entraîna, toujours serrée contre lui.

Il marchait d'un pas normal, souriait avec aisance, mais elle sentait les battements rapides de son cœur, et comprenait ce qu'il venait d'éprouver en l'embrassant. La même chose qu'elle, en fait. Ce qui signifiait... quoi ?

Elle tenta de se rassurer. Il avait accepté la clause de mariage blanc, dans leur marché. Espérait-il qu'un baiser, aussi époustouflant soit-il, la ferait changer d'avis ?

Et elle, cela la ferait-il changer d'avis ? se demanda-t-elle un instant.

Non.

Comme il faisait courir sa main le long de son bras, elle frémit, tout en continuant à sourire. Il avait raison, chacun d'eux devait jouer son rôle avec application.

— Nous vous remercions d'être tous avec nous aujourd'hui, dit Sean de sa voix chaude. Je sais que votre présence signifie beaucoup pour Melinda et Walter.

Une ovation suivit ce petit discours. Le DJ ayant lancé un rock, Walter fendit la foule, s'approcha de Sean et lui tendit la main.

— Bien dit, commenta-t-il.

Puis, tourné vers Melinda, il ajouta :

— Tu fais une aussi jolie mariée que ta maman.

Les yeux de la jeune femme s'emplirent de larmes. Elle sauta au cou de son grand-père et respira son odeur familière, faite de tabac et de menthe. Il était à l'origine de cette mascarade, et pourtant, elle ne lui en voulait pas. Il avait agi pour son bien à elle, comme toujours. Elle espérait seulement qu'une fois divorcée, il accepterait qu'elle ne se remarie pas.

— Je t'aime, lui souffla-t-elle à l'oreille, tandis qu'il déposait un baiser dans ses cheveux.

— Moi aussi, murmura-t-il. Et maintenant, profitez bien de la fête.

Sur ces mots, il tourna les talons et rejoignit ses amis les plus intimes dans un coin de la salle de bal.

— Il est vraiment bizarre, marmonna Sean.

Melinda releva la tête, prête à défendre son grand-père, avant de s'apercevoir que ce n'était pas la peine. Sean lui souriait sans agressivité.

— Ce n'est pas une critique, dit-il. Ni toi ni moi n'aimons la façon dont il fait certaines choses. Mais je ne peux qu'admirer un homme qui se donne les moyens d'obtenir ce qu'il veut, et n'accepte pas les échecs.

Malgré son tumulte intérieur, Melinda lui sourit.

— Ça ne m'étonne pas que tu l'admires. Tu lui ressembles beaucoup !

— C'est un compliment ou une insulte ? demanda-t-il en fronçant les sourcils.

— Un peu des deux.

Il la guida hors de la piste, vers les portes-fenêtres de la terrasse.

Une brise douce les enveloppa. Elle respira librement pour la première fois depuis des heures. Elle était soulagée de pouvoir s'éloigner un moment de la foule des convives. Par-dessus son épaule, elle regarda les invités danser et rire, et se sentit étrangère à son propre mariage.

— Tu recommences, dit Sean d'une voix paisible.

— Quoi ?

Il prit son visage entre ses mains hâlées et l'obligea à tourner la tête vers lui, en disant :

— Tu recommences à perdre ton temps en regrets.

— Ce n'est pas ça.

— Quoi, alors ?

Elle prit une profonde inspiration, recula et s'accouda à la balustrade de la terrasse. Des lampadaires bien disposés diffusaient une lueur romanesque sur l'ensemble du jardin. La senteur lourde du jasmin leur parvenait en bouffées, la pleine lune brillait au-dessus de leurs têtes.

— Je pensais juste que quand je me marierais...

— Tu aimerais ton futur mari ?

— Eh bien... oui, dit-elle en le regardant.

— Ça se comprend. Et ça t'arrivera sans doute un jour.

— Non, pour moi, c'est la seule fois, répondit-elle en secouant la tête. Je ne recherche ni l'amour ni quoi que ce soit de romantique. En conséquence, je ne me remarierai jamais.

— C'est drôle, murmura-t-il. Moi aussi, j'ai dit ça, un jour.

Elle le contempla avec surprise.

— Tu as déjà été marié ?

Il s'en voulut d'avoir parlé trop vite. Mais impossible de ravaler les mots qu'il venait de prononcer. Jamais il n'avait eu la moindre intention de faire allusion à son mariage malheureux. Bon sang ! Jusqu'à maintenant, il n'en avait parlé à personne. S'agissait-il d'un acte manqué ? Il ne lui manquait plus que de sombrer dans la psychanalyse ! ironisa-t-il en son for intérieur.

Son épouse le regardait bien en face, dans l'attente d'une explication qu'il ne voulait pas lui donner. Ce qui, bien sûr, ne manquerait pas d'attiser sa curiosité féminine. Les femmes ont un don pour vous extirper des informations. Elles ne renoncent jamais avant de les avoir obtenues.

Peut-être éviterait-il le supplice des questions insistantes en levant un peu le voile, sans pour autant se répandre en explications ?

— Ça n'a pas marché, lâcha-t-il en haussant les épaules.

— Alors, tu es divorcé ?

— Je ne le suis plus, dit-il avec un demi-sourire. Maintenant, je suis un homme marié.

Elle eut un sourire sans joie.

— C'est ça, dit-elle. Marié.

Tournant la tête, il contempla un instant le jardin, et au-delà, l'océan bruissant sous la lune.

— Notre marché ne te rend pas aussi heureuse que je l'escomptais, dit-il.

— C'est compliqué.

— Ça ne m'a pas paru compliqué, remarqua-t-il en la regardant.

Dieu qu'elle était belle ! Quand elle était montée vers l'autel, au bras de son grand-père, il avait un instant pensé s'enfuir. Au lieu de ça, il était demeuré immobile, les pieds rivés au sol, à l'admirer. Ses cheveux noirs qui frôlaient ses épaules nues. La robe blanche qui moulait ses formes voluptueuses, et s'évasait autour de ses jambes en godets de soie mouvante. Ses seins se gonflaient à chacune de ses respirations, et surtout ses grands yeux bleu ciel scintillaient d'une détermination sans faille. Tout cela semblait avoir été manigancé pour le séduire, le contraindre à demeurer sur place. Le marié parfait contemplant son avenir en marche.

La foule des convives avait soupiré d'aise quand elle avait glissé sa main dans celle de Sean. Et lui se souvenait encore de la chaleur diffuse qui l'avait envahi au contact de la paume de sa promise. Quand ils avaient dansé ensemble, quand ils s'étaient embrassés, une faim inconnue de lui jusqu'alors l'avait envahi, qui encore maintenant ne le lâchait pas tout à fait.

Se retrouver seul avec elle au clair de lune n'arrangeait rien.

Elle respira profondément et se lança :

— Sean… à propos de ce baiser…

Ah, ce baiser… Lui aussi y pensait beaucoup, songea-t-il. Un baiser qui l'avait mis dans tous ses états. Jamais aucune femme ne lui avait fait un effet aussi prompt ni aussi violent. Le simple rapprochement de leurs corps avait déclenché en lui un désir très puissant, qu'il n'arrivait pas à juguler complètement.

Les deux mois à venir s'annonçaient donc encore plus durs qu'il ne l'avait imaginé. A cette perspective, il grinça des dents. Mais cela ne lui fit toujours pas regretter le baiser qu'ils avaient échangé. Au contraire, il en redemandait.

— C'était un baiser délicieux, dit-il en tournant le dos à la balustrade, pour mieux observer la femme qu'il venait d'épouser.

La clarté de la lune donnait un joli lustre à sa peau, et un éclat particulier à sa robe sans bretelles. En un mot, elle était éblouissante, et il ne parvenait plus à détacher son regard d'elle.

La fine soie de sa robe mettait en valeur une silhouette sans défaut. Tout en elle lui donnait envie de la saisir à bras-le-corps, l'attirer contre lui et l'embrasser à en perdre haleine.

S'il ne cédait pas à l'impulsion de la toucher, s'il dissimulait la décharge électrique qu'il ressentait chaque fois que leurs peaux s'effleuraient par hasard, c'était au prix d'un énorme effort de volonté. Car en réalité, il souhaitait caresser son corps jusqu'à ce qu'elle gémisse et soupire de plaisir. La force de son désir était telle qu'elle frôlait la souffrance. S'il s'écoutait, il monterait dans ses bras la nouvelle mariée à l'étage, dans la suite où ils allaient vivre ensemble jusqu'à la fin de leur contrat.

Il l'allongerait sur le lit, soulèverait le bas de sa robe, et la pénètrerait en la regardant au fond des yeux. Il sentirait ses longues jambes fuselées se nouer autour de ses hanches, l'incitant à aller toujours plus profond en elle. Il observerait ses yeux scintillants et se repaîtrait de ses halètements, de ses soupirs voluptueux. Il sentirait autour de son sexe son fourreau brûlant, lubrifié à souhait, et déverserait en elle la lave de son sperme. Et dès les derniers spasmes de leur orgasme, il recommencerait, encore et encore.

La voix sèche de Melinda le ramena à la réalité :

— Cela ne se reproduira plus.

Il se renfrogna et dut changer de position pour dissimuler l'évidence de son désir. Peine perdue. Il ne lui restait plus qu'à faire en sorte d'alléger l'ambiance tout en refoulant les images érotiques qui lui polluaient l'esprit :

— Bien sûr que si, nous pouvons, dit-il en se rapprochant d'elle. S'embrasser, ce n'est pas faire l'amour.

— C'est la façon dont tu embrasses qui change tout, murmura-t-elle.

Il sentit son corps se raidir davantage encore, mais il sourit et dit :

— La flatterie mène à tout.

— Ce n'était pas un compliment.

— Je m'y serais trompé, dit-il.

Il se plaça devant elle et la coinça contre la balustrade. Elle détourna la tête, incapable de soutenir son regard. Mais il ne voulait pas la mettre mal à l'aise. Il la voulait consentante et enthousiaste, comme elle l'avait été au cours de ce baiser inoubliable.

— Ce n'était qu'un baiser, dit-il d'une voix douce en choisissant ses mots. Cela n'ira pas plus loin, tant que tu ne le souhaiteras pas.

— Je ne peux pas, dit-elle en le regardant en face. Je ne veux pas.

— Dans ce cas, nous n'irons pas plus loin. Mais un baiser, ce n'est pas dangereux. Même si nous n'allons pas plus loin, nous avons bien le droit de nous amuser un petit peu.

En proie à l'indécision, elle se mordit la lèvre inférieure.

— Peut-être ce baiser n'était-il pas aussi bon que nous pensons, poursuivit-il en caressant du doigt la ligne de la mâchoire de sa partenaire. Nous avons peut-être été pris par surprise, et l'avons interprété trop favorablement. Peut-être devrions-nous creuser cette théorie ?

— Je ne pense pas que...

— Bonne idée, murmura-t-il en la dévisageant d'un air affamé. Ne pense pas.

Penché au-dessus d'elle, il s'empara de nouveau de sa bouche. Il était encore plus exalté que la première fois, car cette fois-ci, il savait à quoi s'attendre. Maintenant, il connaissait son goût, son odeur. Quand elle entrouvrit ses lèvres sous la poussée de sa langue, il était préparé à l'assaut d'ivresse qui le fit presque tituber.

Elle était chaude, pulpeuse, et sa passion était communicative. Le premier baiser avait été une révélation. Celui-ci était une confirmation. La douceur de ses lèvres, le goût de sa langue, son haleine exquise, tout cela se cristallisa en une boule de désir au creux de ses reins. Impossible de revenir en arrière, même s'il le devait.

Ceci n'était pas prévu dans leur marché ! Cette explosion de désir inextinguible ne ressemblait à rien de connu. S'il s'était agi d'une autre femme, il n'aurait pas hésité une seconde et l'aurait conduite dans un lit, et lui aurait fait l'amour jusqu'à extinction de leur désir. Mais dans le cas présent, ce n'était pas envisageable. Qu'allait-il faire de tant de désir ?

Tandis que son corps s'enflammait, son esprit tirait la sonnette d'alarme. Il avait donné sa parole, et il la tiendrait, songea-t-il tout en fouillant de sa langue la bouche de Melinda. Mais dans l'instant présent, il s'enivrait de ce qu'ils découvraient ensemble. Il prenait tout ce qu'elle lui offrait, et donnait tout ce qu'il avait.

D'un mouvement brusque, il l'emprisonna dans ses bras. Il sentait ses seins contre son torse, et les battements désordonnés de son cœur. Pas de doute, songea-t-il, elle éprouvait les mêmes émois que lui.

Fort de cette certitude, il se permit d'aller un peu plus loin. D'une main, il ouvrit d'un cran la fermeture Eclair dans le dos de sa robe. Comme elle gémissait contre sa bouche, il l'abaissa un peu plus. Juste assez pour desserrer le bustier de sa robe pour...

Avec lenteur, il abaissa le haut de sa robe pour lui dénuder les seins. Puis il abandonna sa bouche pour prendre entre ses lèvres le bouton rose de son mamelon droit, puis l'autre.

Elle tressaillit et frissonna.

— Sean, protesta-t-elle dans un murmure.

Il sentit sa poitrine se nouer et son entrejambe, toujours plus dur, le torturait, mais il ne pouvait plus s'arrêter. Chacun des soupirs, des gémissements de la jeune femme le ravissait. Il se repaissait du goût de ses mamelons. Il les titilla de ses dents, la sentit frémir sous la caresse.

Accrochée à ses épaules, elle s'arc-boutait contre lui. D'une main, il lui caressait un sein, tandis que sa langue râpeuse attisait l'autre mamelon. Jamais il ne se lasserait de la toucher, songea-t-il dans sa fièvre. Une faim dévorante le rongeait, son corps se languissait d'aboutir à la plénitude du plaisir.

La lueur de la lune jouait sur sa peau, le murmure des voix dans la salle de bal et la musique assourdie n'étaient plus qu'une distraction lointaine. La seule chose qui comptait en ce moment était le désir qui unissait leurs deux corps.

Il ressentait ses soupirs comme des vibrations dans son propre corps. Elle tremblait, non à cause de la fraîcheur de la brise qui se levait, mais sous l'effet de ses caresses ardentes. Les doigts enfouis dans ses cheveux, elle lui maintenait la tête contre ses seins. Ses ongles délicats sur son crâne envoyaient dans son cerveau des éclairs électriques.

Jamais il n'avait désiré une femme comme il désirait Melinda Stanford... *King*.

Cette pensée produisit en lui un choc qui le ramena à la réalité. Cette femme était l'épouse qu'il avait promis de ne pas toucher. Et que faisait-il, au lieu de respecter leur accord ? Il s'apprêtait presque à la posséder sur cette terrasse, alors même que son grand-père se trouvait dans la pièce à côté !

Il réprima un gémissement de frustration, et se détacha d'elle à contrecœur. Il se redressa, et remonta lentement la fermeture Eclair de sa robe. Enfin, il l'entoura de ses bras, et s'efforça de reprendre possession de ses moyens.

— Sean ?

Il la regarda dans les yeux, des yeux embués et confus, tellement érotiques qu'il fut tenté de jeter par-dessus bord son sens de l'honneur, pour faire ce qu'ils mouraient tous les deux d'envie d'accomplir. Mais il se contint.

Pour le moment, en tout cas. Il attendrait qu'elle le relève de son satané serment.

Il sentait ses mains qui s'attardaient sur ses épaules, comme si elle avait peur de perdre l'équilibre. Il le comprit parfaitement. Ses propres jambes flageolaient un peu, ce qu'il avait du mal à admettre. Bon sang ! Jamais une femme ne l'avait autant... déstabilisé.

— Sean, c'était...

— Melinda, encore deux minutes et...

Elle frissonna longuement et hocha la tête.

— Je n'arrive pas à croire que nous venons juste de...

— Disons, murmura-t-il avec un sourire triste, que la journée a été longue et fatigante.

Elle eut un petit rire sans joie qui lui alla droit au cœur.

— Je n'aurais pas dû, dit-elle. Je n'arrive pas à croire que je t'ai laissé... que je voulais que tu...

Lui prenant le visage entre ses mains, il affirma avec douceur :

— Ne t'en fais pas, ce n'est rien.

« Menteur ! », lui cria une petite voix dans sa tête. Il n'y prit pas garde et poursuivit :

— Nous sommes mariés, et nous nous sommes embrassés. Ne...

Lâchant le visage de sa jeune épouse, il se passa dans les cheveux une main nerveuse et acheva :

— Ne te mets pas martel en tête pour si peu de chose.

— Il y a quelque chose que tu dois savoir.

Il attendit. Au bout de quelques secondes, elle reprit :

— J'ai été fiancée... mon fiancé, Steven Hardesty, est mort dans un accident de voiture, à Tesoro, il y a un an.

Il lut sans ses yeux du regret, une peine ancienne, mêlée à de la culpabilité. Un instant auparavant, un désir brûlant comme de la lave coulait dans ses veines. En une seconde, ce désir fut balayé, remplacé par une vague de colère.

— Steven ? répéta-t-il.

Détournant le regard, elle hocha la tête avec tristesse.

— Il est mort, et je...

— Quoi ? demanda-t-il en la forçant à le regarder en face. Tu voulais remuer le couteau dans la plaie ?

— Pardon ?

— Pour quelle autre raison suis-je là ?

Le chagrin dans le regard de Melinda fit place à de l'impatience.

— Oh ! je t'en prie ! Tu sais très bien pourquoi tu es là. Nous avons conclu un marché, voilà pourquoi.

— Marché conclu ou pas, tu ne semblais pas faire grand cas de ce bon vieux Steven, il y a quelques instants.

— Tu...

Elle ne parvint pas à terminer sa phrase, se contentant de lui adresser un regard noir.

Pour ne pas alerter les convives, il reprit d'un ton contenu :

— Tu as dit l'autre jour que tu ne recherchais pas le romanesque. Pour quelle raison ? A la mort de Steven, tu as enterré ton cœur dans son cercueil ? C'est ça ?

— Tu ne comprends pas, rétorqua-t-elle d'une voix pleine de colère.

— Au contraire, je comprends beaucoup plus de choses que tu ne crois.

Il luttait de toutes ses forces contre sa rage et son humiliation. La situation le prenait par surprise. Elle avait fait des recherches à son sujet. Eh bien, il aurait dû faire la même chose. Cela lui aurait épargné de se retrouver dans ce bourbier.

— Il ne s'agissait donc pas d'un marché entre nous, lâcha-t-il. Je suis un substitut à l'inoubliable défunt Steven !

— Ne parle pas de lui en ces termes !

— Pourquoi pas ? Je suis son remplaçant, non ?

Rejetant ses cheveux en arrière, elle le défia du regard et rétorqua :

— Tu ne remplaces pas Steven. *Lui*, je l'aimais.

Sa véhémence le toucha plus qu'elle n'aurait dû le faire. Il ne parvint pas à mettre de côté ses sentiments. Mon Dieu, qu'il était idiot de s'être fourré dans cette histoire ! Il n'avait pas vu plus loin que le bout de son nez en concluant ce marché pour acquérir le terrain. Tout ça pour aider les King à gagner, une fois de plus !

Si seulement il avait su qu'elle portait le deuil d'un autre homme, jamais il n'aurait conclu ce marché ! Cela lui serait apparu pour ce que c'était : un sac de nœuds inextricables.

— Je ne vois pas pourquoi tu es si fâché, marmonna-t-elle en se frottant les bras comme si elle était frigorifiée.

— Je n'aime pas qu'on me mente, ni qu'on me manipule, figure-toi. Appelle ça un défaut, si ça te chante.

— Je ne t'ai pas manipulé, rétorqua-t-elle d'un ton sec. Nous avons conclu un marché, et avons exclu la sexualité de notre accord. Et pourtant, il y a quelques instants, tu léchais mes seins, et tu essayais de me perturber pour me mettre dans ton lit. Qui est le coupable, dans cette affaire ?

Cette accusation le hérissa. Jamais il n'avait contraint ni manipulé une femme pour la mettre dans son lit. Et jamais ça ne se produirait. Et voilà que son *épouse*, dressée devant lui, le regardait de haut, tel un ange chaste, et cherchait à le culpabiliser ? Un comble !

Il effleura du bout des doigts ses bras nus, et observa avec ironie la chair de poule qu'il y provoquait.

— Je ne suis coupable de rien, mon chou, murmura-t-il en maîtrisant sa colère. Tu peux toujours essayer de t'en convaincre, mais nous savons tous les deux que nos réactions physiques sont spontanées et réciproques. Tu as aimé mon contact. Et tu continues à *désirer* que je te touche.

— Ce n'est pas vrai...

— Oh que si ! dit-il avec un sourire qui lui coûta un violent effort de volonté. Il y a quelques instants, tu gémissais et chacune de mes caresses te ravissait.

— Arrête ! siffla-t-elle.

— Tu te mens à toi-même ? Libre à toi. Mais nous savons tous les deux que nous avons été sur le point de faire valdinguer par-dessus bord ton sacro-saint vœu de chasteté. C'est moi qui me suis arrêté, dois-je te le rappeler ?

— J'allais le faire quand...

— Laisse tomber ! Raconte ta version à quelqu'un qui n'a pas sur son crâne l'empreinte de tes doigts.

Elle rougit violemment. Gêne ? Honte ? Regret ? Comment savoir ?

— Tu peux faire semblant de ne plus vouloir vivre, poursuivit-il, impitoyable, en approchant sa bouche de ses lèvres. Mais ton corps tient un tout autre langage. Lui, il est toujours vivant, et en ce moment même, il est affamé. Comme le mien.

Elle le repoussa, ses mains contre son buste. Il recula de quelques pas. Non parce qu'elle l'y obligeait, mais parce que tous les deux avaient besoin d'espace.

— Tu te trompes, lança-t-elle.

— Continue à te mentir, si ça te chante.

Ils se turent. Pendant un moment, les bruits de la fête emplirent entre eux le silence tendu. Ce fut elle qui le rompit la première :

— Je me retire chez moi. Je n'ai plus la force de participer à la réception.

— Fort bien, dit-il en s'appuyant à la balustrade, les yeux plongés dans la semi-obscurité.

— Que vas-tu faire ? demanda-t-elle.

Il tourna la tête vers elle. Elle avait l'air un peu perdue. A son grand dépit, une partie de lui avait envie de la réconforter. Mais pour l'instant, sa colère l'emportait, et il rengaina ses bonnes intentions.

— Je vais boire un verre, dit-il.

— Je veux dire... es-tu toujours prêt à honorer notre marché ? Vas-tu monter chez moi ?

En haut, dans l'appartement où ils demeureraient pendant la durée de leur mariage. Vivre avec elle, être près d'elle, sans la toucher, cela lui donnait le vertige. L'espace d'un instant, il eut envie de tout envoyer promener. Mais il n'en fit rien. Certes, il était en colère. Mais cela ne le rendait pas idiot. De plus, il ne reniait jamais la parole donnée. Même quand il en avait la tentation.

— Oui, dit-il en lui lançant un regard mauvais.

Cette femme était belle, mais dangereuse. Blessée dans son cœur, mais rusée.

Après une pause, il reprit :

— Ne t'inquiète pas. Je jouerai mon rôle comme prévu. Je serai en tout point le mari parfait que *Steven* aurait été pour toi.

6

— Il a dit *ça* ? s'étonna Kathy en buvant une gorgée de thé glacé.

Avant de répondre, Melinda émietta un cookie. Deux jours s'étaient écoulés depuis le mariage. A part un vague « bonjour », le matin, elle n'avait pas échangé un seul mot avec Sean.

Cela la rendait triste. Fatiguée, elle nageait en pleine confusion. Elle gardait à la mémoire son regard, quand il lui avait parlé pour la dernière fois, sur la terrasse, l'éclair de colère au fond de ses yeux, mêlé à un reste de désir. Le pire, c'est que, de son côté, elle continuait à le désirer.

— Oui, acquiesça-t-elle Le mari parfait qu'aurait été Steven. En disant ça, il semblait furieux.

— Ça se comprend, tu ne trouves pas ?

Melinda scruta son amie.

— De quel côté es-tu, dans cette affaire ? demanda-t-elle.

— Du tien, ma chérie, répondit Kathy d'un ton apaisant. Mais je peux comprendre sa colère.

— Eh bien, pas moi, lâcha Melinda en croisant les bras sur sa poitrine.

— N'oublie pas que tu lui as menti...

— Je n'ai pas *vraiment* menti.

— Tu ne lui as tout simplement pas parlé de Steven en lui faisant ta proposition de mariage.

— Il n'avait pas besoin de savoir.

Elle détourna les yeux vers le port. Plusieurs bateaux de

pêche revenaient vers le rivage. Quelques enfants couraient sur la jetée en riant. Ils lançaient des bouts de pain aux mouettes. A Tesoro, la vie continuait.

— Au contraire, dirait-on. Aucun homme n'aime prendre la place d'un autre. Surtout pas un King.

— Sean ne prend pas la place de Steven. Ça ne se peut pas.

Elle fit semblant de ne pas entendre le soupir que poussa Kathy. Jamais elle n'avait compris l'antipathie de son amie intime pour Steven. Elles n'avaient jamais eu l'occasion d'aborder le sujet et maintenant, cela n'avait plus d'importance. Steven était parti, et elle avait épousé quelqu'un d'autre.

— Il y a une chose que tu ne m'as pas racontée, reprit Kathy. La grande scène truquée sur la terrasse. Comment s'est-elle passée ?

— Pas mal.

— Mais encore ?

— Vraiment bien, reconnut Melinda. Surprenante, incroyable, même.

— Ah ! souligna Kathy avec un regard entendu.

— Comment puis-je ressentir de telles émotions avec un autre homme que Steven ?

— Tu es vivante, répliqua Kathy avec un peu plus d'impatience. Quel mal y a-t-il à ça ?

Melinda secoua la tête. Elle contempla l'océan, et son regard se brouilla de larmes qui rendirent floue la scène qui s'étalait sous ses yeux. Non ! s'insurgea-t-elle. Elle ne s'autorisait pas à éprouver quelque sentiment que ce soit pour Sean.

Cela impliquerait de se détacher du souvenir de Steven, alors qu'elle lui avait juré un amour éternel. Elle refusait de tourner le dos à leur passé commun. Et qu'importe ce que Sean King faisait naître en elle. Dans deux mois, il serait parti, et elle garderait à jamais en elle le souvenir de son fiancé disparu.

Elle lui devait bien ça, non ?

— Dites à votre grand-père que j'aurai les fraises qu'il aime le week-end prochain.

— Je n'y manquerai pas, Sallye, affirma Melinda en souriant.

A cette heure matinale, il y avait très peu de monde devant l'étal de légumes biologiques. Elle connaissait la plupart de ces clients matinaux, et échangea des signes de tête amicaux en regagnant sa voiture. Tout en marchant, elle regarda le ciel nuageux, puis l'océan sur lequel dansaient des bateaux de pêche, quelques yachts. Les mouettes tournoyaient et piquaient vers les vagues, à la recherche de leur pâture.

— Encore une merveilleuse journée, se murmura-t-elle avec un sourire mélancolique.

Si seulement son cœur ne pesait pas du plomb dans sa poitrine...

En général, elle aimait se lever tôt. Mais être debout parce qu'elle n'avait pas réussi à dormir, cela la contrariait. Depuis son mariage, elle n'avait jamais dormi plus de deux heures d'affilée. Elle jeta un coup d'œil à la bague qui brillait à sa main gauche, et soupira au spectacle des pierres qui brillaient de mille feux au soleil.

Le déroulement des événements la désarçonnait. Son faux mariage aurait dû être facile et décontracté. Il se révélait tout le contraire.

Depuis la cérémonie officielle, elle faisait le service minimum. En public, elle jouait son rôle d'heureuse jeune mariée. En privé, elle survivait tout juste à la trêve instituée avec son mari. Lui se montrait poli et distant. Elle aurait bien préféré qu'il laisse de nouveau exploser son ressentiment. Au moins se seraient-ils parlé...

Au souvenir de sa nuit de noces, elle releva le menton d'un air de défi. Après avoir quitté la terrasse, elle s'était retirée dans sa suite. Elle y avait pris une douche, avait enfilé une jolie chemise de nuit, et s'était allongée sur son lit... à attendre.

Le souvenir lui cuisait encore les joues : elle avait *espéré* qu'il vienne, ce soir-là. Après l'épisode au clair de lune, elle pensait qu'il ne résisterait pas à la tentation de la rejoindre.

S'il avait brisé leur vœu de chasteté le premier, elle aurait pu jouir de lui, tout en prétendant ne pas l'avoir voulu.

Elle soupira en regardant les bateaux de pêche tanguer sur les vagues. En fait, la vérité était très crue : elle avait une envie folle de Sean, et parvenait à peine à y croire. Depuis la mort de Steven, aucun homme ne l'avait attirée. Jamais elle n'aurait pensé éprouver quoi que ce soit pour Sean King. Et pourtant...

Elle effleura ses lèvres du bout du doigt, comme pour palper ce qui restait de leur baiser brûlant. En même temps, elle essayait de mettre de l'ordre dans sa tête. Elle avait aimé Steven. Elle n'aimait pas Sean. Tels étaient les faits. Dans ce cas, pourquoi la simple pensée de ce quasi-étranger lui mettait-elle les sens à l'envers ? Et comment survivre à cette torture censée durer deux mois ?

Elle soupira. Le lendemain du mariage, elle avait découvert Sean endormi sur le canapé trop court du salon, ses longues jambes dépassant de l'accoudoir. Malgré la position très inconfortable, il continuait à y dormir chaque nuit.

— Est-ce une façon de se punir lui-même ? Cherche-t-il à me punir ? marmonna-t-elle toute seule.

Ça marchait dans les deux sens.

— Tu ne donnes pas l'image d'une mariée heureuse, dit une voix familière derrière elle.

Melinda sursauta, comme si ses pensées avaient fait surgir Sean par enchantement. Se retournant, elle le découvrit, bronzé et détendu. Beau. Il portait un T-shirt avec le logo de son entreprise de construction, et un jean délavé qui moulait ses longues jambes musclées. Une paire de chaussures de chantier ajoutait à son charme décontracté. Le vent avait emmêlé ses cheveux, et quand il enleva ses lunettes de soleil, son regard était chaud, légèrement ombré de fatigue.

Si rien ne changeait très vite dans leur relation, ils sombreraient tous les deux dans l'épuisement, songea-t-elle.

— Tu as l'air perdue dans des pensées très profondes, remarqua-t-il.

— Pas profondes, juste des pensées, répliqua-t-elle, heureuse qu'il ne puisse lire dans son cerveau.

— Je vois...

Il jeta un œil à l'étroite route côtière. Ils se trouvaient à cinq kilomètres du village, et seules quelques rares voitures étaient garées près de celle de Melinda.

Tu parlais toute seule, ce qui n'est jamais bon signe, dit-il.

Embarrassée, elle rosit. Avait-elle révélé par mégarde quelque chose d'inconvenant ? Ce serait le bouquet ! Elle fouilla rapidement sa mémoire et ne trouva rien. Mais sait-on jamais ? Il lui suffisait de le regarder dans les yeux pour qu'elle perde toute capacité de réflexion. Et ça, ce n'était pas un bon signe non plus.

— Ce n'est mauvais signe que si on répond à ses propres questions ! répondit-elle. Ou si on rit de ses propres blagues.

Elle disait n'importe quoi ! songea-t-elle, effarée. Son estomac était noué et sa bouche sèche. En une semaine, il lui avait à peine adressé la parole. Pourquoi changeait-il de comportement, tout à coup ? Et pour quelle raison ne se comportait-elle pas calmement ? Elle n'allait tout de même pas se sentir nerveuse en sa présence pendant deux mois !

Il lui prit son panier et y jeta un coup d'œil.

— Des fruits ? dit-il avec un sourire en coin. Il y a pénurie de nourriture à l'hôtel ?

— Non, répondit-elle en essayant de reprendre son cabas. Simplement, j'aime les fruits frais, et je trouve idiot d'appeler le room service si je veux une orange.

— Ça se comprend.

Lui prenant le bras, il l'entraîna vers sa voiture de location.

— Mon frère Rafe a vécu dans un hôtel pendant cinq ans. Il s'est abondamment servi du room service, pendant tout ce temps-là. Mais depuis qu'il a épousé Katie, il ne jure plus que par ses talents culinaires ! Ils vivent la plupart du temps dans le bungalow de sa femme, sur la plage.

Il marchait à grandes enjambées, et elle dut allonger le pas pour le suivre.

— C'est chouette... Sean...

— Je suis d'accord. Mais Rafe ne reste pas en place ! Il est en train d'agrandir le bungalow. Il ajoute un étage, fait sauter le mur de clôture pour ajouter une chambre d'amis à l'arrière de la maison. Bref, il rend Katie folle !

— Sean...

— C'est comme ça qu'ils se sont rencontrés, en fait, poursuivit-il en riant. Elle avait sollicité nos services pour restaurer la cuisine du bungalow, et Rafe n'est pas reparti à la fin des travaux ! Et c'est très bien comme ça. En plus, Katie confectionne de délicieux cookies. Je lui demanderai d'ailleurs de nous en envoyer...

Que faisait-il ? Où la conduisait-il ? Elle n'en avait pas la moindre idée. Elle se planta donc sur place, dégagea son bras et attendit qu'il s'arrête. Puis :

— Je n'ai pas besoin que tu me reconduises chez moi. Ma voiture est garée là-bas.

— Je sais, rétorqua-t-il en haussant les épaules. Je vous ai vues, ta voiture et toi, en passant. Laisse-la ici. Nous enverrons quelqu'un de l'hôtel la récupérer.

Rien de sa part pendant une semaine, et tout d'un coup, il la kidnappait presque ! Regardant par-dessus son épaule, elle vit plusieurs personnes les observer avec amitié et plaisir. Cet épisode ferait sans doute jaser la population locale. Tout le monde trouverait la scène très romantique. Mais *elle* n'avait pas la moindre idée de ce qui se tramait dans la tête de Sean.

— A quoi joues-tu ? demanda-t-elle en lui emboîtant le pas. Où allons-nous ?

Elle s'efforçait de négliger la sensation de chaleur, là où se touchait la peau nue de leurs bras.

Il l'entraîna vers la voiture rouge, ouvrit la portière du côté passager, l'aida à s'asseoir et rangea à l'arrière le panier de provisions. Puis il plaça ses mains sur le capot du véhicule et la regarda :

— Nous pourrions nous rendre sur le site du futur hôtel, proposa-t-il. Tu me montreras cette partie de l'île.

— Tu l'as déjà vue, objecta-t-elle en fronçant les sourcils.

— Pas dans le détail, et pas avec quelqu'un qui me donne un complément d'information, dit-il en contournant la voiture.

Elle le regarda s'asseoir au volant. Son estomac se contracta. Mais un instant plus tard, elle se détendit. Pourquoi ne pas accepter tout simplement son changement d'attitude ? Elle n'avait qu'à suivre le flot des événements, faire comme si le silence de toute la semaine dernière n'avait pas eu lieu. Pourtant cela lui fut impossible. Elle voulait comprendre.

— Que se passe-t-il ? demanda-t-elle.

— Rien, répondit-il en démarrant.

Avant qu'il n'enclenche la première, elle posa sa main sur son avant-bras. Il s'immobilisa, dégagea sa main, et tourna lentement la tête vers elle. Ses lunettes de soleil dissimulaient l'expression de son regard. Impossible de lire dans ses pensées. Après un instant de silence, il répondit :

— J'ai simplement décidé de tourner la page.

— Tourner la page ?

— Ecoute, dit-il en choisissant ses mots avec soin. Le soir du mariage, nous avons perdu le contrôle de la situation. Chacun de nous a dit des choses désagréables. Il est temps de changer de comportement. Recommencer de zéro. Passer du temps ensemble. Rendre les deux mois à venir plus faciles pour nous deux.

Elle sourit, soulagée.

— Ça me plairait beaucoup, répondit-elle. Ces jours-ci, je craignais le pire. J'avais l'impression que tu allais envoyer au diable notre accord et quitter l'île.

Enlevant ses lunettes, il la regarda droit dans les yeux et dit :

— Si tu me connaissais mieux, tu saurais que j'honore toujours mes engagements. Je ne reviens jamais sur une parole donnée.

— D'accord.

Le visage de Sean se radoucit. Il prenait facilement ombrage, remarqua-t-elle. Mais il se calmait aussi vite. Un point favorable, à l'avantage de son mari.

— On fait la paix ? proposa-t-il en lui tendant la main.

Elle la prit. Une fois de plus, elle ressentit cette délicieuse chaleur, qui émanait de sa main pour se nicher au creux de sa paume et lui réchauffait la poitrine. Elle évita de s'attarder sur cette étrange alchimie entre eux.

— Marché conclu, dit-elle.

— Excellent, répondit-il en faisant retomber ses lunettes de soleil sur son nez. Attache ta ceinture, on y va.

Il enclencha la première, fit un signe de la main aux rares badauds, et démarra. Sur la route côtière, le vent giflait leurs visages, mais elle trouva l'expérience grisante. Comme ses cheveux l'aveuglaient, elle les regroupa dans sa main droite et les tint contre sa nuque. Puis elle offrit son visage à la brise, inhala l'air iodé et le fort parfum des fleurs rouges, blanches et roses qui croulaient sur la colline, le long de la côte. Au-delà, s'étendaient des hectares de fermes, des prairies verdoyantes, de très vieux arbres, et plus à l'intérieur des terres, des cascades merveilleuses. Tout cela constituait l'endroit au monde qu'elle connaissait le mieux. Son monde.

Maintenant qu'elle et son mari se comprenaient mieux, ses épaules s'allégeaient du poids des soucis et inquiétudes qui y avaient pesé. A aucun moment elle ne s'était sentie aussi bien depuis leur mariage. Elle le regarda du coin de l'œil. Même de profil, il était magnifique.

— Je me suis baladé sur le site de l'hôtel, hurla-t-il pour être entendu malgré le vent. Mais je n'ai pas eu l'occasion de tout vérifier en personne.

— Qu'as-tu fait, toute la semaine ?

— J'ai passé la plupart de mon temps à m'installer un bureau au Stanford, expliqua-t-il en lui lançant un regard en coin.

Quand la construction de l'hôtel commencera, je trouverai quelque chose de plus permanent.

La voiture suivit la courbe de la route. Tout à coup, le spectacle de l'océan s'offrit à eux. Des crêtes blanches agitaient la surface. Au loin, un voilier solitaire fendait le vent.

— C'est vraiment magnifique, par ici, s'exclama-t-il.

— C'est vrai... mais tu vis sur la plage, en Californie, je crois ? Tu dois être habitué à ce genre de vue.

— Je vis à Sunset Beach, non loin de Long Beach, où habitent mes frères, dit-il en souriant.

— C'est joli ?

Il réfléchit un instant. Il avait toujours aimé sa maison, les gens qui vivaient sur cette plage, le rythme tranquille de leur vie. Et il avait toujours cru que rien n'égalait la vue qu'il avait de sa maison. Jusqu'à ce qu'il découvre ce panorama.

— Oui, c'est très joli, répondit-il en levant le pied, pour que leurs voix dominent le bruit du moteur et du vent. Je croyais avoir la plus belle vue du monde. Je vis dans une grande maison restaurée, assez haute pour jouir d'une vue à cent quatre-vingts degrés. L'océan, chez moi, est moins sauvage qu'ici. Avec nos jetées et nos quais, quand la mer atteint le rivage, sa furie est domptée. Sauf durant les grosses tempêtes, évidemment.

Cette description la fit sourire.

— Jusqu'à maintenant, je trouvais mon coin parfait, reprit-il. Mais la sauvagerie de l'océan à Tesoro, les vagues qui s'écrasent sur le rivage... et puis cette couleur. Pas vraiment bleu, pas vraiment vert. Et si claire. Je suis obligé de reconnaître que les panoramas de ton île battent les miens !

— Ton enthousiasme est agréable à entendre !

— Il n'y a qu'un inconvénient, sur ton île, dit-il avec un sourire. On ne peut pas y consommer de la nourriture thaïe à 3 heures du matin, si on en a envie !

— Tu as raison. Mais il y a des compensations, ajouta-t-elle en désignant de la main le vaste panorama.

— Tu marques un point !

La beauté de l'île n'était pas la seule compensation, songea-t-il. Melinda Stanford en était une autre, qu'il le veuille ou non. Il la regarda de nouveau à la dérobée, et ses sens s'émurent. Il réprouvait toujours autant les réactions spontanées de son corps, mais finissait par en accepter le caractère inévitable.

Les mains serrées sur son volant, il se rappela les faits et les énuméra. Tout d'abord, il n'avait pas la moindre intention de cultiver une relation sentimentale avec une femme. Ensuite, leur mariage était sans lendemain. Il avait donc tout intérêt à garder cette réalité présente à l'esprit.

Mais le problème, ce n'était pas son esprit. C'était son corps, qui se morfondait dans un état de frustration permanente.

— Tu as parlé à tes frères, depuis le mariage ? demanda-t-elle.

Sa voix le tira fort à propos de la dérive de ses pensées. Le sous-entendu dans la voix de sa femme ne lui échappa pas. Elle cherchait à savoir s'il avait mis sa famille au courant de ce qui se passait entre eux. Au sujet de la nuit de noces avortée, par exemple. Du baiser qui l'avait rendu fou, ces derniers jours. De leur silence l'un envers l'autre depuis le jour de leurs noces.

La simple idée de mettre ses frères au courant de ce qui se passait vraiment lui fit grincer les dents. Lorsque Rafe et Lucas s'étaient mariés, il s'était moqué d'eux, au début. Maintenant, il ne voulait pas tendre le bâton pour se faire battre à son tour.

Cette nuit, allongé sur ce canapé de malheur, trop court pour son grand corps, il avait eu tout le temps de réfléchir. Et il était parvenu à une conclusion.

Il avait déjà été marié une fois. Un véritable cauchemar. Son ex-femme lui avait menti, l'avait utilisé, avant de le quitter purement et simplement. Bon débarras, d'ailleurs. Donc, il considérait l'amour et le bonheur qui en résulte comme une escroquerie, un bobard qu'on racontait aux idiots pour les faire tomber dans le panneau.

Melinda n'avait pas vécu cette amère expérience.

Elle avait grandi à Brigadoon, au soleil, au milieu de gens heureux et souriants, sur le rivage d'une mer chaude, entourée d'une végétation luxuriante. Dans ces conditions, elle n'avait eu aucun mal à croire au romantisme de l'amour éternel. A croire que feu Steven était un saint. Le type n'avait pas vécu assez longtemps pour piétiner ses illusions. Le temps lui avait manqué pour la décevoir, ou pour la faire souffrir. Il n'avait pas vécu assez longtemps pour qu'elle apprenne la froide et dure vérité.

L'amour, ça n'existe pas.

Le bonheur éternel, ça n'existe que dans les livres.

Au lieu de cela, elle s'était retrouvée seule, et ses souvenirs avaient embelli au fil du temps, sublimés et ressassés. Elle se comportait en femme romantique, qui enterre ses émotions dans la tombe de l'être aimé.

Pour cette raison, il avait pris une décision. Pendant la durée de leur mariage éphémère, il lui ouvrirait les yeux. Il l'amènerait à retrouver goût à la vie. Il lui devait bien ça, c'était la moindre des choses. Et comment y parviendrait-il s'ils persistaient à ne pas s'adresser la parole ?

Il avait donc décidé de renoncer à sa colère. Elle lui avait menti ? Qu'importe ! Au contraire, il utiliserait ce qu'il avait de mieux : son charme. Et une fois abattues ses barrières de femme enfermée dans son deuil, la vérité lui sauterait aux yeux : le plaisir sexuel avait beaucoup plus de valeur que le sacro-saint amour.

Le désir, au moins, était honnête.

— Non, répondit-il enfin. Disons... je parle travail plusieurs fois par jour, avec Rafe ou Lucas.

— Je vois.

Elle tourna la tête vers l'océan, décidée à dissimuler ses émotions. Mais c'était peine perdue. Il n'avait pas besoin de voir ses traits pour savoir ce qu'elle pensait. La tension irradiait de tout son corps, sa mâchoire crispée trahissait ses dents serrées.

— Mais je ne leur ai rien dit à notre sujet, ajouta-t-il.

— Vraiment ? demanda-t-elle, avec un mélange de soulagement et de méfiance. Pourquoi pas ?

— Ça ne les regarde pas, expliqua-t-il en négociant un virage en épingle à cheveux. Ils habitent en Californie, nous sommes à Tesoro, et ce qui se passe entre toi et moi ne concerne que nous. Détends-toi, Melinda. La journée est magnifique, nous sommes à la plage et tout va bien.

— D'accord, murmura-t-elle.

La regardant à la dérobée, il la vit se détendre. Ses traits redevinrent lisses, le pli autour de sa bouche disparut. Il s'en réjouit. Sa nouvelle attitude donnait déjà des résultats. En moins de temps qu'il n'en faut pour le dire, Melinda Stanford lui mangerait dans le creux de la main. Ensuite, il lui laisserait l'initiative de le séduire. Et ils jouiraient agréablement de ce mariage jusqu'à son terme.

Ils atteignirent le site du futur hôtel. Il gara sa décapotable. A son côté, elle demeurait un peu tendue. Eh bien, il allait s'en occuper, décida-t-il.

— Allez ! dit-il. Construisons un hôtel !

Elle lui sourit. Il en éprouva un léger frisson. Il refusa de mettre un nom sur cette sensation. Refusa même d'en prendre acte. Pour le moment, il ne voulait vivre que l'instant.

Il sortit de la voiture et attendit qu'elle en fasse autant. Elle était belle, dans son pantalon blanc tout simple et un T-shirt d'un jaune éclatant. Ses sandales dévoilaient de jolis pieds aux ongles vernis de rose tendre.

Ils se sourirent. D'un geste naturel, il lui prit la main. Il était presque habitué à la brusque chaleur qui l'envahit à ce simple contact, et n'en tint pas compte. Quelle que soit la magie qui opérait entre eux, cela ne servirait qu'à la séduire. Rien de plus.

Foi de Sean King, les choses se passeraient à sa façon.

7

Sean jeta autour de lui un long regard circulaire et rendit un hommage muet à son cousin Rico. Il connaissait bien son affaire ! L'endroit était parfait pour y implanter un hôtel de luxe. Le terrain s'étendait en demi-lune, bordé d'une plage magnifique. Deux langues de terre s'enfonçaient dans une mer bleu turquoise. Il imaginait très bien les bungalows individuels que son cousin projetait de construire sur ces avancées. Des lieux de rêve pour jeunes gens en voyage de noces.

Pourvu que ces futurs jeunes mariés aient plus de chance que lui en ce moment ! Un nouveau regard à la dérobée vers Melinda provoqua en lui une onde de désir. Certes, il se contrôlait parfaitement, mais la situation lui déplaisait. Il n'avait pas pour habitude de désirer une femme qui se refusait à lui. Jusqu'à maintenant, la seule femme à lui avoir donné du fil à retordre était son ex. Décidément, il n'avait de problème qu'avec ses épouses !

Etait-ce son karma ? La rançon de son attitude générale envers les femmes, qu'il tenait à distance ? Les deux fois où il avait baissé la garde, elles en avaient profité pour planter leurs dents dans sa chair.

Il chassa ces pensées moroses et se consacra au moment présent. Il balayait l'espace du regard, de la terre ferme à la plage. Le terrain s'étendait sur des hectares, puis montait en pente douce jusqu'à la butte où Rico souhaitait construire sa maison. De beaux arbres, des banians, s'éparpillaient sur la propriété, avec leur drôle de système de racines. Des clôtures de bois délimitaient le terrain, et une végétation luxuriante courait sur le sol et recouvrait certains rochers.

Un soleil lumineux exaltait toute cette beauté. Il respira à pleins poumons l'air chargé de senteurs végétales et iodées. Il visualisait le complexe hôtelier, bois, verre, couleurs lumineuses et tropicales. L'ensemble serait splendide.

— La vue est à couper le souffle.

La voix de Melinda le tira de ses pensées. Il suivit son regard vers l'endroit où le sable d'un blanc aveuglant s'enfonçait dans la mer. Les vagues s'écrasaient sur le rivage, avec un grondement rythmique. On aurait dit les battements du cœur de la terre.

— Tout est beau à Tesoro, rêva-t-il à haute voix. Mais ici, c'est le summum.

— Je suis de ton avis. D'ailleurs Grand-père voulait s'y faire construire une maison avec sa femme, dit-elle d'une voix légèrement tremblante. Mais Grand-mère est morte dans l'accident qui a aussi tué mes parents.

Le front soudain plissé, il songea au vieil homme orgueilleux qui avait tant perdu dans cette tragédie. Pas étonnant qu'il tienne tant à cet endroit, et ne l'ait pas lâché facilement. Dans ce lieu, il avait bâti des rêves d'amour familial.

Emu, il regardait à présent ce terrain d'un autre œil.

L'espace d'un instant, il imagina Walter Stanford, se retrouvant soudain avec une petite-fille de cinq ans à élever tout seul. Cela n'avait pas dû être aisé. Pour autant qu'il pouvait en juger, il avait fait du bon boulot. A l'exclusion de ce satané romantisme dont Melinda était affublée.

— Je pense qu'il prendra plaisir à voir votre hôtel sortir de terre ici, poursuivit-elle en regardant autour d'elle.

— Je l'espère, répondit-il en lui serrant la main pour l'entraîner. Ça va être un endroit fantastique.

— Quand les travaux commenceront-ils ?

— J'ai déjà parlé à deux entrepreneurs de construction locaux et...

— Dans ce cas, l'interrompit-elle, tu as dû rencontrer Tomin.

Sean éclata de rire et répondit :

— Un sacré bonhomme ! Tu savais qu'il était le prince héritier de Tesoro ?

— A l'en croire, il est aussi prince de Tobago, et le vrai roi de Hawaii !

— Roi et charpentier, donc ! souligna-t-il avec un grand sourire.

Les yeux de Melinda étincelèrent de gaieté.

— Un homme aux multiples talents, en somme ! Et qui raconte beaucoup d'histoires !

Il l'attira vers un tronc d'arbre et demanda d'un air innocent :

— Tu n'aurais pas des histoires intéressantes à me raconter à propos de ton adolescence ?

Elle roula les yeux au ciel et s'exclama :

— Il ne t'a quand même pas raconté l'incident du banian ?

— Oh que si ! dit-il en riant de l'expression atterrée de son interlocutrice. J'aimerais bien voir cet arbre de mes propres yeux. Et peut-être y apposer une plaque.

— Une plaque ?

— Quelque chose de petit et de bon goût, dit-il pour la taquiner. Qui dirait en substance : « Ici, Melinda Stanford, qui jouait à moitié nue de branche en branche, s'est coincé la jambe dans une racine. Elle ne put s'en tirer sans l'aide de son amie Kathy, qui ameuta les adultes. »

— Ecrit en tout petit, d'accord ? quémanda-t-elle, un sourire en coin.

— Minuscule, répliqua-t-il avec un clin d'œil.

— J'avais quatorze ans.

— Ah ? Dans mon esprit, tu étais beaucoup plus vieille.

— Sean, protesta-t-elle en essayant de retirer sa main, qu'il tenait vigoureusement.

Comment combattre ses propres désirs, s'il ne lui facilitait pas la tâche ? songea-t-elle avec rancœur.

— On ne peut quand même pas reprocher à un homme ses pensées, dit-il avec légèreté.

Un court instant, elle le regarda droit dans les yeux. Puis :

— Je suppose que tu as raison.

— Tu vois ? Nous nous entendons très bien. Aucune pression. Pas d'espoir mal placé.

Il mentait, bien entendu, s'avoua-t-il. Mais elle avait commencé à mentir la première. Avant de se marier avec lui, elle s'était bien gardée de mentionner le type pour lequel elle se languissait d'amour. Alors, s'il prétendait à tort renoncer au désir qu'il avait d'elle, ce n'était qu'un juste retour des choses !

— D'ailleurs, reprit-elle, heureusement, je ne jouais pas à moitié nue. J'étais en sous-vêtements. Pendant que Kathy et moi nous amusions, la marée a emporté nos habits. J'étais déjà assez mortifiée que Kathy soit obligée d'appeler Tomin à la rescousse.

Dans l'imagination de Sean se forma l'image de Melinda telle qu'il la connaissait, ne portant que son soutien-gorge en dentelle et un string roses. Assise dans un arbre, elle lui souriait d'en haut. Son sang s'accéléra dans ses veines.

— Un banian... dit-il en caressant le gros tronc à côté d'eux.

— A quoi penses-tu ? demanda-t-elle avec méfiance.

— Mes pensées ne te plairaient pas, répondit-il en souriant.

— Sans doute pas...

Détournant la conversation, elle s'enquit :

— Tomin est une vraie concierge ! Que t'a-t-il raconté d'autre ?

— Des tas de choses ! Mais ne t'inquiète pas, l'essentiel de son bavardage concernait l'équipe de construction de l'île. Du genre, tous ses ouvriers sont bons et très professionnels. Je serais stupide de ne pas les employer.

— Là, il a raison. Mais je parie qu'il ne t'a pas dit que lui et ses cinq fils constituent l'essentiel de l'équipe.

— Non, ça, il ne me l'a pas dit, convint-il en souriant de plus belle. Mais ça n'a pas d'importance. Je ne l'en apprécie que davantage. Il soutient sa famille, travaille pour elle. En tant que King, je comprends ça mieux que quiconque. Notre famille à nous forme aussi un bloc.

Appuyé au tronc du banian, elle s'épancha :

— J'ai toujours rêvé d'une grande famille. Un enfant unique est souvent confronté à la solitude.

Une main appuyée à l'arbre, au-dessus de sa tête, il renchérit :

— Je te comprends. J'ai grandi en enfant unique, moi aussi.

— Ah bon ? dit-elle en levant les yeux vers lui.

Il se rembrunit. Comment une information aussi personnelle avait-elle pu lui échapper ? Jamais il n'en parlait avec quiconque. Mais il était trop tard pour retenir les mots, et elle le fixait d'un air interrogateur. D'un ton aussi bref et léger que possible, il expliqua :

— Mes frères et moi avons tous des mères différentes.

Elle fronça les sourcils de surprise. Eh oui ! songea-t-il. Il avait grandi avec cette réalité peu banale. Lui-même avait parfois du mal à y croire.

— Mon père, Ben, avait tendance à essaimer, expliqua-t-il d'un ton sarcastique. Il n'a jamais épousé aucune des femmes avec lesquelles il a eu une relation. En revanche, il a laissé un fils à chacune.

— Pas de filles ?

— Non.

Il ramassa une pierre, se tourna vers l'océan et la jeta aussi loin qu'il le put. Puis il poursuivit :

— En tout cas, pas à notre connaissance. Les King ont tendance à produire des garçons, bien que récemment, deux de mes cousins aient donné naissance à des filles.

— Tu as beaucoup de cousins ?

— Je ne peux pas faire un pas en Californie sans tomber sur un King, ricana-t-il.

— Ça doit être sympa, dit-elle d'un ton presque mélancolique.

Après un petit moment de réflexion, il répondit :

— Oui, c'est bien de savoir que des gens sont prêts à vous soutenir dans n'importe quelle circonstance. Mais attention, ne leur révèle pas que j'ai dit du bien d'eux, ajouta-t-il avec un sourire. Ils me le feraient payer !

— Avec moi, ton secret est bien gardé.

— C'est bon à savoir, dit-il en laissant son regard courir d'elle au tronc du banian auquel elle s'adossait.

— Que fais-tu ? demanda-t-elle en se rapprochant de lui.

— J'essaie de t'imaginer coincée dans un arbre.

Elle se mit à rire.

— Ça s'est passé de l'autre côté de l'île. Sean...

— Il faut que je vois ça par moi-même, déclara-t-il en la soulevant.

— Lâche-moi !

Il lui sourit, ravi de sentir son corps si féminin contre le sien. Il vit une lueur d'amusement au fond de son regard, et ressentit le délicieux petit frisson désormais habituel. Repoussant toute pensée érotique, il dit :

— J'ai besoin de te voir dans cette situation.

— Tu deviens fou ?

— Curieux, tout au plus.

Sur ces mots, il la souleva sans ambages dans ses bras et la déposa sur une grosse branche. Elle plaqua ses deux mains sur le vieux bois pour tenir en équilibre, et le gratifia d'un regard dur.

— Tu es fou, vraiment !

— Je voulais juste t'imaginer dans cet arbre.

— Très bien ! Maintenant, aide-moi à redescendre.

— Pas encore, contra-t-il en posant ses mains sur les genoux de Melinda.

Immobile, elle prit une profonde respiration. Sentait-elle la chaleur qui se propageait entre leurs deux corps ? se demanda-t-il. Il la regarda dans les yeux, et obtint sa réponse.

Quelques secondes s'égrenèrent, pendant lesquelles ils se toisèrent. Elle était nerveuse, jugea-t-il. Preuve qu'elle ne se sentait pas aussi sûre d'elle qu'elle voulait le faire croire.

— Tu en as assez vu ? demanda-t-elle enfin.

— Pas encore.

Et c'était vrai.
— Sean...
— Je te rends nerveuse ?
— Bien sûr que non, siffla-t-elle.
— Menteuse !
Le mot la blessa.
— Aide-moi à descendre, s'il te plaît, dit-elle d'un ton sec.
Le soleil tachetait le feuillage que le vent agitait doucement autour d'elle. De là-haut, elle ressemblait à une nymphe nimbée de lumière.

Posant ses mains autour de sa taille, il la fit descendre de l'arbre et la déposa sur la terre ferme. Mais loin de la relâcher tout de suite, il s'accorda le plaisir de prolonger son contact rapproché, et d'apprécier l'ardeur voilée de ses yeux, sa douce haleine sur son visage.

De près, elle semblait plus petite, d'une certaine manière. Plus vulnérable. Mais il refusait de penser à elle en ces termes. Trop dangereux. Il n'était pas chargé de la protéger, n'est-ce pas ? Il ne pouvait à la fois la séduire et la prendre sous son aile.

Et il préférait de loin la séduire.

Cela faisait sans doute de lui un salaud. Tant pis, il assumait. Du moment que cela lui offrait Melinda dans son lit.

Quelques jours plus tard, Melinda observait Sean en compagnie de Tomin et ses fils. Ce fut une révélation.

Sean King était un des hommes les plus riches de la planète, il appartenait à une famille connue, qui comptait des rois et des princes parmi ses amis. Et pourtant, il se retrouvait sur le terrain, en bottes, jean et T-shirt, en train de parler d'égal à égal avec des ouvriers. Elle remarqua ses manières simples, son sourire franc. D'instinct, elle sut qu'il ne jouait pas un rôle. Il était lui-même. A l'aise partout et avec tout le monde.

Elle essaya d'imaginer Steven en train de rire avec Tomin, et n'y parvint pas. Steven s'était toujours davantage intéressé aux belles choses qu'aux plaisirs simples de la vie. Il lui disait toujours que, quand ils se marieraient et qu'elle toucherait son argent, ils quitteraient Tesoro et voyageraient vers les endroits où on rencontrait les gens qui « comptent ». A l'époque, cela ne l'avait pas emballée. Pas davantage que l'idée de quitter l'île ne lui plaisait maintenant. Pour elle, Tesoro, c'était sa maison. Et il en serait toujours ainsi. Mais Steven n'y était pas heureux. Bizarre qu'elle ne se soit pas formulé cette évidence plus tôt, songea-t-elle.

Ces pensées déloyales envers son fiancé l'assombrirent. Elle avait aimé Steven plus que tout. Sa mort l'avait anéantie. Et il lui manquait encore. Le fait de ne pas avoir été d'accord sur tout n'avait aucune importance.

— Nous pouvons commencer à terrasser le terrain ici, déclara Sean. La semaine prochaine, nous tracerons les fondations.

Le soleil brillait, les vents marins soufflaient fort, emmêlant les épais cheveux de Sean. Elle se retint à grand-peine d'y passer ses doigts pour les discipliner, en s'adressant de sévères reproches. Jamais elle ne trahirait le souvenir de Steven. Les autres hommes ne l'intéressaient pas. Point final.

Mais son corps n'avait cure des sévères réprimandes de son cerveau.

— D'accord, convint Tomin en jetant au terrain un coup d'œil avisé. Si nous en avons besoin, je peux faire appel à des équipes extérieures.

— Entendu, promit Sean. Ça va être un chantier énorme. Et quand nous en aurons fini ici, nous construirons la maison de mon cousin sur la butte.

— C'est une bonne nouvelle pour nous tous, répondit Tomin avec un sourire. Et les arbres ? Vous voulez tous les arracher, en terrassant le terrain ?

Elle poussa un soupir de regret. Bien sûr, il faudrait enlever les vieux banians pour construire l'hôtel. Mais l'idée lui déplaisait au plus haut point. Ils étaient là depuis si longtemps, et si beaux. Ils faisaient partie de l'île au même titre que tout le reste. Abattre des arbres centenaires était un véritable crève-cœur.

Bien entendu, ses scrupules auraient fait glousser Steven. Il la taquinait toujours pour l'intérêt excessif qu'elle portait à des choses qui n'en valaient pas la peine. Et cela l'avait toujours agacée, reconnut-elle en se mordant la lèvre inférieure.

— Je ne pense pas, répondit Sean.

Elle cilla.

— Nous construirons entre les arbres, poursuivit-il en la regardant droit dans les yeux. Ce serait dommage de les arracher, non ?

— C'est aussi mon avis, rétorqua Tomin, sans se rendre compte que Sean ne s'adressait pas à lui. Mais ça va vous coûter cher, car vous allez être obligés de modifier certains de vos plans.

— Il est parfois bon de s'adapter au terrain, répondit Sean en haussant les épaules.

Elle rougit. Parlait-il des banians ? D'elle ? Ces derniers jours, il s'était montré très attentif envers elle. Elle lui avait fait rencontrer les résidents de l'île. Il avait conquis Kathy et ses enfants. Au moment de quitter sa meilleure amie, celle-ci avait levé le pouce en souriant dans le dos de Sean. Tout le monde à Tesoro l'aimait bien. Il jouait aux échecs avec son grand-père tous les après-midi, et il avait tout le personnel de l'hôtel dans la poche.

Avec elle, il était encore plus charmant. Il la touchait à tout propos, lui prenait la main, lui entourait les épaules de son bras, repoussant ses cheveux derrière ses oreilles quand il le fallait. Chaque petit geste ressemblait à une allumette jetée sur un tas de foin sec. Elle s'embrasait.

Et maintenant, il décidait de sauver les banians. Pour elle. Il se souvenait de la scène de l'arbre, ce moment de tension entre eux dans l'ombre tachetée de soleil. Quelque chose en elle se troubla.

Pour être honnête, elle ne savait plus que penser de Sean King. Cela l'inquiétait un peu. Au début, il ne s'agissait entre eux que de business. Mais maintenant ? Elle n'était plus sûre de rien. Il lui semblait avoir *vraiment* épousé un étranger. Aucune des recherches entreprises avant de le rencontrer ne l'avait préparée au Sean qu'elle côtoyait chaque jour. Un homme attentif, généreux, bon.

Leurs regards se rivèrent l'un à l'autre, et il lui sourit. De ce petit sourire en coin qu'elle commençait à aimer beaucoup trop. Une sorte d'onde électrique se propagea entre eux. Elle était sur une pente glissante, s'alarma-t-elle.

L'instant d'après, le courant se rompit quand il se tourna vers Tomin et dit :

— Parlons des équipements nécessaires. Qu'avez-vous comme grosses machines sur l'île ? Mes frères envoient un cargo dès demain matin. Si nous avons des besoins spécifiques, c'est le moment de faire le point.

Tomin se frotta les mains.

— Voilà ce que je pense, commença-t-il.

Elle suivit les hommes. Tout à ses pensées personnelles, elle écouta à peine leur conversation technique.

— Il nous faudra au moins deux grosses pelleteuses, une excavatrice, expliqua Sean à Rafe par vidéoconférence. Les types de l'île ont un bulldozer, mais il nous en faudra probablement un autre.

Rafe prit des notes puis leva les yeux vers la caméra et répondit :

— Nous allons recruter deux équipes, que nous logerons et nourrirons, en plus de leur salaire pour la durée des travaux. Cela ne devrait pas être difficile de trouver des travailleurs pour un petit séjour dans une île tropicale. Comment ça se passe, sur place ?

— Pas mal, répondit Sean en s'adossant à sa chaise.

Son bureau provisoire dans l'hôtel était confortable, spacieux et fonctionnel, mais il avait le sentiment de passer tout son temps à l'hôtel Stanford. Quand il n'était pas dans son bureau, il s'attardait au bar ou au restaurant. Quant à la nuit, il tentait de dormir quelques heures sur le détestable canapé de la suite qu'il partageait avec Melinda, l'esprit pollué de pensées érotiques.

Pitoyable.

— Pas mal ? reprit Rafe. J'apprécie tes efforts pour m'en persuader !

Sean adressa à son frère un sourire sournois. Les sarcasmes étaient un sport familial.

— Tout va bien. Les préparatifs du chantier avancent. Pour le reste...

— Je t'avais dit de ne pas épouser cette femme, marmonna Rafe.

« Cette femme » ? Un éclair de mauvaise humeur traversa Sean. Il ne se posa pas la question de savoir pourquoi son instinct de protection envers Melinda se déclenchait au quart de tour. Il l'accepta comme une évidence.

— Tu crois que j'ai besoin de tes je-te-l'avais-bien-dit ? Merci beaucoup !

Rafe soupira, et tapota son stylo sur sa table. Le son était si clair, l'action si familière que, l'espace de quelques secondes, Sean eut le sentiment de se trouver dans le bureau de son frère, dans leur quartier général de Long Beach. Et pourtant, s'il avait été chez lui, en Californie, les choses de sa vie seraient beaucoup plus simples.

Pour commencer, il n'existerait pas une Melinda pour le rendre fou.

— J'ai eu des nouvelles de Garrett, dit Rafe, s'attendant à une réaction.

Elle ne tarda pas.

— Quoi ? s'exclama Sean. Qu'est-ce que c'est que cette loyauté familiale de bas étage ? Je parle à notre cousin, et il t'en parle aussitôt ?

La veille, il avait appelé son cousin Garrett King, et tout le monde en était déjà informé ? Lui et son jumeau Griffith dirigeaient la plus grosse compagnie de sécurité du pays. Quand ils ne travaillaient pas pour les riches oisifs, les célébrités archigâtées, ou un membre d'une famille royale européenne, ils œuvraient pour la famille. Jamais il n'aurait cru son cousin incapable de garder pour lui ce qu'on lui confiait !

— Détends-toi, répondit Rafe. Il ne m'a pas appelé à ton sujet. Je lui ai téléphoné pour qu'il s'occupe d'une série de vols qui sont intervenus dans notre entrepôt.

Sonné, Sean contempla son frère. Puis :

— Pourquoi ne m'en a-t-on pas parlé ? Je suis sur une île, alors je ne fais plus partie de l'équipe ?

— Mais, non, espèce d'idiot ! Lucas et moi avons juste jugé que tu avais déjà assez à faire.

— Merci de votre sollicitude, grinça-t-il. De quoi s'agit-il ?

Les yeux de Rafe s'emplirent d'une colère rentrée.

— Ce que je viens de te dire. Quelqu'un est entré par effraction dans notre entrepôt sur le port. Il a piqué des trucs.

— Des trucs ? Pour quelle valeur ?

— Nous avons perdu pour à peu près cent cinquante mille dollars de matériel, répondit Rafe en se passant une main nerveuse dans les cheveux.

— Bon sang ! Tu aurais dû me prévenir !

— Pourquoi ? demanda Rafe d'un ton sec. Tu connais le nom du voleur ?

— J'ai le droit de savoir ce qui se passe dans *notre* entreprise !

Il aurait aussi bien pu se trouver sur Mars ! songea-t-il avec dépit. Etre sur l'île le tenait éloigné de l'entreprise que lui et ses frères avaient montée à partir de rien. Il détestait ne pas pouvoir aider en cas de pépin. Dans la vie, il n'avait rien d'autre que sa famille. En être tenu à l'écart l'irritait au plus haut point. Même si c'était pour son bien.

— Excuse-moi d'avoir cherché à t'épargner pendant ton séjour au paradis, ironisa Rafe. Dorénavant, nous te tiendrons informé de tout.

— Parfait.

— Alors, reprit Rafe, tu as demandé à Garrett d'enquêter sur la vie de l'ex-fiancé de ta femme ?

Sean soupira. Rafe ne lâcherait pas le morceau ! Tous les membres de la famille King mettaient leur grain de sel dans la vie de ceux qu'ils aimaient.

— Oui, répondit-il à regret. Je veux savoir qui était ce type. A la façon dont Melinda en parle, on dirait un adepte de mère Teresa. Un superhéros.

— Ça te vexe ?

— Oui, admit-il.

En fait, il s'agissait de davantage, mais de cela, il ne parlerait pas. Il voulait savoir comment combattre le merveilleux souvenir de feu Steven. Purger l'esprit de Melinda de ce type une bonne fois pour toutes. Et pour cela, il devait découvrir contre qui il se battait.

— Tu sais, reprit Rafe, ça m'embête de te dire ça, mais Lucas a parié mille dollars avec moi que ton mariage ridicule ne tiendrait pas.

— Bien joué, ironisa Sean. Jamais tu n'auras gagné mille dollars aussi facilement !

— Contrairement à notre frère, je ne suis pas idiot, répliqua Rafe en souriant. Je sais que tu ne reviens jamais sur la parole donnée. Et que tu es têtu comme une mule, comme notre père !

— Merci.

La comparaison avec leur père n'était pas forcément un compliment. En revanche, savoir qu'un de ses frères lui faisait confiance lui fit chaud au cœur.

— Dis à Lucas de ma part que je ne bouge pas d'un poil tant que ces deux mois ne sont pas passés.

— Ce sera fait, répliqua Rafe. Il n'en croira pas un mot, mais c'est son problème ! Et maintenant, pourquoi ne pas me dire quel est *ton* problème ?

Irrité, Sean lâcha :

— Je n'ai pas besoin d'un confesseur.

— Il ne s'agit pas de ça. J'essaie juste de te venir en aide.

— Tu ne peux rien faire, Rafe.

La seule chose qui résoudrait sa frustration sexuelle et son mauvais caractère actuel serait de mettre Melinda dans son lit. Sous lui. Sur lui. Autour de lui. Qu'elle le prenne dans ses bras et l'y garde...

— Sean !

— Quoi ? Pourquoi tu cries ?

— Parce que tu n'étais plus présent ! Tu me dis à quoi tu pensais ?

— Non. Dis-moi, tu voulais que nous parlions de Katie, dans le temps ?

— J'abandonne ! Revenons aux affaires. Tu as quelque chose à ajouter pour les travaux ?

— Une chose, oui.

Rafe écouta son frère parler, puis il sourit et affirma :

— C'est comme si c'était fait.

— Excellent ! Le cargo part demain ?

— Il devrait arriver à Tesoro en milieu de semaine prochaine. Ton autre paquet te sera envoyé cet après-midi.

— Ça me fait plaisir.

— On se reparle dans deux jours, conclut Rafe.

Il hésita une seconde puis ajouta :

— Si tu as besoin de quoi que ce soit, nous sautons dans un avion, tu le sais.

— Je sais, vieux.

Autant ses frères l'irritaient par moments, autant il appréciait leur fidèle soutien. Même si Lucas était parfois assez bête pour parier contre lui.

— Si j'ai besoin de vous, je vous le ferai savoir, assura-t-il.

Il mit fin à la conversation, ferma son ordinateur portable, et pivota sur son siège pour contempler la vue étonnante qui s'étalait sous ses yeux. L'océan scintillant. L'air frais, le soleil. S'il ne quittait pas cet hôtel très vite, il perdrait la partie.

Mais il pouvait attendre encore un jour.

Dès l'arrivée de son paquet, il entrerait en action.

8

C'était une journée parfaite pour une sortie en mer.

Melinda avait regroupé ses cheveux en une tresse épaisse pour ne pas les avoir dans les yeux. Elle portait un débardeur rouge vif, un short blanc et une paire de tennis antidérapantes. Elle remonta de la cabine du bateau vers le soleil éclatant et prit quelques instants pour admirer les alentours. A gauche se trouvait l'île. Partout ailleurs, l'océan l'entourait. A l'horizon s'accumulaient des nuages qui annonçaient un orage plus tard dans la journée. Mais pour l'instant, la journée était magnifique, la chaleur du soleil se déversait sur eux, tempérée par une légère brise marine.

Lentement, elle se tourna pour observer Sean à la barre. Il semblait tout à fait à l'aise, ses mains fermement posées sur le gouvernail, ses beaux yeux bleus balayant la mer d'un regard tranquille. Existait-il un seul endroit où Sean King ne dominait pas la situation ?

Dans cet environnement tropical, son jean et son T-shirt noirs lui donnaient une allure encore plus dangereuse que de coutume. Inspirant profondément, elle profita de l'occasion pour l'observer sans retenue. Dès lors qu'il lui tournait le dos, il ne verrait pas le regard admiratif qu'elle posait sur lui. Sous aucun prétexte elle ne voulait lui dévoiler le troublant désir niché en elle.

L'estomac noué, elle laissa son regard s'attarder sur son dos large, ses hanches étroites, ses longues jambes musclées, ses pieds nus. Il était tellement sexy… Sa respiration devint désordonnée, son cœur s'accéléra, un nœud se forma dans sa gorge.

Sean King était une tentation permanente.

La semaine écoulée avait été surprenante. Après cette journée sur le site du futur hôtel, ils avaient passé tous les jours ensemble. Il l'avait fait rire, lui avait demandé son avis sur les plans du complexe hôtelier et sa décoration. D'une façon générale, il lui avait donné le sentiment de compter. D'être essentielle.

Il l'écoutait quand elle parlait, l'amusait avec ses histoires familiales, et remplissait ses rêves d'images qui la poursuivaient jusque dans la journée.

Une culpabilité sournoise l'envahissait, au fur et à mesure qu'elle s'avouait n'avoir jamais éprouvé ces émotions avec Steven. Elle voyait maintenant celui-ci comme un homme un peu superficiel. Elle avait le plus grand mal à accepter ces pensées négatives. Mais pour être honnête, superficiel était un mot qui collait très bien à la personnalité de son défunt fiancé. Jamais ils n'avaient parlé ensemble de quoi que ce soit de sérieux. Jamais parlé de comment ils envisageaient l'avenir. Ils n'avaient vécu que dans l'instant.

Cela avait été excitant. Et pourtant…

Sean tourna la tête vers elle. Leurs regards se rivèrent l'un à l'autre. Il esquissa un sourire, et elle tressaillit aussitôt, sous le charme. Un véritable aimant. Comment éviter de se laisser happer dans son orbite ? Pour une fois, elle le reconnut sans détour : elle n'avait aucune envie de le fuir. Elle aimait sa compagnie. Dans le secret de son cœur, elle adorait les occasions où il la touchait, lui arrangeait les cheveux. Elle s'était habituée à sa présence auprès d'elle.

Tout à coup, la fin de ce mariage, à quelques semaines de là, sonna dans son cœur comme un glas, plutôt que comme une délivrance.

— Tu penses à des choses sérieuses ? s'enquit-il.

— Non, mentit-elle en secouant la tête.

— Tant mieux… La journée est trop belle pour la gâcher avec des soucis. Viens me rejoindre.

Ecartant ses pensées moroses, elle le rejoignit près du gouvernail. Le *Corazon* lui était aussi familier que sa chambre. Elle avait pratiquement grandi sur le yacht, que son grand-père affectionnait. En revanche, il n'aimait pas la voile, n'ayant pas la patience de se livrer aux caprices du vent.

Le moteur du yacht était puissant et la coque fendait les eaux cristallines.

— Ce bateau est fantastique, dit Sean en manœuvrant la barre pour suivre la courbe de l'île.

— Grand-père me prenait tout le temps avec lui sur ce yacht, quand j'étais petite. Je l'ai toujours adoré.

— Ça ne m'étonne pas, répondit-il, le regard toujours fixé sur l'océan.

Cela aussi plaisait à Melinda, cette attention qu'il portait toujours à ce qu'il était en train d'accomplir. Elle aimait sa concentration. Surtout quand cette concentration se reportait sur elle.

— On ne construit plus beaucoup de bateaux de ce type, dit-il en passant sa main sur le bois lisse du tableau de bord. Tout se fait maintenant avec de la fibre de verre, et c'est bien dommage. Enfin… mon frère Decker construit ce qu'il appelle de *vrais* bateaux, de bois. Luxueux, comme celui-ci.

Elle le regarda faire une manœuvre habile pour pénétrer dans une crique bordée d'arbres au bout de l'île. Il éteignit le moteur et appuya sur le bouton pour jeter l'ancre. Une série de bruits métalliques s'ensuivit, et l'ancre toucha le fond de l'eau.

Quand le silence revint, seulement troublé par le clapotis de l'océan contre la coque et le chant des oiseaux dans les arbres, elle demanda :

— Tu es vraiment bon marin. Tu as grandi au bord de l'eau, toi aussi ?

— Pas du tout ! Je suis né à Las Vegas ! Ma mère jouait dans un show au Tropicana, quand mon père l'a rencontrée. Mon enfance a baigné dans la chaleur du désert, le clinquant des néons, et le désespoir tranquille qui imprègne le Strip, l'artère principale de Vegas.

Surprise, elle s'assit sur un tabouret à côté de lui. Le léger balancement du bateau évoquait pour elle des rythmes sensuels plus primitifs. Elle chassa de son esprit ces pensées érotiques, et répondit :

— C'est bizarre, je n'ai jamais pensé qu'on puisse vraiment habiter Las Vegas, y avoir un *foyer*.

— Ce n'en était pas un, marmonna Sean. Je vivais là, c'est tout. Jusqu'à l'âge de seize ans, en tout cas.

— Seize ans ?

— J'ai dû partir, dit-il brièvement. Je suis allé vivre avec mon père, jusqu'à ce que je parte pour l'université et...

— Et quoi ? demanda-t-elle.

Mais il serra les lèvres, comme s'il voulait empêcher les mots de sortir de sa bouche. Le soleil s'insinuait entre les feuilles des arbres, dessinant sur son visage des taches lumineuses.

Il poussa un soupir exaspéré, et s'étonna :

— Pourquoi est-ce que je te raconte des choses dont je n'ai jamais parlé à personne ?

— Il est peut-être plus facile de se confier à une étrangère ?

Il esquissa un sourire en coin.

— Nous ne sommes pas des étrangers, Melinda, corrigea-t-il.

— Sans doute pas, concéda-t-elle.

En fait, il lui semblait mieux connaître Sean que Steven. Et dire qu'elle avait juré d'aimer son fiancé pour toujours, songea-t-elle. Mais le temps a-t-il quelque chose à voir avec les sentiments ? On pouvait connaître quelqu'un depuis des années, sans vraiment savoir qui il était. Au contraire, comme avec Sean, une attirance immédiate, le magnétisme d'une âme envers l'autre, pouvaient s'instaurer en un clin d'œil. Et...

Mon Dieu ! s'interrompit-elle. Elle dérivait de plus en plus.

— Mon visage te paraît peut-être amical, tout simplement, suggéra-t-elle d'un ton qu'elle voulait léger.

Il la contempla pendant quelques secondes interminables. Puis :

— Tu as un très beau visage. C'est peut-être ça : je me prostitue pour un visage.

Melinda éclata de rire.

— Je ne te vois pas en train de te prostituer !

— Tu te trompes du tout au tout, répliqua-t-il avec un rire sans joie.

Ces mots laissaient percer une douleur ancienne mal cicatrisée. Des ombres passèrent dans ses beaux yeux bleus. D'instinct, elle avança la main vers lui et la posa sur son bras. Voilà un homme qui souriait toujours, songea-t-elle. Le découvrir hanté par quelque chose la toucha beaucoup plus qu'elle n'était prête à le reconnaître.

— Sean, de quoi s'agit-il ? demanda-t-elle.

Il abaissa les yeux vers sa main et la prit dans la sienne.

— Moi, ce n'est pas intéressant. Mais... qu'est-ce que c'est que ça ?

Elle fut prise au dépourvu par sa façon de passer du coq à l'âne. Elle posa les yeux sur l'endroit tout rougi, au dos de sa main, qu'il caressait doucement du pouce.

— Oh ça ? Ce n'est rien ! Une petite brûlure de rien du tout.

— Comment t'es-tu brûlée ? demanda-t-il d'un ton abrupt.

Elle haussa les épaules. Elle n'avait pas prêté la moindre attention à cet incident mineur.

— Le croiras-tu ? demanda-t-elle. Ça m'est arrivé en faisant une soudure.

— Ce n'est pas la réponse à laquelle je m'attendais, reconnut-il en caressant la petite boursouflure.

La brûlure était encore un peu sensible. C'est la raison pour laquelle elle avait soudain la chair de poule, songea-t-elle pour se rassurer. Rien à voir avec Sean. Rien à voir avec la chaleur familière qui se diffusait dans ses membres. Mais hélas, elle avait du mal à s'en convaincre elle-même.

— Tu soudais quoi ?

Un sourire forcé aux lèvres, elle dégagea sa main. Chaque fois que cet homme la touchait, elle perdait ses repères raisonnables. Et comme ils étaient seuls dans cette petite crique, pour rester sur ses gardes, elle avait besoin de toute sa volonté. Dieu sait qu'elle en manquait, quand il s'agissait de Sean King.

Depuis la semaine passée, il avait grignoté ses défenses, comme l'eau use une pierre, à la longue. Désormais, sa volonté ne tenait plus qu'à un fil. Seul le souvenir de Steven l'empêchait de céder aux exigences de son corps.

En cet instant, sa peau vibrait encore de l'électricité du contact de Sean. Minimisant ces frémissements, elle dit d'un ton léger :

— Moi aussi, je suis capable de garder un secret.

Il acquiesça de la tête et ajouta :

— Je t'ai déjà révélé deux secrets. Donc tu m'en dois un ! Et j'aimerais vraiment savoir comment tu t'es brûlée.

Ses yeux brillaient de nouveau. Plus de trace des ombres qui les assombrissaient un moment plus tôt. Seul y persistait le désir qui était tout le temps tapi sous la surface claire de son regard. Melinda s'en réjouit. Mais une question demeurait : comment peut-on à la fois vouloir un homme de toutes ses forces, et refuser de le vouloir ? La réponse n'avait rien d'évident.

— Quand nous retournerons à l'hôtel, dit-elle en reculant d'un pas, je te montrerai.

— Tu me montreras ? répéta-t-il en s'approchant très près d'elle.

Elle se crispa. Quel pétrin...

Il semblait s'amuser de sa nervosité. Mais au lieu de profiter de son avantage, de la pousser dans ses derniers retranchements, il lui lâcha la main.

Contre toute attente, elle se sentit abandonnée, pour se le reprocher aussitôt. Pourquoi donc son corps refusait-il de se plier aux ordres de son cerveau ?

— C'est un endroit parfait pour notre pique-nique, dit-il en se dirigeant vers l'échelle.

— Un pique-nique ? Je croyais que nous faisions juste un tour en bateau ?

Les mains sur les montants de l'échelle, il s'arrêta. Un vent capricieux lui souleva les cheveux et les rabattit sur ses yeux. D'un mouvement de la tête, il les rejeta en arrière, et il plongea son regard bleu dans le sien.

— Nous allons faire un bon pique-nique, et nous baigner, assura-t-il.

— Je n'ai pas pris de maillot.

— Le maillot est facultatif, déclara-t-il avec un clin d'œil.

Elle sentit son sang se mettre à bouillir dans ses veines. Son cœur se mit à battre la chamade tandis qu'elle le regardait descendre les marches et s'enfoncer dans le bateau.

Se baigner nue avec Sean King ? Ce serait une erreur majeure. Il la tentait déjà au-delà du raisonnable. Elle l'imagina nu, le corps mouillé et... elle sentit ses genoux se dérober sous elle à cette simple évocation. Non ! Elle ne pouvait faire cela. D'accord, il était son mari, mais non, non, non... Leur mariage n'était qu'un arrangement provisoire. Donc, pas de sexe. Ou alors...

Elle ne parvenait plus à penser.

— J'ai une surprise pour toi, claironna-t-il du bas de l'escalier.

— Une surprise ? répéta-t-elle machinalement, embrumée de désir.

— Descends voir par toi-même, répondit-il, la tête renversée en arrière.

— Je reste encore un petit moment sur le pont.

Mieux valait mettre un peu de distance entre eux, songea-t-elle. Même si elle était piégée sur ce bateau, seule avec lui. Le yacht qui lui avait toujours paru énorme prenait tout à coup des airs de canoë exigu.

Levant la tête vers elle, il lui sourit d'un air entendu, comme s'il savait exactement ce qu'elle pensait.

— Bon, dit-il d'un ton taquin, en sortant une boîte blanche du panier de pique-nique préparé par l'hôtel. Si tu restes là-haut, tu n'auras pas ce que ma belle-sœur Katie nous a envoyé.

Katie. Celle qu'il avait appelée la reine des cookies. Curieuse, elle se rapprocha de la rampe et le regarda exhumer de la boîte un unique cookie, de la taille de son poing. Blanc, saupoudré de chocolat et d'une fine pellicule de sucre.

— Tu triches, dit-elle.

— Je sais, dit-il en mordant à pleines dents dans le cookie.

Les yeux clos, il le savoura avec un soupir de plaisir ineffable.

— Elle m'a envoyé ceux que je préfère, poursuivit-il. Qu'elle en soit bénie !

Elle sentit l'eau lui venir à la bouche. Cela n'avait pas grand-chose à voir avec les cookies. Elle mourait d'envie de saupoudrer Sean de chocolat et de le déguster à petits coups de langue.

Mon Dieu...

— Ils fondent dans la bouche, dit-il, les yeux au ciel. Ce sont ceux qu'elle appelle les gâteaux mexicains de mariage. Mais elle a amélioré la recette. Ils sont plus gros et, à la fin, elle fait fondre du chocolat noir et en fait couler quelques gouttes dessus. Divin.

— Ça a l'air bon, dit-elle en avançant d'un pas vers la rampe.

— Délicieux, assura-t-il en la regardant droit dans les yeux. En matière de cookies, Katie est une déesse.

Impossible de résister. Elle fit un pas, puis deux. En moins de temps qu'il n'en faut pour le dire, elle se retrouva en face de l'homme qui la rendait folle de désir.

— Tu partages avec moi ? demanda-t-elle.

— Je partage tout, dit-il en lui tendant la boîte.

Ses yeux rivés à ceux de Sean, elle prit un cookie et le goûta. Ses papilles gustatives frétillèrent aussitôt du savant mélange de beurre et de chocolat fondu. Un soupir de pur plaisir lui échappa.

Il sourit d'un air compréhensif et demanda :

— Tu vois ce que je t'avais dit ? Katie est vraiment la reine.

— Tu aurais peut-être dû l'épouser.

Elle était un peu lasse d'entendre les louanges de la reine

Katie King. Même si elle cuisinait sans conteste de remarquables cookies.

— Ça n'aurait pas plu à Rafe, remarqua-t-il en posant la boîte de cookies sur une banquette de cuir bleu. En outre, j'ai moi-même une épouse, tu t'en souviens ?

Comme il se rapprochait d'elle, elle sentit sa respiration devenir saccadée. La chaleur du corps si masculin de Sean se propageait jusqu'à elle, comme si elle se trouvait au centre d'un volcan incandescent.

La tension qui régnait entre eux depuis des jours explosait soudain. Elle avait essayé de son mieux d'être fidèle au souvenir de Steven. Mais Sean, avec une habileté sans nom, avait comblé la distance entre eux, il avait grignoté peu à peu sa résolution. Et maintenant, il n'en restait rien.

Et puis... peut-être n'avait-elle plus *envie* de résister, après tout ? Peut-être avait-elle simplement envie de vivre. De ressentir. De relâcher toute la tension accumulée en elle. Sous le regard attentif de Sean, elle sut qu'elle s'apprêtait à céder aux exigences de son corps.

Elle avait la bouche sèche. Le cookie ne l'intéressait plus du tout.

Comme s'il le comprenait, il le lui ôta des mains et le jeta par-dessus bord en disant :

— Un festin pour les poissons.

Puis, penchant la tête vers la sienne, il ajouta :

— A propos de festin...

— Sean, protesta-t-elle dans un dernier effort de fidélité.

Il s'arrêta, la regarda au fond des yeux et murmura :

— Ne pense plus à rien.

Elle hocha lentement la tête, et laissa tomber ses dernières défenses.

— D'accord, souffla-t-elle.

Elle tremblait de tous ses membres. Dès qu'il posa ses mains autour de sa taille, et l'attira vers lui, elle se mit à respirer avec peine. Son cœur palpitait. Pendant longtemps, elle avait combattu ses propres instincts, ses désirs les plus violents. Mais maintenant, elle ne voulait plus lutter contre elle-même. Elle avait besoin de Sean plus encore que de l'air à respirer. Elle voulait qu'il la touche, qu'il l'embrasse. Et bien davantage encore. Elle le voulait tout entier.

Et sur-le-champ.

Au moment même où sa bouche effleura la sienne, elle cessa de penser. Trop de sensations l'agitaient pour laisser place à la moindre réflexion. Il lui entrouvrit les lèvres de sa langue et les lécha à petits coups qui mirent le feu à son ventre.

Elle l'enlaça de ses bras, étala ses mains sur son dos et le tint plaqué contre elle. Elle lui rendit son baiser sans la moindre inhibition, leurs langues se mêlèrent en un ballet incandescent. Leurs souffles se mélangeaient.

Il fit glisser ses mains sous le T-shirt de Melinda, et détacha son soutien-gorge avec délicatesse. Puis il lui ôta son sous-vêtement de dentelle.

La brise légère lui caressait la peau. Elle se sentit délicieusement coquine, sous le regard admiratif de son mari. Il prit ses seins à pleines mains, et en titilla de ses pouces les mamelons dressés. Elle gémit de plaisir, les genoux flageolants. Elle frémissait de toute part. Les mains posées sur les épaules de Sean, elle s'arc-boutait contre lui, et laissa le désir l'envahir en vagues d'une douceur, d'une chaleur exquises.

— Tu es belle, souffla-t-il, les yeux embués d'envie.

Elle voulait sentir sa peau nue sous ses mains, le toucher comme il le faisait. Au comble de l'impatience, elle tira hors du pantalon les pans de sa chemise en murmurant d'un ton pressant :

— Enlève-moi ça.

Il ne se fit pas prier. En une seconde, sa chemise tomba au sol. Avec un soupir d'intense satisfaction, elle fit glisser ses doigts sur son torse bronzé si bien dessiné. Il ressemblait à une statue sortie des mains d'un sculpteur. Mais il était bien réel et chaud et, quand elle le toucha, sa peau frémit, et il laissa échapper un gémissement sourd. Elle sourit, fière des réactions qu'elle faisait naître chez cet homme si beau.

Son sourire ne dura qu'un instant. Le temps qu'il l'attire contre lui, que leurs corps se moulent l'un à l'autre, que leurs bouches se happent, se fondent l'une dans l'autre.

Encore et encore, leurs langues se sondaient, se mélangeaient. D'une main, il lui empauma un sein, de l'autre il chercha à tâtons la fermeture Eclair de son short. Quand il la trouva, il l'abaissa, puis fit glisser sa main de son ventre vers son entrejambe.

Elle se tordit sous sa caresse, le centre de son intimité inondé d'une envie irrésistible. Renversant la tête en arrière, elle s'offrit tout entière au plaisir qui l'envahissait. Elle avait attendu cela si longtemps... Ses terminaisons nerveuses étaient exacerbées, son corps tout entier s'électrifiait. Une caresse de plus, et elle exploserait en un orgasme délirant.

Mais il maîtrisait la situation. Au lieu de titiller son endroit le plus sensible, il enfouit un doigt, puis deux en elle, et explora avec une douceur amoureuse sa mystérieuse profondeur. Ses doigts allaient et venaient, caressant les parois de son fourreau jusqu'à ce qu'elle écarte les jambes et s'offre sans retenue, ondulante, pantelante sous l'assaut de sensations qu'il lui faisait découvrir.

— Laisse-toi aller, murmura-t-il, les yeux luisants de désir. Laisse-moi te regarder jouir...

— Sean... gémit-elle.

Haletante, la vision brouillée, elle ne voyait que lui, ne ressentait que ce qu'il lui faisait. Le soleil brillait trop fort, l'ombre était trop épaisse. Tout autour d'elle, le monde semblait retenir son souffle.

— Vas-y, Melinda, prends ton plaisir.

Il pencha la tête et l'embrassa dans le cou au point où battait son pouls, puis traça avec sa langue un sillon de fièvre sur sa peau.

Frémissante, elle sentit le paroxysme de son plaisir se rapprocher de nouveau. Accrochée à ses épaules, elle bougeait ses hanches à un rythme animal, rapide, désespéré. Rivant son regard à celui de l'homme qui lui donnait un tel plaisir, elle laissa monter en elle un orgasme qui enflait en spirales de plus en plus intenses. Au moment ultime, elle cria son nom d'une voix rauque, et se perdit dans les profondeurs bleues de son regard.

Elle haletait, ses jambes tremblaient sous elle, des bribes de plaisir la secouaient encore, quand il la souleva pour la transporter sur la banquette de la cabine. Le cuir bleu des coussins était chaud sous son dos, et elle s'allongea, languissante, pendant qu'il se débarrassait du reste de ses vêtements.

A la vue de son corps nu, le souffle lui manqua. Son sexe dressé était plus long, plus dur qu'elle ne l'avait imaginé. Ignorant tout ce qui n'était pas promesse d'un plaisir encore plus intense, elle se dépouilla de son short et de son string en quelques gestes saccadés.

— Tu me tues, souffla-t-il.

De son portefeuille, il extirpa un préservatif, qu'il enfila avant de se retourner vers elle.

— Je te veux en moi, murmura-t-elle. J'ai besoin de toi.

— Je sais, dit-il, un éclair sauvage au fond des yeux.

Pantelante, elle écarta les cuisses en une muette invitation.

— Il faut que je te possède, continua-t-il d'une voix rauque.

— S'il te plaît, tout de suite.

Il la couvrit de son corps. Quand elle enroula ses jambes autour de lui, il vint à la rencontre du bourgeon de son intimité du bout de son sexe tendu, une sensation qui la fit gémir, se tordre sous lui, s'arquer pour l'inviter à la pénétrer.

Mais il ne céda pas. Il la voulait folle d'envie, de désir contrarié. Ses doigts voletaient de nouveau sur sa vulve, frottant, caressant, réveillant sa passion, exacerbant son attente.

— Pénètre-moi, exigea-t-elle d'une voix tendue.

— Attends, souffla-t-il.

Il la poussait toujours plus loin vers son plaisir, faisant fi de sa propre impatience.

— Tu nous prives tous les deux, gémit-elle, le regard lourd.

— Ce sera encore meilleur.

Elle fit courir ses mains sur son torse, s'excitant d'entendre son souffle saccadé et rapide. Bientôt il lui donnerait ce qu'elle voulait le plus au monde. Il la pénétrerait au plus profond, et l'emporterait avec lui vers les sommets de félicité dont elle rêvait.

— Je pense à cet instant depuis des jours, grogna-t-il. Je veux que ça dure longtemps.

— Moi aussi, j'y pense depuis le début. Viens en moi.

Elle glissa sa main entre eux pour le caresser sur toute sa longueur.

La respiration de Sean devint sifflante, il ferma les yeux pour mieux conserver la maîtrise de son corps. Mais elle ne voulait pas de contrôle. Pas maintenant qu'elle était consentante et qu'ils se retrouvaient là où ils avaient toujours voulu être. Elle l'exigeait aussi enflammé, frénétique qu'elle. Aussi impatient et passionné.

Elle le regarda au fond des yeux, incrédule. Etait-ce bien elle, cette femme emportée par le désir ? Jamais elle n'avait rien connu de tel. Ni avec Steven, ni avec personne d'autre. Sean la conduisait dans des lieux inconnus dont elle ne soupçonnait pas l'existence. Elle s'envolait vers des délices nouveaux. Un instant auparavant, elle avait connu un orgasme violent. Et maintenant, elle en voulait encore.

Et puis encore un autre.

Ses mains. Ses baisers. Son corps contre le sien.

Comme dans un rêve, elle entendit l'eau cogner contre la coque du bateau. Des oiseaux chantaient dans les arbres, le vent lui caressait la peau. C'était une journée merveilleuse.

Une journée qui s'apprêtait à devenir encore meilleure.

9

Les doigts de Melinda se refermèrent autour du sexe de Sean. Il grogna. Désormais, il ne pourrait plus attendre très longtemps.

Pris à son propre piège, il se soumit à l'inévitable et s'enfonça en elle d'un seul coup de reins. Tant de chaleur. Tant de douceur. Il s'avoua vaincu sur-le-champ.

Son plaisir alimentait le sien. Au fond de ses yeux, une étincelle de passion fit exploser en lui quelque chose qu'il ne connaissait pas, et ne chercha pas à identifier.

Elle enroula ses jambes autour de sa taille, croisa ses chevilles au creux de ses reins, l'attirant le plus profond possible en elle. Penché sur elle, il lut sur son visage le désir qui déformait ses traits. Quelque chose lui serra le cœur. Quoi ? Il ne voulait pas le savoir. Tout ceci n'était que sexualité débridée. Du plaisir, rien d'autre.

Le plaisir, il connaissait.

C'était cela qu'il attendait de Melinda depuis des semaines. Ce moment où elle abandonnerait le passé, et réintègrerait la vie avec des cris de plaisir. Pas question d'en gâcher une seconde en s'interrogeant sur ce qu'il éprouvait.

S'asseyant sur ses talons, il l'attira à lui. Leurs corps soudés, il la saisit aux hanches, et la guida tandis qu'elle commençait à bouger contre lui, la respiration hachée, courte. Son regard rivé au sien, elle se tordait en suivant le rythme qu'il lui imprimait. Jamais, jamais il n'avait rien senti de pareil.

Rejetant la tête en arrière, elle émit une sorte de rire enivré.

— C'est si bon, exulta-t-elle.

Il laissa échapper un grondement sourd qui semblait monter du plus profond de son être. Il prit un de ses mamelons dans sa bouche et le lécha avec passion.

Gémissante, elle bougea plus vite, plus fort.

— Prends-moi, la supplia-t-il, les dents serrées. Prends-moi tout entier.

— Oui, oui, souffla-t-elle.

Elle se mit à bouger au rythme de son envie insatiable. Il s'agrippait à ses hanches avec force, l'aidait à se mouvoir à une cadence effrénée, à maintenir l'harmonie de mouvements qui faisait danser leurs corps.

Il sentit en elle les premiers frémissements de son orgasme. Comme elle s'abandonnait totalement, ondoyante, enroulée autour de lui, il plongea à son tour dans un abîme de sensations déchaînées. Le son de la voix de Melinda criant son nom résonna à ses oreilles comme le moment le plus beau de sa vie. Enfin, repus et exténués, accrochés l'un à l'autre, ils retombèrent ensemble sur la banquette.

Pendant quelques minutes, ils demeurèrent ainsi, leurs corps emmêlés moirés de sueur, la respiration désordonnée. Le front de Melinda reposait sur l'épaule de Sean. Il lui caressait le dos sans paraître pouvoir s'arrêter. Son cœur battait à toute force, il avait le sentiment que son cerveau avait fondu.

Il la tenait dans ses bras, et s'émerveillait en silence : comment cette petite femme voluptueuse lui avait-elle fait perdre son équilibre intérieur ? Elle l'avait aveuglé au point qu'il ne parvenait pas à mettre en ordre les pensées qui lui tourbillonnaient dans la tête.

Son souffle léger bouleversait quelque chose en lui. Il lui fallait réagir, dire quelque chose, n'importe quoi, qui mettrait un terme à ce trop joli petit tableau.

Finalement, il lâcha :

— Je dois avoir été maudit, dans une vie précédente.

— Pardon ? dit-elle en relevant la tête d'un air confus.

Haussant les épaules, il répondit :

— Comment expliquer autrement que je me retrouve toujours sur des canapés trop petits ou des banquettes trop étroites ?

Elle le regarda bien en face pendant une longue seconde, puis elle éclata d'un rire de gorge bref qui se propagea jusqu'à la jointure de leurs deux corps. Il serra les dents pour contrôler ses sens qui se réveillaient et demanda, les yeux étrécis :

— Qu'est-ce qui te fait rire ?

— Pardon, dit-elle. C'est juste que, la première fois que je t'ai vu sur le canapé de notre suite, j'ai eu mauvaise conscience, mais...

— Mais ?

— Tu avais l'air si drôle, continua-t-elle en souriant. Tu avais les jambes qui pendaient par-dessus l'accoudoir, et tes pieds sortaient de la couverture !

Il eut un petit sourire satisfait. Ainsi donc, elle l'avait regardé dormir ? Excellente nouvelle, à laquelle il repenserait plus tard.

Pour l'heure, il lui adressa un regard moqueur. Tout cela était parfait. De toutes ses forces, il avait voulu qu'elle pense à lui, à lui seul. Sans souvenirs douloureux pour gâcher la situation. Pas de Steven entre eux. Maintenant, il n'y avait qu'eux deux. Il ferait en sorte que cela demeure ainsi.

— Tu me trouves drôle sur ce misérable canapé, c'est bien ça ? Moi, tu sais ce que je trouve vraiment drôle ? demanda-t-il en la soulevant.

Il se leva et la balança sur son épaule.

Les yeux écarquillés, elle protesta :

— Sean ?

Il la transporta jusqu'à la rambarde du bateau en disant :

— J'ai parlé de baignade, tout à l'heure, tu te souviens ?

— Arrête ! cria-t-elle en battant des jambes, dans l'espoir vain de se dégager.

Elle regarda l'eau cristalline en dessous d'elle et s'écria :

— Sean ! Tu ne vas tout de même pas...

— Mais si, je vais... et puis, fais attention à comment tu agites tes jambes ! Ne va pas abîmer quelque chose dont nous pourrions nous resservir plus tard !

— Si tu fais ce que je crois que tu veux faire, dit-elle en riant, nous n'aurons plus besoin de rien plus tard...

— Tu vois comme tu es méchante...

— Pose-moi par terre, espèce d'idiot, dit-elle en riant.

— Je ne pense pas. Tu es déjà toute nue, il ne te reste plus qu'à te baigner.

Et il la lâcha.

Le cri de Melinda se perdit dans l'eau. Il la suivit des yeux jusqu'à ce qu'elle revienne à la surface, écartant les cheveux de son visage, et crachant de l'eau avec ces mots :

— Espèce de sale type !

Il sauta dans l'eau tout près d'elle. L'eau était fraîche et claire. Il ouvrit les yeux sous la surface et se reput du corps magnifique de Melinda, avant de remonter à la surface.

— Tu n'es qu'une sale ordure ! s'exclama-t-elle en faisant gicler l'eau du plat de sa main.

Sans tenir compte de l'insulte, il l'attira vers lui et la serra contre son corps. Puis il l'embrassa pour la faire taire. Cela ne sembla pas l'offusquer car elle l'entoura de ses bras et de ses jambes, lui laissant le soin de les maintenir tous les deux à la surface.

Finalement, il la libéra, la regarda dans les yeux et murmura :

— Il n'y a qu'une chose meilleure que l'amour au sec. L'amour dans l'eau.

— Prouve-le, dit-elle en lui mordillant la lèvre inférieure.

— J'adore convaincre les sceptiques, répliqua-t-il avec son demi-sourire séducteur.

Il se rapprocha du rivage pour qu'ils aient pied. L'eau lui arrivait encore aux seins. Il glissa ses mains le long du corps lisse de son amoureuse, jouissant de chacun de ses soupirs de plaisir.

Il plaqua sa main entre ses cuisses écartées. Les yeux clos, le visage extatique, elle reçut ses caresses avec délectation. Au fur et à mesure que la volupté montait en elle, il sentait son cœur battre de plus en plus fort. Et quand elle cria son nom, il lui couvrit la bouche de baisers enivrés. Puis, s'abandonnant à son propre piège, il la prit avec une passion accrue.

— C'est ici que tu t'es brûlée ? s'étonna Sean, une heure plus tard, dans le hall d'entrée d'une petite suite de l'hôtel. Tu es pyromane en chambre ?

Elle sourit en secouant la tête. C'était étrange, mais jamais elle ne s'était sentie aussi rompue et électrisée à la fois. Ils avaient passé la journée sur l'eau, et la simple pensée de leur orgie de caresses faisait monter en elle des soupirs d'intense satisfaction. Si l'orage n'avait pas fini par éclater, ils y seraient peut-être encore.

Elle introduisit sa carte dans la fente et ouvrit la porte de son atelier. Jamais auparavant elle n'avait invité qui que ce soit dans ce qu'elle considérait comme son espace personnel. Sean était le premier. Même Steven n'y avait pas eu accès. A dire vrai, il n'avait jamais manifesté le désir de le découvrir. Sourcils froncés, elle se rendit à l'évidence : jamais Steven n'avait manifesté un réel intérêt pour ce qu'elle faisait, ce sur quoi elle travaillait.

Pourquoi toutes ces soudaines pensées négatives au sujet de l'homme qu'elle avait projeté d'épouser ? Brièvement, elle pensa à la journée passée en compagnie de Sean. Tout de suite, un sentiment de culpabilité lui pinça le cœur. Secouant la tête, elle pénétra dans la pièce et alluma la lumière.

Parvenu au centre de la pièce, il s'arrêta net et jeta autour de lui un lent regard circulaire. Partout, des plans de travail, des grands bols remplis de pierres précieuses, des casiers de verre contenant des pièces achevées.

— Mais..., commença-t-il.

— Je fais des bijoux, expliqua-t-elle en refermant la porte derrière elle.

— Je vois ça ! dit-il en riant.

Il la suivit jusqu'à un présentoir. Elle l'ouvrit et en retira un écrin de velours contenant des bijoux qu'elle avait créés dans cette pièce.

— La plupart du temps, je travaille avec de l'or ou de l'argent, expliqua-t-elle.

Il prit dans ses mains une bague, puis une broche en forme de papillon. Enfin son attention se porta sur un collier fait de fines chaînes d'or parsemées de topaze.

— Celui-ci, je le réserve pour l'anniversaire de Kathy, dit-elle.

— C'est superbe, admira-t-il en la regardant dans les yeux.

— Merci.

Sous le compliment sincère, elle sourit et son visage s'illumina. Elle lui montra un autre plateau où étaient éparpillées des bagues et poursuivit :

— Celles-ci sont destinées à la bijouterie en ville. C'est là que je vends mon travail.

— Tu vends...

Il s'interrompit au milieu de sa phrase et avança le bras vers la main gauche de Melinda. Caressant du pouce la bague qu'il lui avait offerte, il demanda avec un sourire désarmé :

— Alors... la bague que je t'ai offerte, c'est toi qui l'as faite ?

— Eh bien... oui. Et cela m'a comblée : tu l'as achetée parce qu'elle te plaisait. Donc, mon travail te plaît.

— Je l'ai trouvée belle.

— Tu as très bon goût, affirma-t-elle avec un petit sourire.

— Je suis d'accord avec toi !

Il relâcha sa main, et elle le regretta aussitôt. Elle le regarda jeter autour de lui des yeux admiratifs.

— La qualité de ton travail est étonnante. Tu vends tes bijoux beaucoup trop bon marché. Tu es une artiste, et tu devrais être reconnue comme telle. Vendre chez Tiffany, par exemple.

Le cœur gonflé de fierté, elle se mit à rire. A part Kathy, personne ne l'avait vraiment complimentée pour son travail. Bien sûr, elle savait qu'elle travaillait bien, James Noble n'avait jamais de mal à vendre sa production. Mais s'entendre qualifiée d'artiste par Sean prenait une tout autre signification.

Tout en refermant les présentoirs, elle expliqua :

— C'est la raison pour laquelle je tiens tellement à toucher mon argent. Je voudrais donner de l'ampleur à mon entreprise, me créer un véritable atelier sur l'île. Peut-être que, grâce à l'un ou l'autre des clients de l'hôtel, je pourrai me trouver des contacts extérieurs, et obtenir davantage de notoriété.

— Je ne comprends pas. Pourquoi ne vends-tu ton travail que dans un seul magasin ? Tu pourrais au moins le vendre dans la boutique cadeau de l'hôtel de ton grand-père !

— Grand-père n'approuve pas le fait que je travaille, dit-elle d'un air triste. Il est un peu démodé, tu sais. C'est pourquoi il souhaite tant que je me marie pour me savoir en sécurité. Mais pour sa défense, il craint que je ne parvienne pas à vendre mes bijoux, et que je prenne cela pour un échec.

— Ça ne risque pas d'arriver, murmura-t-il.

— Je suis gênée de te dire tout le temps merci, mais…

Il lui coupa la parole en changeant de sujet :

— Donc, maintenant que nous sommes mariés, tu vas obtenir ton argent, et ensuite ? Tu songes à quitter Tesoro ? T'installer dans une grande ville et avoir pignon sur rue comme designer de bijoux ?

— Pas du tout, dit-elle en secouant la tête, sûre d'elle. L'île pour moi, c'est ma maison, je ne veux pas en partir. Après tout, c'est le *seul* endroit au monde où je peux me procurer des topazes de Tesoro.

— C'est vrai, répondit-il en regardant de nouveau autour de lui. En quelque sorte, cet argent est synonyme de liberté, pour toi. Grâce à lui, tu pourras suivre ton penchant artiste. Faire ce qui te plaît le plus au monde.

— Exactement.

— Ça valait donc le coup de se marier, dit-il avec un lent sourire.

— On peut le dire.

Il s'approcha d'elle en quelques pas. Elle sentit quelque chose frémir en elle. Quand il fut tout près, il lui prit la main, regarda la brûlure et demanda :

— Tu veux que je l'embrasse pour enlever la douleur ?

La lueur au fond de ses yeux promettait davantage de ce qu'ils avaient partagé sur le bateau. En temps normal, elle aurait dû être repue, rassasiée, satisfaite au-delà de toute expression. Et pourtant, elle sentait une faim tapie au fond d'elle-même. Une peur s'empara d'elle : cette faim serait-elle rassasiée un jour ?

Encore quelques semaines, et ce mariage arriverait à son terme. Elle aurait son argent, son commerce. Elle serait indépendante, libre. Pourquoi tout ceci paraissait-il tout à coup si... solitaire ?

Il lui souriait. Un bras passé autour de sa taille, il l'attira contre lui. Elle prit alors la décision de ne plus penser à l'avenir. Accepter le présent, et en jouir au maximum, voilà à quoi elle voulait se cantonner.

En vérité, elle ne souhaitait rien tant que baptiser son atelier avec les souvenirs qu'ils étaient en train de se fabriquer tous les deux. Des souvenirs qui demeureraient gravés en elle longtemps après que Sean aurait repris le cours de sa propre vie.

Sean fut enchanté de la manière dont le dîner en compagnie de Melinda et son grand-père se déroulait.

Bien sûr, il eut beaucoup de mal à détourner son regard de Melinda pour écouter les propos de Walter. Il avait surpris le regard du vieil homme posé sur lui d'un air entendu. De toute évidence, il comprenait parfaitement ce que le tout nouveau mari de sa petite-fille ressentait.

Dommage qu'il se trompe sur toute la ligne.

Walter ne soupçonnait pas le caractère provisoire de ce mariage. Il ne voyait pas ces noces comme une mascarade. Assis dans son fauteuil, il se réjouissait du bonheur de sa petite-fille. Sean éprouvait un malaise de plus en plus cuisant à lui mentir de la sorte.

Il serra les dents et s'imposa le silence. Il avait volontairement accepté ce petit jeu de dupes, et n'avait pas le droit de tout gâcher maintenant. Mais cela le mettait dans une position fausse qui lui déplaisait de plus en plus.

Il regarda une nouvelle fois Melinda de biais, et elle lui sourit, à l'autre bout de la table. Quelque chose de chaud se lova au creux de son ventre. Des images d'elle s'ébattant nue dans l'eau cristalline, loin du monde, lui brouillèrent le cerveau.

Il eut tout à coup envie de la transporter de nouveau sur son épaule jusqu'au lit le plus proche. A la réflexion, il trouvait un peu étrange que le seul endroit où il ne l'avait pas possédée fût un lit. Mais qu'importe ! L'amour sur le bateau avait été une expérience unique.

— Comment avez-vous trouvé le bateau ? s'enquit soudain Walter.

Sean sursauta, heureux que le vieil homme ne puisse lire dans ses pensées.

— C'est un yacht magnifique, dit-il en buvant une gorgée de café. Je ne me souviens pas de m'être autant amusé sur l'eau.

Du coin de l'œil, il vit qu'elle rougissait. A la lumière du candélabre, elle était lumineuse, et il s'amusa de son embarras manifeste.

— Ça me fait plaisir, répliqua Walter. Je ne monte plus très souvent à bord, depuis quelque temps. Je suis heureux d'entendre que vous en profitez.

— Merci. J'aimerais ressortir en mer, un de ces jours.

— Quand vous voulez, assura le vieil homme.

Elle but une longue gorgée de vin, sans doute pour se donner contenance.

Sean reprit en souriant :

— J'ai parlé avec mes frères, l'autre jour. La cargaison et quelques membres de notre équipe arriveront la semaine prochaine. Et bientôt, nous serons prêts à entreprendre la construction de l'hôtel.

— Parfait, dit Walter d'un air songeur. Beaucoup de gens à Tesoro s'en réjouissent.

— Et vous ? demanda Sean d'une voix calme. Qu'en pensez-vous ?

Le vieil homme prit une profonde inspiration, et réfléchit quelques secondes.

— J'ai hâte que ça commence, dit-il finalement en souriant. Le changement peut être une bonne chose pour un homme vieillissant. L'intérêt que l'on porte au monde entretient la jeunesse.

— Tu seras toujours jeune, assura Melinda en posant sa main sur l'avant-bras de son grand-père.

— Ah ! s'exclama-t-il avec un clin d'œil à Sean. Vous voyez comment elle sait bien s'insinuer dans mon cœur ? Elle a toujours su exactement quoi dire !

Il lui prit la main pour y déposer un baiser et remarqua la brûlure en fronçant les sourcils.

— Tu ne fais pas assez attention, *corazon*, lui dit-il avec reproche.

— *Corazon* ? s'étonna Sean. C'est le nom du yacht.

— C'est exact. Ça veut dire « cœur » en espagnol, et c'est ce qu'est Melinda pour moi. Mon cœur. Et quand elle ne fait pas attention à elle, cela m'inquiète.

— Pareil pour moi, renchérit-il.

Elle se rembrunit un peu.

— Est-ce que vous allez tous les deux vous liguer contre moi ? demanda-t-elle.

— C'est le rôle de la famille, répondit Sean.

— Hmm.

— Elle vous a montré son atelier ? demanda Walter.

— Cet après-midi, oui. Son travail est magnifique.

— C'est un agréable passe-temps, convint Walter de bonne grâce.

Elle roula les yeux au ciel, et Sean sourit par-devers lui. Un point le surprenait : comment cet homme, qui aimait profondément sa petite-fille, ne lisait-il pas ce qu'elle avait dans le cœur ? Dans l'âme ? Traiter ses dons artistiques de passe-temps était une injure à son talent.

— Au fait, dit Walter, si vous avez besoin d'un lieu pour loger votre équipe, je possède un plus petit hôtel, non loin d'ici. Rien de luxueux, mais vos hommes y seraient bien.

— J'apprécie votre proposition. Melinda m'a expliqué qu'à un moment, vous aviez eu l'intention de construire où nous allons le faire ?

— En effet. Mais quand j'ai perdu ma femme et les parents de la petite, j'y ai renoncé et j'ai décidé de continuer à vivre à l'hôtel. Un homme qui élève seul une enfant a besoin d'aide, je n'ai pas honte de le reconnaître.

Il regarda sa petite-fille, qui lui sourit à son tour.

— A l'hôtel, tout le monde l'a traitée comme une princesse.

— J'en comprends très bien la raison, souligna Sean.

— Je suis heureux que vous voyiez la même chose que moi, quand vous regardez Melinda, dit Walter avec fierté.

Il voyait la même chose, et bien davantage, songea Sean. Cela commençait d'ailleurs à le tracasser. D'une certaine manière, il avait séduit Melinda. Mais ça marchait dans l'autre sens aussi. Tout en elle le séduisait, *lui*. Il allait falloir mettre un terme à ce dangereux engrenage.

Dans le cas contraire, la fin de ce mariage temporaire se ferait dans le chaos.

— Assez de flatteries, déclara-t-elle en se levant. Je monte. Tenez-vous correctement, tous les deux.

— Tu as l'air fatiguée, ma chérie, nota son grand-père. Probablement trop de soleil et de grand air.

— C'est sans doute ça, approuva-t-elle en jetant un coup d'œil à Sean.

Et trop de sexe, compléta-t-il en son for intérieur.

Il la suivit du regard. Quand elle referma la porte derrière elle, Walter se pencha vers lui et lui murmura :

— C'est une beauté, vous ne trouvez pas ?

— Oui, reconnut-il. Elle ne sait pas que votre hôtel est en difficulté, n'est-ce pas ?

Walter pinça les lèvres. Il tapota la table de ses doigts, et soupira.

— Comment avez-vous deviné ? demanda-t-il.

— A de petits détails. La peinture qui s'écaille, les tentures un peu fanées. Pas assez de personnel au bar. Et le restaurant n'est ouvert que pour le petit déjeuner et le dîner. Quand un hôtel fait des économies, laisse passer de petits détails de ce genre, c'est qu'il y a une raison.

Walter hocha la tête d'un air triste.

— Vous êtes dans le vrai, avoua-t-il. Il y a une raison. Mais je n'en ai rien dit à Melinda. Maintenant que vous avez deviné la vérité, j'espère que vous saurez garder votre langue.

Que de secrets dans cette famille, s'étonna Sean. Melinda ne voulait pas mettre son grand-père au courant de leur mariage combiné. Lui ne voulait pas lui avouer ses problèmes d'argent. Aucun des deux ne parlait de Steven.

Dans sa propre famille, tout se passait très différemment. Entre les King, il n'y avait presque pas de secrets, parce que personne ne se taisait assez longtemps. Mieux valait parler d'emblée de ce qui vous tracassait, l'étaler devant les autres membres de la famille. En de rares occasions, ça se terminait parfois par un bon coup de poing dans la figure. Mais ensuite, l'affaire était réglée.

A sa décharge, il gardait un secret depuis des années. Son premier mariage, dont il n'avait parlé à personne. Pourquoi le leur avait-il caché ? se demanda-t-il soudain. Pour s'épargner l'embarras d'un échec ? Pour échapper à des cris et des reproches ? Il était idiot de cacher des choses à sa famille. Surtout à la sienne.

— Ne voyez dans mon objection aucun manque de respect, Walter, mais pourquoi mentir à Melinda ? Ce n'est pas une bonne idée, à mon avis.

— Ah ! dit le vieil homme avec un clin d'œil. Bientôt il n'y aura plus de raison de mentir. La vente du terrain à votre famille réglera mon problème d'argent. Alors, je restaurerai mon hôtel, votre cousin ne me prendra pas tous mes clients ! Et ainsi, il n'y aura rien à dévoiler à ma petite-fille.

— Je pensais que vous vouliez prendre une retraite bien méritée...

— Me mettre à la retraite ? s'exclama Walter, les yeux écarquillés. La retraite, c'est bon pour les vieux ! Que ferais-je de mes journées ? Non, non, j'ai bien mieux à faire ! Melinda aura son argent, l'hôtel sera restauré, et tout le monde vivra heureux !

— A Brigadoon, marmonna Sean.

— Pardon ?

— Rien.

Il écouta Walter lui expliquer ses plans pour la restauration de l'hôtel. Mais tout en écoutant le vieil homme, il ne pouvait s'empêcher de penser à Melinda, à l'étage.

Ces deux dernières semaines en sa compagnie avaient été très agréables. Et aujourd'hui s'était révélé... surprenant, à un point inimaginable. Pourtant la date d'expiration de ce mariage se rapprochait à toute allure.

Cette perspective provoqua en lui une question étonnante. Que ferait-il, quand le temps qui leur était imparti prendrait fin, et qu'il travaillerait encore sur l'île ? Se salueraient-ils d'un signe de tête ou d'un sourire, quand ils se croiseraient dans la rue ? Serait-il censé faire comme s'il ne la désirait plus ?

Dans son cerveau en effervescence, la voix de Walter n'était plus qu'un bourdonnement, un bruit de fond pour les pensées qui se bousculaient dans son esprit. Sans contestation possible, il se trouvait de plus en plus mêlé à la vie et au monde de Melinda.

Cette évolution de la situation ne faisait pas partie du plan initial. Il n'était pas originaire de Tesoro. Sa vie était en Californie. Il y avait sa maison, sa famille. Cette minuscule île tropicale n'appartenait pas au monde réel. Pas pour lui, en tout cas. Melinda ne lui était pas non plus destinée. Tout cela, il le savait.

Et pourtant...

Tout se compliquait de plus en plus. Ses frères avaient vu juste, jamais il n'aurait dû accepter ce stratagème tordu.

Maintenant qu'il se trouvait en plein dedans, il n'était pas sûr de vouloir en sortir.

10

Sean quitta Walter une demi-heure plus tard, et prit l'ascenseur pour rejoindre la suite de Melinda. Le ventre noué, il ne parvenait pas à penser de façon cohérente. Une seule chose s'imposait.

Il voulait voir Melinda. Etre avec elle.

Aussi longtemps qu'il le pourrait.

Plus que tout, il aspirait à quitter enfin ce maudit canapé et à dormir dans un lit avec elle. Après cette longue journée, il aurait dû se sentir exténué. Au contraire, il vibrait d'énergie. L'idée de la retrouver le rendait plus vivant que jamais. De cela, il devait se méfier, s'enjoignit-il. Mais c'était peine perdue. Il ne rêvait que de la toucher de nouveau.

En pénétrant dans la suite, il entendit des sanglots. Une angoisse le prit à la gorge. Il claqua la porte derrière lui, et se dirigea vers le lieu d'où provenaient ces pleurs déchirants. Jamais il n'avait pénétré dans la chambre de Melinda, et il ne vit qu'une chose : la clarté de la lune qui s'immisçait dans la pièce par les rideaux entre ouverts éclairait sa femme, assise par terre. Adossée au lit, les genoux remontés jusqu'au menton, elle contemplait une photo dans un cadre, et pleurait toutes les larmes de son corps.

Il sentit son instinct de protection en alerte. Les pleurs de Melinda lui déchiraient la poitrine. En l'espace d'une seconde, il était passé de l'état de mâle satisfait à l'approche de sa proie, à celui d'un homme aux abois, résolu à casser la figure de celui qui faisait pleurer cette femme adorable.

En quelques longues enjambées, il la rejoignit, s'agenouilla près d'elle et demanda :

— Qu'y a-t-il, mon cœur ? Qu'est-ce qui ne va pas ?

Elle secoua la tête avec violence, le visage inondé de larmes, les lèvres serrées comme si elle s'efforçait de ne pas gémir.

Lui prenant le visage entre ses mains, il l'incita à parler :

— Que s'est-il passé ?

— Je n'aurais pas dû, suffoqua-t-elle. Je ne voulais pas. Mais je l'ai fait, et maintenant…

— De quoi parles-tu ?

Il regarda le cadre qu'elle tenait serré entre ses mains et comprit sur-le-champ. Le visage souriant d'un bel homme arrogant lui sauta aux yeux. Cet homme, c'était Steven, sans l'ombre d'un doute.

Frustré par son incapacité à résoudre ce problème, il soupira et dit entre ses dents :

— Bon sang, Melinda ! Ne te fais pas autant de mal.

— Comment pourrais-je l'éviter ? hoqueta-t-elle. J'allais l'épouser. Je l'aimais et aujourd'hui, j'ai…

— Melinda…

— Non, répliqua-t-elle en secouant la tête, furieuse contre elle-même. C'est comme si je l'avais trahi. Pas seulement parce que j'ai fait l'amour avec un autre. Mais parce que j'y ai pris du plaisir.

L'instinct protecteur qui l'avait précipité vers elle se démultiplia, plus fort que jamais. Il s'efforça de contenir sa frustration. Il détestait la voir dans cet état. Détestait de l'y avoir poussée. Le plan égoïste qu'il avait mis en œuvre pour la séduire l'avait conduite au chagrin qu'elle éprouvait en ce moment.

La culpabilité était une émotion négative. Il le savait mieux que quiconque. Pourtant, dans ce cas, il ne s'agissait pas de lui mais d'elle. Et il n'accepterait pas qu'elle regrette ce qui s'était passé entre eux.

— C'est normal de ressentir des émotions, mon cœur, dit-il avec douceur en s'asseyant à côté d'elle. Tu es vivante, tu es donc censée *vivre*.

— Tu ne comprends pas, dit-elle avec un hoquet.

— Au contraire, je comprends très bien. La culpabilité, ça me connaît, répondit-il en lui entourant les épaules de son bras pour l'attirer contre lui.

Elle commença par résister, puis se laissa lentement aller. Il lui caressa le bras avec une infinie douceur.

— La culpabilité va te ronger centimètre par centimètre, jusqu'à ce qu'il ne reste rien de toi. Ça ne vaut pas le coup, crois-moi.

— Raconte-moi, lui murmura-t-elle à l'oreille.

Elle se lova plus près, avide de son contact.

Pour raconter son histoire, lui aussi avait besoin d'être proche, songea-t-il. Il n'avait pas pensé à tout cela depuis des années. Cette histoire, il ne l'avait racontée qu'à son père. Une fois de plus, il s'apprêtait à partager avec Melinda un secret jalousement gardé.

— Tu te souviens que j'ai vécu à Las Vegas jusqu'à l'âge de seize ans ? demanda-t-il.

Elle acquiesça de la tête, et il continua d'un ton qu'il voulait détaché :

— C'est parce qu'à seize ans, je me suis senti assez fort, assez grand, pour casser la gueule du petit ami de ma mère.

Elle passa un bras autour de sa taille et le tint serré contre elle. Emu, il lui rendit son étreinte. Les années défilaient à reculons, et il se revoyait dans ce misérable appartement de Vegas.

— L'air conditionné était cassé, comme d'habitude, poursuivit-il avec réticence, peu désireux de revivre cette période. Il faisait si chaud, j'avais l'impression que chaque respiration mettait le feu à mes poumons.

Après une pause, il reprit :

— Eric, le petit ami de maman, était un grand type, qui avait du mal à maîtriser ses colères.

La litote lui arracha un bref sourire.

— Ça faisait deux ans qu'il se permettait de battre ma mère, à l'occasion. Elle le chassait de chez elle, mais elle le reprenait toujours. Et je ne pouvais rien y faire.

Il se souvenait de la frustration, de la fureur qui l'étouffait à l'époque. Il aurait voulu grandir à pas de géant pour pouvoir défendre sa mère, et prendre soin d'elle.

Et ce jour finit par arriver.

— Il l'a battue le jour de mes seize ans, et je lui ai rendu ses coups.

Elle ne prononçait pas un mot. Lui ne la regarda pas. Il ne souhaitait pas découvrir les sentiments qui devaient se peindre sur son visage. La pitié ? La répulsion ? Il ne voulait ni l'une ni l'autre. En conséquence, il gardait les yeux fixés sur le mur opposé, et laissait ses souvenirs remonter à la surface.

— Il est tombé sous mes coups, ce qui m'a surpris au moins autant que lui.

A travers le prisme de sa mémoire, il voyait le type le regarder, les yeux emplis de fureur et de crainte mêlées.

— Comme la plupart des gars de son espèce, il aimait mieux filer des coups aux plus faibles qu'en recevoir. Il restait donc à terre, à me contempler comme si j'avais grandi d'un seul coup. Maman était là, son dernier œil au beurre noir en train de fleurir sur son visage. J'étais si fier de moi que je me suis tourné vers elle. Je m'attendais à la voir fondre de reconnaissance.

— Que s'est-il passé ? murmura Melinda.

Il prit une profonde inspiration et répondit d'une voix plate :

— Elle est tombée à genoux près d'Eric, et elle m'a hurlé de sortir.

— *Pardon* ?

Sa réaction de stupeur le fit sourire. Il ne la regardait toujours pas. S'il la regardait, il n'était pas sûr de parvenir à la fin de son récit.

— Eric s'est dégagé d'elle. Il s'est dirigé vers la porte d'entrée en jurant et en titubant un peu. J'en ai ressenti une grande satisfaction intérieure, je le reconnais. Maman lui a couru après. Mais avant, elle m'a ordonné de partir et de ne jamais revenir.

— Quelle folie, dit-elle en se dégageant des bras de Sean pour le regarder en face.

Acculé, il affronta enfin son regard. Il y lut une indignation féroce. Elle était furieuse pour lui, et cela lui mit du baume au cœur. Pourtant, tout ce qu'il venait de raconter, c'était de l'histoire ancienne.

— Ça n'a plus d'importance, dit-il.

Même si, au fond de son cœur, demeurait une zone noire et douloureuse. Après toutes ces années, il voyait encore l'expression sur le visage de sa mère. Qu'était-ce au juste ? Du dégoût ? De la fureur ? De la *haine* ? Le dernier coup reçu sur sa joue virait au vert et au jaune, malgré le maquillage sous lequel elle le dissimulait avec soin. Et pourtant, elle avait défendu le salaud qui la frappait.

Dans son cerveau, il entendait la voix de sa mère résonner. « Il m'aimait. Il s'occupait de moi. Tu n'avais pas le droit. Tu es comme ton père : tout pour toi, et que les autres aillent au diable. »

La voix chaude de Melinda le tira de ses pensées.

— Où es-tu allé ? s'enquit-elle.

La tête appuyée contre le lit, il répondit :

— J'ai appelé mon père. Il m'a fait envoyer son jet, et je suis allé vivre avec lui.

— Heureusement qu'il y avait ton père.

La remarque le fit sourire.

— Peu de gens disent ça de Ben King !

— Eh bien, moi, je le dis ! Ta mère a eu tort.

— Peut-être. Mais à cause de ce que j'ai fait, je ne l'ai plus jamais revue, répondit-il, son regard rivé à celui de Melinda. Elle est morte quelques années plus tard.

— Eric ?

— Non, elle s'est fait renverser par une voiture sur le Strip. Un touriste l'a écrasée, une nuit.

— Je suis désolée.

Tout son visage exprimait empathie et colère noire pour ce qu'il avait vécu.

— Tu ne devrais pas te sentir coupable. Tu as eu raison d'agir ainsi.

Il vit l'étincelle au fond de ses yeux où les pleurs s'étaient taris. Elle voulait de toutes ses forces adoucir sa peine, et cela l'émut profondément. A part ses frères, elle était la seule personne à s'intéresser à ce qu'il éprouvait, à essayer de lui rendre la vie moins aride. Une chaleur bienfaisante s'insinua en lui. Contre toute attente, parler du passé lui permettait de s'en distancier. Jamais auparavant il n'y était parvenu. Tout à coup, il se sentait plus libre que depuis des années.

Chaque minute qui passait, il se trouvait de plus en plus en danger avec elle. Il le sentait, le savait. Mais il ne parvenait pas à reculer.

— Et toi, tu ne devrais pas te sentir coupable de ce que nous avons fait aujourd'hui, dit-il d'une voix calme. Etre vivante, c'est normal.

Comme elle effleurait sa joue du bout des doigts, il lui prit la main et déposa un baiser au creux de sa paume.

— Libère-toi de la culpabilité, mon chou. Crois-moi, t'y accrocher ne te fera que du mal.

Elle considéra le cadre qu'elle tenait toujours à la main. Il regarda la photo et sut sans l'ombre d'un doute qu'il détestait Steven Hardesty. Pas question de laisser sa femme temporaire tourner le dos à la vie pour un homme mort.

Il lui prit des mains le portrait de manière délibérée, et le retourna sur la table de chevet.

— Steven est parti, Melinda.

— Je sais, souffla-t-elle.

— Crois-tu qu'il aimerait te savoir malheureuse à jamais ?

— Non.

— Alors, laisse-le partir. Sois pleinement avec moi.

Il lui souleva le menton et plongea son regard dans ses yeux rougis par les larmes.

— Profite de moi, dit-il. Je ne présente aucun danger. Je suis de passage dans ta vie, un homme qui peut t'aider à rebondir. Utilise-moi pour te guérir. Je ne serai pas ici longtemps, nous le savons tous les deux. Aucune complication ne te menace. Je n'attends rien de toi.

Peut-être se faisait-il la part belle ? se demanda-t-il. Car en effet, il la voulait pour lui plus que tout au monde. Mais il disait vrai, aussi. Il ne resterait pas avec elle. S'il pouvait l'aider à ne pas s'enterrer vivante, ils repartiraient chacun de leur côté un peu plus facilement, quand s'achèverait le temps qui leur était imparti.

Elle sourit d'un air mélancolique, et il se détendit un peu.

— Je n'avais pas l'intention de m'effondrer comme je viens de le faire, dit-elle.

— Ce n'est pas grave.

— Quand je suis montée, j'étais bien. J'allais prendre une douche et t'attendre, et puis j'ai aperçu la photo de...

Sa voix se brisa, puis elle reprit :

— D'un coup, tout m'a sauté au visage. Il est parti pour toujours. Et moi, je suis ici, avec toi. J'ai eu honte de me sentir aussi bien. Ça n'a aucun sens.

— Tu te trompes, ça a beaucoup de sens, au contraire.

Il repoussa une mèche de ses cheveux derrière son oreille. Puis il l'attira contre lui, et une douce chaleur l'envahit. Pas la chaleur érotique qu'il éprouvait d'habitude lorsqu'il la touchait. Il s'agissait de quelque chose de plus fort, de plus profond, qu'il ne pouvait décrire. D'ailleurs, il sentait confusément que s'il tentait de le décrire, le charme serait rompu.

Elle se lova contre lui et il la serra entre ses bras.

— Drôle de journée, non ? murmura-t-elle.

— Oui... Tu es fatiguée ?

Elle le regarda et secoua la tête.

— Tu m'en vois ravi, dit-il avec un sourire.

Quand il l'embrassa, Melinda fondit contre lui et s'abandonna à la vérité de l'instant. Il voyait juste, elle était vivante, et elle ne fuirait plus la vie. Elle allait ranger sa culpabilité dans un coin et prendre ce qu'elle désirait.

Et ce qu'elle désirait, c'était lui.

En quelques secondes, ils furent nus. Il enfila en hâte un préservatif et s'étendit sur le lit avec elle. Elle sentit avec délice la peau de son compagnon glisser sur la sienne. Il embrassa tout son corps, laissant avec ses lèvres et sa langue un frisson de fièvre dans le sillon de ses seins, sur son ventre. Il suça ses mamelons avec un tel raffinement qu'elle s'arqua contre lui, dans l'attente exquise de ce qui allait suivre.

Il lui murmurait des mots étouffés, la torturait de petits coups de dents et de langue, l'emportait vers des sensations que lui seul savait lui offrir.

Ses mains agiles et vivantes exploraient chacune de ses courbes, sa bouche goûtait chaque parcelle de son corps, et quand il descendit plus bas, en dessous de son nombril, de son ventre, elle se tendit vers lui.

Il s'agenouilla entre ses jambes, et plaça ses mains sous ses fesses pour la soulever.

— Sean, protesta-t-elle.

— Détends-toi et jouis de l'instant, dit-il en posant sa bouche au creux humide et intime de ses cuisses.

D'abord, elle en eut le souffle coupé. Puis elle adora la sensation de sa langue dans les plis moites de son sexe. Encore et encore, il la lécha, la mordilla avec une infinie délicatesse, jusqu'à ce que l'excitation la rende folle d'impatience. Ivre de désir, elle se livra une première fois à la jouissance extrême et cria son nom, son corps tremblant secoué de spasmes qui la faisaient ondoyer sous lui.

Elle frémissait encore de volupté quand il la pénétra, et l'emporta dans un orgasme encore plus profond, plus complet.

Ses jambes s'enroulèrent au creux de ses reins, elle l'emprisonna, le tint contre elle de toutes ses forces, l'engloutissant en elle. Leurs hanches bougeaient au rythme effréné de leur envie. Ils étaient hors du temps, ne faisaient plus qu'un. Elle ouvrit les yeux et contempla les profondeurs bleues de son regard. Un regard voilé de souffrances passées et de promesses nouvelles.

Leurs langues se mêlèrent en un ballet insatiable. Elle se sentait plus libre que jamais, le bonheur déferlait sur elle, elle le reconnaissait à peine. Il avait fait des miracles pour elle, songea-t-elle dans l'ardeur de son plaisir. Il lui avait ouvert le cœur, le corps et l'âme. Il la ramenait à la vie.

Mais bientôt, toute pensée s'effaça devant l'ouragan qui l'emportait. Elle s'offrit tout entière au déchaînement qui la submergeait, s'accrocha aux épaules de Sean, criant son nom pour exploser en gémissements libérateurs au moment où ils sombraient ensemble dans l'oubli.

Le calme revenu, elle put de nouveau réfléchir. Elle tenait à lui bien davantage qu'elle ne l'aurait cru. Mais ce n'était pas de l'amour.

Ça ne pouvait pas être de l'amour.

Parce que si tel était le cas, son cœur se briserait encore un peu plus.

Sean se leva brusquement de sa table, et se planta devant la baie vitrée. Il ne parvenait pas à se concentrer sur son travail. Il ne pensait à rien d'autre qu'à Melinda et à la situation inextricable dans laquelle il les avait plongés tous les deux.

Il avait projeté de la séduire, et avait fait ce qu'il fallait pour cela. Mais il n'avait pas songé une minute aux conséquences éventuelles que cette opération de séduction auraient sur lui. Le plus drôle, c'était qu'il avait déjà vécu cette situation, par personne interposée. Quelque temps auparavant, Lucas avait voulu utiliser Rose Clancy pour se venger du cousin de celle-ci, Dave Clancy. Il avait alors mis son frère en garde, lui prédisant que son plan se retournerait contre lui. Et c'est exactement ce qui c'était produit ! Sauf que pour eux, tout s'était terminé au mieux ! Rose et Lucas étaient tombés amoureux l'un de l'autre, ils s'étaient mariés et vivaient heureux ensemble. Avec en prime leur délicieux petit garçon de trois mois.

— Plutôt que de donner des leçons aux autres, tu aurais mieux fait de suivre ton propre conseil, se marmonna-t-il, en colère contre lui-même.

Au lieu de ça, têtu comme un vrai King, il avait cru pouvoir mener sa vie à son gré. Le résultat ne s'était pas fait attendre. Il s'était mis dans un pétrin qui frisait la série télévisée sentimentale la plus niaise.

Un mariage arrangé avec une femme encore en deuil de son fiancé ! Et lui qui s'enfonçait de plus en plus dans... dans quoi ? Le plaisir ? L'amour ?

Cette pensée l'ébranla. Il secoua la tête, comme pour éradiquer de son cerveau le mot qu'il venait de prononcer. Non ! Il n'était pas amoureux. Non, non et non ! Une fois, dans le passé, il avait aimé. En retour, il en avait pris plein la figure.

« Je n'aime pas Melinda, se répéta-t-il. Je l'aime beaucoup, tout au plus. » La sottise de cette subtile distinction le fit frémir.

Il détestait le reconnaître, mais ses frères avaient eu raison. Jamais il n'aurait dû épouser la petite-fille de Walter. Cela sentait les ennuis à plein nez dès le départ. Et plus ce mariage se poursuivait, plus la situation empirait. Même s'il ne l'aimait pas, il éprouvait quelque chose pour elle. Quelque chose qui le tourmentait au point de ne pas savoir comment gérer les semaines à venir. Il avait déjà décidé de ne plus remettre les pieds à Tesoro après le début de la construction de l'hôtel. Ce serait un premier pas. Oui, une fois l'île quittée, il n'y reviendrait pas. Ça lui épargnerait, ainsi qu'à Melinda, de perpétuer une situation difficile. Mais il y avait un hic : il n'avait pas la moindre envie de partir.

Il contempla la vue magnifique. Même s'il n'était dans l'île que depuis peu, il s'était attaché à cette beauté.

Au début, tout lui était étranger, ici. Chaque fois qu'il regardait par une fenêtre, il s'attendait à voir Long Beach. Des rues animées, des milliers de gens partout, son restaurant favori au coin de la rue. Il s'était senti déplacé, sa maison sur la plage lui manquait, ainsi que l'ambiance particulière de Sunset Beach.

Pourtant, maintenant, regarder l'eau transparente, d'un bleu cristallin, les plages blanches, la circulation quasi inexistante, tout cela lui semblait... formidable.

D'une manière insidieuse, l'île s'était emparée de lui. Exactement comme Melinda.

Cet endroit, cette femme, prenaient pour lui plus d'importance de jour en jour. Cependant, il ne pouvait se permettre de s'attacher ni à l'un ni à l'autre. Dans quelques semaines, il serait parti.

Son esprit tournait en rond. Aucune de ses questions ne trouvait de réponse. Et cela lui donnait un sacré mal de tête.

La sonnerie du téléphone lui fait l'effet d'une heureuse diversion.

— Garrett à l'appareil ! J'ai des nouvelles pour toi !

— Ah ! s'exclama Sean.

Au diable son mariage temporaire ! décida-t-il. Il mit de côté ses problèmes, et se concentra sur la voix de son cousin.

— Qu'as-tu découvert ? demanda-t-il.

— Tu veux l'essentiel ? J'ai découvert que Steven Hardesty était une crapule.

Sean prit une profonde inspiration.

— Je ne suis pas surpris, dit-il. Si tu voyais sa photo... Un homme qui possède des dents si longues ne peut être bon !

Garrett se mit à rire et expliqua :

— Notre M. Hardesty était un sacré voyou. Il utilisait son charme pour extorquer de l'argent aux femmes qu'il séduisait. Ensuite, il disparaissait. La police de plusieurs Etats européens aimerait avoir avec lui une petite conversation.

— Ça va être difficile, marmonna Sean. Il est mort.

— J'en ai informé mes interlocuteurs, et ils sont bien déçus.

A la pensée que Melinda regrettait ce sale type et pleurait

de l'avoir trahi, il sentit son estomac se révulser. Une colère sourde s'empara de lui.

— Ainsi, c'était un simple voleur, épilogua-t-il.

— En plus, au moment de sa mort, il était en train de détourner des fonds.

— Détourner des fonds ? De qui ?

Il se raidit. Le regard fixé sur le port, il n'en voyait plus la calme beauté.

— Walter Stanford.

— Bon sang !

Sa main se crispa sur le téléphone. Non content d'avoir abusé Melinda, à qui il aurait sans doute pris son argent, ce salaud avait volé celui du vieil homme !

Ravalant sa fureur, il réfléchit à la situation qui lui était décrite. Etait-ce la raison pour laquelle les finances de Walter étaient en péril ? Si Steven siphonnait l'argent de l'hôtel...

— Tu es sûr de ce que tu avances ? demanda-t-il.

— Certain. J'ai amplement de quoi le prouver.

— Bien.

Il ne projetait pas d'informer Melinda de ces nouvelles stupéfiantes. Mais en parler à Walter lui semblait de son devoir. Il fournirait au vieil homme toutes les preuves nécessaires, s'il le fallait.

— Ta Melinda a eu bien de la chance que le gars meure avant de l'avoir dépouillée et larguée.

— Merci beaucoup, vieux, dit Sean. J'apprécie.

— A ton service, cousin. Appelle si tu as besoin de quoi que ce soit.

Quand il eut raccroché, il ressassa ce que Garrett venait de dire. Si Steven n'était pas mort, Melinda aurait souffert, aurait été trahie. Elle aurait probablement perdu l'argent sur lequel elle comptait tant pour assurer son indépendance. Pire encore, elle se serait sentie ridicule, en aurait peut-être conçu une haine farouche envers les hommes en général.

Pour le moment, elle ne savait pas que son fiancé était une

ordure. Pour elle, il demeurait toujours le fiancé bien-aimé. Au lieu de ressentir contre lui une colère justifiée, elle se tourmentait, victime de la culpabilité du survivant.

Steven Hardesty ne méritait pas qu'elle verse la moindre larme sur lui. Il laissa tomber son téléphone sur le bureau et se retourna vers le port. Il ouvrit la fenêtre, et respira à pleins poumons l'air de l'océan. Mais ni l'air iodé ni la brise ne calmèrent son esprit agité. Que faire de tout ce qu'il venait d'apprendre ?

Informer Melinda ? Si elle le croyait, elle en aurait le cœur brisé. Si elle ne le croyait pas, elle le détesterait, lui, d'avoir cherché à détruire ses merveilleux souvenirs de Steven.

— Bon sang ! Même mort, ce salaud gagne sur tous les plans, fulmina-t-il.

Ravagé par une colère impuissante, il se raccrocha à une certitude. Une personne au moins méritait la vérité.

Déterminé, il quitta la fenêtre, traversa son bureau et sortit en claquant la porte derrière lui.

11

Pour la première fois, Stanford paraissait vieux.

Ravalant sa propre indignation, Sean observa de plus près l'homme assis en face de lui.

Walter contemplait ses mains, comme s'il les accusait de son impuissance. Enfin, il secoua la tête et s'exprima d'une voix empreinte de regret et de colère :

— Oui, j'étais au courant du vol de Steven. Il a passé ici un peu plus d'une année. Durant cette période, il s'est arrangé pour amasser un bon petit pécule à mes dépens.

— Il est donc responsable des difficultés de votre hôtel ?

— Pas uniquement, répondit Walter avec un soupir fatigué. Je dois reconnaître que j'ai fait quelques mauvais placements. Et puis, en toute honnêteté, j'aurais dû ouvrir davantage l'île aux touristes. Pas seulement pour mon propre bien, d'ailleurs, mais aussi pour celui de tous les habitants. Tout n'est donc pas la faute de Steven, mais il porte une lourde responsabilité.

Il pétrit son stylo entre ses mains, puis le laissa tomber sur son bureau d'un air désabusé.

— Steven a dû avoir vent de mon intention de le faire arrêter, expliqua-t-il. Il conduisait vite et a eu un accident de voiture en fuyant vers le port, sans doute pour attraper le bateau de St Thomas.

— Et vous ne l'avez pas dit à Melinda.

— Non. Elle n'a jamais été au courant de mes problèmes avec Steven, ni de sa trahison.

— Mais pourquoi ? s'insurgea Sean. Bon sang, Walter ! Melinda est une femme intelligente et compétente. Elle ne mérite pas d'être traitée comme une enfant.

— Croyez-vous que je ne le sache pas ? demanda Walter, les yeux étincelants de colère. Vous pensez que ça me plaît, de voir ma petite-fille pleurer une crapule ? Avoir du chagrin pour un homme qui l'aurait quittée après l'avoir ruinée, s'il en avait eu le temps ?

Sean croisa les bras sur sa poitrine et demanda d'un ton calme :

— Pourquoi ne pas avoir tout révélé à Melinda, dans ce cas ?

Walter lui adressa un regard dur.

— Vous la faites souffrir en la laissant s'imaginer qu'elle trahit la mémoire de ce salaud ! insista Sean.

— Vous croyez qu'elle serait plus heureuse si je lui disais que ce sale type ne l'a jamais aimée ? Que tout ce qu'il voulait, c'était son argent ?

Walter avait prononcé ces mots dans un accès de rage. Mais tout de suite après, il retomba dans l'abattement.

— Dans cette situation, il n'y a pas de bonne solution, murmura-t-il. Si je ne lui dis pas la vérité, la culpabilité va continuer à la torturer. Mais si je la lui révèle, elle sera anéantie. Comment décider de ce que je dois faire ?

Sean comprenait le dilemme du vieil homme. Après tout, il s'était posé la même question, après sa conversation avec Garrett. Mais d'un autre côté, le souvenir des larmes de Melinda, versées pour un escroc qui était mort avant d'avoir été arrêté et démasqué, l'irritait profondément. Il butait sur une difficulté essentielle : comment lutter contre la volonté de Walter de protéger sa famille ? Lui-même n'avait-il pas tout perdu à seize ans, en essayant de protéger sa propre mère ?

— Vous pourriez la regarder dans les yeux et lui dire la vérité ? lui demanda Walter d'un ton calme.

De toutes ses forces, Sean aurait voulu répondre oui. Il refusait que Melinda souffre une minute de plus à cause de

Steven. Mais au fond de lui-même, il ne pouvait se résoudre à lui livrer la mauvaise nouvelle.

— Non, répondit-il.

Au bout du compte, quel que soit l'enjeu, il n'acceptait pas d'être celui par qui Melinda souffrirait.

Deux jours plus tard, tout en attendant sur le quai l'arrivée du bateau de St Thomas, Melinda se sentait nerveuse.

Les King arrivaient sur l'île, pour en faire plus ample connaissance. Et pour la connaître, *elle*, songeait-elle.

— Détends-toi, lui conseilla Sean. Je t'assure qu'ils vont tous te plaire.

— Mais ils sont au courant de notre accord, n'est-ce pas ? Ils savent donc que nous ne sommes pas le parfait petit couple de jeunes mariés.

— Ils savent, mais ça n'aura aucune importance. Ils vont t'aimer. Relaxe-toi.

Les yeux fixés sur l'eau, elle hocha la tête et demanda :

— Parle-moi encore d'eux.

Il sourit et lui passa son bras autour des épaules.

— Rafe est marié à Katie, dit-il.

— La reine des cookies.

— C'est ça. Et Lucas a épousé Rose.

— La grande cuisinière.

En fait, elle avait tellement entendu parler de ses frères et de leurs femmes, qu'elle en perdait toute confiance en elle. Les belles-sœurs semblaient brillantes, la réussite leur souriait. Et surtout, elles étaient des femmes *aimées*.

— Et moi, je suis l'époux de l'artiste, ajouta Sean en déposant un baiser sur les cheveux de sa compagne.

Il avait dit ça avec légèreté, comme s'ils étaient mariés pour de bon. L'espace d'un instant, elle imagina que c'était la réalité. Elle lui lança un regard à la dérobée, tandis qu'il suivait du regard l'entrée du bateau dans le port. Ses traits étaient nets et bien dessinés. Ses cheveux s'ébouriffaient au vent, comme elle adorait, et ses yeux étaient cachés derrière des lunettes de soleil. Il portait un polo rouge foncé et un pantalon noir. Sur son visage flottait un sourire plein d'espoir.

Tout d'un coup, en une seconde de clairvoyance à couper le souffle, elle *sut*.

Elle aimait Sean King.

Elle sentit ses jambes se dérober sous elle. Mais contrairement à ce qu'elle redoutait, elle ne se sentait pas coupable. Mais alors, pas du tout. Avait-elle enfin surmonté le souvenir omniprésent de Steven ? Etait-elle prête à aimer quelqu'un d'autre ?

— Hé ! fit Sean en la regardant par-dessus ses lunettes noires. Tu vas bien ? Je te trouve bien pâlotte, tout d'un coup.

On le serait à moins, songea-t-elle. Elle prit une profonde inspiration et se força à sourire.

— Je vais très bien. Un peu nerveuse, peut-être.

Nerveuse ? Le mot était faible. En fait, la rencontre imminente avec la famille King la terrifiait.

Il la serra contre lui puis lui posa un petit baiser sur le front.

— Ne crains rien, tout va bien se passer. Nous leur montrerons le site où l'hôtel sera construit, ensuite nous dînerons tous ensemble, nous nous amuserons bien et rentrerons à la maison.

— C'est ça. En Californie, répondit-elle.

Encore quelques semaines, et il partirait aussi, songea-t-elle avec une grande tristesse. Il serait là-bas avec sa famille, et elle demeurerait sur l'île.

Seule.

— Les voilà, annonça-t-il. Plus de place pour la nervosité !

A cet instant seulement, elle remarqua le bruit du moteur du bateau qui accostait.

— Oh ! je t'en prie ! protesta Katie. Ma cuisine était parfaite ! Je te rappelle que je t'avais embauché pour la restaurer. Et ensuite, qu'as-tu fait ?

Sans attendre la réponse, elle se tourna vers Melinda et reprit :

— A la minute où nous nous sommes mariés, il a décidé de restaurer toute la maison, et a abattu la cloison de *ma* cuisine !

— Comme ça, elle sera plus grande, à la taille de notre future famille, rétorqua Rafe avec un grand sourire.

— Je t'avais prévenue, murmura Sean à l'oreille de Melinda.

— J'installerai un home cinéma intégré à la pièce, ajouta Rafe, les yeux pleins de rêves.

— Mon Dieu ! s'écria Sean, horrifié. Tu ne vas tout de même pas nous obliger à regarder tes films de science-fiction sur grand écran ?

— Pas moi, en tout cas, dit Lucas en berçant son fils sur son épaule. Le soir, je suis à la maison, occupé à changer les couches de bébé !

Melinda les regardait plaisanter à tour de bras. Ils se trouvaient dans une salle à manger privée de l'hôtel Stanford, et la conversation allait bon train depuis l'arrivée des King.

Assise à côté de Sean, elle observait cette famille, envieuse du spectacle de la solidarité qui les unissait tous. En présence de ses frères et belles-sœurs, il dévoilait un nouvel aspect de sa personnalité. Sous la taquinerie constante, courait entre eux tous une affection bien réelle, une chaleur contagieuse.

Elle aimait beaucoup Rose et Katie. Elle avait craint d'être intimidée, de se sentir étrangère au milieu d'elles. Mais les deux femmes étaient chaleureuses, enjouées et amicales, et paraissaient mener leurs King à la baguette. Il était étonnant de voir à quel point ils étaient tous liés.

— Oh ! s'écria soudain Katie en prenant la main gauche de Melinda pour mieux la regarder. Quelle bague magnifique ! Où l'as-tu dénichée, Sean ?

— En fait, répliqua-t-il en entourant les épaules de Melinda de son bras, c'est mon artiste d'épouse qui l'a faite.

— Elle a fait sa propre bague de fiançailles ? demanda Rose, les yeux écarquillés.

— Tu es un peu radin, vieux, murmura Rafe entre ses dents.

— Mais, non, idiot ! J'ai acheté la bague dans une bijouterie de la ville ! Ce n'est que plus tard que j'ai découvert que Melinda l'avait conçue et fabriquée elle-même !

— Ça alors ! s'exclama Rose en examinant la bague.

Puis elle regarda Melinda en souriant et demanda :

— Tu en as d'autres ?

— Bien sûr, répondit-elle, ravie de ces compliments. Mon atelier se trouve ici, dans l'hôtel.

— Je suppose que la famille est prioritaire pour voir toutes tes merveilles ? s'enquit Katie tout excitée.

— Bien entendu, répliqua-t-elle en riant. Nous pouvons y aller tout de suite, si ça vous dit.

— En route ! déclara Rose en sautant sur ses pieds. Les hommes, restez ici. Nous allons dépenser plein d'argent. D'ailleurs, je prends mon fils avec moi.

— Et pourquoi ça ? s'enquit Lucas.

— Il n'est jamais trop tôt pour apprendre à faire les courses !

Sur ces mots, elle se pencha et embrassa son mari sur la bouche. Puis elle attendit ses compagnes.

Katie embrassa Rafe. Melinda se levait de table quand Sean la prit par le bras et lui donna un baiser rapide sur les lèvres.

Elle quitta la pièce, rougissante, émue que Sean l'ait embrassée avec la même aisance que ses frères avec leurs épouses.

Dès le départ des femmes, Rafe se tourna vers Sean et s'enquit :

— Bon. Que se passe-t-il au juste ?

— Que veux-tu dire ? demanda celui-ci en portant sa bière à ses lèvres.

— Pas de faux-semblant ! s'exclama Lucas. Tu sais très bien ce qu'il veut dire. Tu ne veux pas en parler, c'est tout !

— Puisque tu as compris ça, tu vas laisser tomber le sujet.

— Non, dit Rafe avant que Lucas ne reprenne la parole. Tu nous annonces que tu as épousé une femme pour pouvoir passer un accord immobilier avec elle. Et quand nous débarquons ici, nous te trouvons tout feu tout flamme envers ton épouse temporaire.

— Et alors ? demanda Sean, les sourcils froncés.

— Eh bien, ça ne ressemble pas du tout à un mariage arrangé, si tu veux mon avis.

— Et pourtant, c'en est un.

Il ne pouvait en être autrement. Melinda et lui avaient conclu un marché, et il s'y tenait. Jamais il ne revenait sur la parole donnée.

En outre, comme il se le répétait souvent, il avait déjà contracté un mariage, dans le passé. Un échec retentissant. Si ce mariage arrangé se déroulait bien, c'était uniquement parce que chacun d'eux savait qu'il aurait une fin. Il n'existait entre eux aucune pression, pas la moindre promesse, pas le plus petit vœu.

Il hocha la tête et ajouta :

— Il s'agit d'affaires, et de rien d'autre.

— C'est ça ! ricana Lucas.

— Personne ne t'a demandé ton avis, répliqua Sean en le regardant bien en face.

— Parce que, dans la famille King, on attend qu'on nous le demande, pour donner notre avis ? Où as-tu vu ça ?

— Ne fais pas attention à lui, intervint Rafe. Dis-moi juste ce qui se passe. A mes yeux, ce mariage représente bien davantage que ce que tu veux nous faire croire.

Sean soupira. La salle à manger était vaste et tranquille. Puisqu'ils s'y trouvaient seuls, il n'avait aucune raison de ne pas parler de son accord avec Melinda. Mais cela lui déplaisait. Pour une raison obscure, il se sentait déloyal envers elle en évoquant avec ses frères ce qui existait entre eux. D'un autre côté, il avait toujours pu compter sur sa famille. Leur parler à cœur ouvert l'aiderait peut-être à y voir plus clair en lui-même ?

Et Dieu sait qu'il manquait de clairvoyance, en ce moment.

— D'accord, dit-il. Je reconnais que les choses ne sont pas aussi claires qu'elles devraient l'être.

— Tu crois ? se moqua Lucas.

Rafe le foudroya du regard.

— Disons que je ne me sens pas prêt à la quitter, même si je m'y suis engagé. En fait, la quitter me paraît un gâchis, murmura-t-il en fixant du regard l'étiquette de sa canette de bière.

Lucas lui donna une tape dans le dos et déclara :

— Mon pauvre vieux, te voilà pris au piège de l'amour ! Crois-en mon expérience, n'essaie pas de lutter. Au contraire, abandonne-toi.

— Vous ne comprenez pas, répliqua Sean en regardant tour à tour ses deux frères. Je ne suis pas fait pour le mariage.

Etait-il vraiment en train de dévoiler à ses frères le passé qu'il leur avait soigneusement caché toutes ces années ? Il n'en revenait pas. D'un autre côté, il fallait bien leur expliquer sa situation, s'il voulait leur faire comprendre pourquoi il ne resterait pas marié.

Fort de cet argument, il lâcha :

— J'ai déjà essayé le mariage. Ça n'a pas marché.

— Quoi ? s'exclamèrent en même temps Rafe et Lucas.

Ils échangèrent un regard de surprise totale. Rafe reprit ses esprits le premier et demanda :

— De quoi tu parles ?

— Je me suis déjà marié une fois, sans vous le dire.

— Mais pourquoi pas, nom d'un chien ? s'emporta Lucas.

— Parce que je me sentais ridicule, répondit Sean d'un ton sec. Ça te va ? Pourquoi vous aurais-je dit que j'avais permis à une femme de...

Les mots ne franchirent pas ses lèvres.

— D'accord, dit Rafe. Mais maintenant, tu dois nous expliquer.

— En bref, j'ai rencontré Tracy en première année de fac.

Il s'interrompit pour boire une gorgée de bière, qui n'apaisa pas la sècheresse de sa gorge.

— Nous sommes sortis ensemble quelque temps, puis nous avons rompu. Huit mois plus tard, elle a réapparu, enceinte jusqu'au cou. Elle pleurait, m'expliquant que pendant des mois elle avait refusé de m'inquiéter et assumait seule sa grossesse. Mais le terme approchant, elle mourait d'angoisse et ne parvenait plus à garder tout ça pour elle.

— Bon sang ! siffla Rafe.

— Oui, renchérit-il avec un sourire amer. Comme je ne voulais à aucun prix devenir un père comme le nôtre, je l'ai épousée.

— Et ? demanda Lucas.

Il haussa les épaules. Finalement, son histoire n'était pas si difficile que ça à raconter. Au contraire, se l'extirper du cœur, avouer à ses frères ce qu'il leur cachait depuis si longtemps, le soulageait.

— Le bébé avait une ou deux semaines quand Tracy m'a annoncé qu'il n'était pas de moi. Il s'est avéré que le petit ami de Tracy avait refait surface. Le gosse était de lui. Elle m'a quitté le jour même. Je ne l'ai jamais revue, ni elle ni le bébé.

— Ça alors ! lança Lucas.

— Tu aurais dû tout nous dire, à l'époque, dit Rafe avec calme.

— Aucun homme n'aime passer pour un imbécile.

— Tu n'es un imbécile que si la situation ne t'a rien appris, contra Rafe.

— Ce qui est drôle, c'est que je croyais avoir tiré l'unique leçon valable de cette mésaventure : ne plus jamais se marier !

— Mais non, ce n'est pas ça la leçon, mon pauvre ami ! protesta Lucas.

— Ferme-la, Lucas, dit Rafe sans quitter Sean du regard. La leçon, c'était de te faire confiance à toi-même. A la base, tu ne voulais pas épouser Tracy. C'est pour ça que tu avais rompu avec elle.

— Oui, mais...

— Il n'y a pas de mais ! La leçon, c'est de faire confiance à ton intuition, vieux. Envers Tracy, tu as agi par sens du devoir. En revanche, avec Melinda, c'est différent. Tu éprouves pour elle des sentiments réels. Alors si tu la quittes à cause d'un marché stupide qui arrive à son terme, tu seras à mes yeux le pire idiot qui soit.

Ses frères se mirent à discuter la situation entre eux. Assis en silence, Sean réfléchissait à ce que Rafe venait de lui dire. Peut-être avaient-ils raison, tous les deux ? songeait-il, un peu perdu. Pendant des années, le souvenir de son ex lui avait gâché la vie, avait nourri une colère permanente. Maintenant, à son grand étonnement, tout cela tombait à ses pieds comme un château de cartes insignifiant. Melinda était-elle l'artisan de cette transformation ?

Son esprit tournait à cent à l'heure. Il envisageait toutes les possibilités.

A pas feutrés, Melinda s'était insinuée dans son cœur. Et maintenant, que faire ?

Katie et Rose achetèrent des bracelets, des colliers et des boucles d'oreilles. Elles se chamaillaient pour savoir laquelle des deux achèterait tel ou tel bijou, et cela les faisait rire toutes les trois. L'admiration des deux belles-sœurs pour ses œuvres emplissait Melinda de fierté. Jamais auparavant elle n'avait pu constater la réaction des gens à ses œuvres. Bien entendu, son amie Kathy aimait ce qu'elle faisait. Mais son affection biaisait sans doute son jugement. La boutique de James écoulait nombre de ses bijoux, mais pour la première fois, elle *voyait*, à travers les yeux des deux jeunes femmes, ses qualités d'artiste. Son travail était si bon que Rose et Katie venaient de rafler la quasi-totalité de son stock !

— Tu as beaucoup de talent, soupira Katie en admirant la topaze de Tesoro qui ornait le bracelet à son poignet.

Tout en donnant le biberon à son enfant, Rose renchérit :

— Je suis d'accord ! En Californie, je connais des tas de femmes qui paieraient une fortune pour avoir un de tes bijoux.

En Californie. Là où Sean vivait. Loin de Tesoro et elle. Une boule de douleur se forma dans sa poitrine. Elle se frotta le plexus d'un air absent, comme pour en éliminer la souffrance. Comment avait-elle pu en arriver là ?

Elle avait échafaudé un plan insensé. Sottement, elle s'y était engagée à fond. Elle avait cédé au désir. Au besoin.

Elle aimait.

Maintenant, le mal était fait, il était trop tard pour reculer. Elle ne pouvait pas davantage s'arracher Sean du cœur qu'elle n'avait pu en arracher Steven.

Steven. L'homme auquel elle avait promis de l'épouser et de l'aimer pour toujours. Comment avait-elle pu si vite après sa mort se tourner vers un autre homme ? Elle fut en proie à une vague de culpabilité. Mais pour la première fois, elle la tint en respect.

Impossible de nier plus longtemps ses véritables émotions. La vérité s'imposait, limpide et tenace : elle aimait Sean. Beaucoup plus profondément qu'elle n'avait aimé Steven. Plus passionnément. Plus complètement. En fait, jamais elle ne se serait crue capable d'un amour aussi entier.

Sean avait raison, elle ne pouvait renoncer à vivre.

Un énorme poids s'abattit sur son cœur. Comment réagirait-il en découvrant qu'elle était tombée amoureuse de lui ? L'accuserait-il de trahir leur accord ? Se sauverait-il en courant ? Eclaterait-il de rire en la traitant d'inconséquente ? Paniquerait-il ?

— Tu l'aimes, n'est-ce pas ?

— Pardon ? dit-elle en sursautant.

— Tu aimes Sean, répéta Katie.

Chassant l'idée d'un revers de la main, Melinda laissa échapper un rire forcé tout en rangeant les bijoux qui lui restaient. Puis elle répondit :

— Ne sois pas ridicule !

— Katie a raison, intervint Rose. Ça se voit comme le nez au milieu de la figure, mon chou. Fais-moi confiance, ce genre de choses, ça me connaît.

Elle observa ses amies l'une après l'autre. Sous leur regard plein de sympathie, elle soupira d'un air malheureux.

— Je ne peux pas l'aimer, souffla-t-elle. Notre mariage est un... arrangement. C'est un marché que nous avons conclu.

— Rafe et Lucas nous ont mises au courant, reconnut Katie.

— Mais l'accord s'est transformé en autre chose, non ? demanda Rose en tapotant le dos de son bébé posé sur son épaule.

Melinda aurait pu mentir, mais elle savait qu'elle mentait mal. De toute façon, quel intérêt aurait-elle à cacher la vérité à ces deux jeunes femmes chaleureuses ?

— Oui, l'accord s'est transformé en autre chose. Pour moi, au moins.

— Ecoute, commença Katie, les hommes de la famille King ne sont pas toujours faciles à vivre. Mais ils valent la peine de faire des efforts.

— Je confirme, insista Rose.

— Tu es la seule à savoir si tu as envie de te battre pour lui, poursuivit Katie. Attends-toi à devoir te battre contre les défenses dont il entoure son cœur.

— J'ai toujours pensé que Sean est un cœur solitaire, enchaîna Rose d'un air pensif.

— Je sais ce que tu veux dire, renchérit Katie en prenant le biberon des mains de sa belle-sœur pour le ranger. Il est charmant et drôle, mais toujours un peu sur la réserve...

Melinda écoutait ses nouvelles amies, tout en pensant à la vie passée de Sean. Sa mère, qui n'avait su apprécier le fils qui tentait de la protéger. Comme il avait dû se sentir délaissé, rejeté, oublié ! Au regard de tout cela, elle comprenait très bien sa solitude intérieure. Mais cela ne signifiait pas...

— Il a besoin de toi, Melinda, dit Katie en pesant sur chaque mot. Tu l'aimes, et c'est ce dont il a besoin.

— En plus, ajouta Rose avec un sourire en coin, nous les femmes-de-King devons nous serrer les coudes.

— Amen, lança Katie avec un petit rire. Je suis folle de mon Rafe, c'est sûr. Mais les King sont les hommes les plus têtus du monde. Et directifs, avec ça !

— Parlons-en, murmura Rose en berçant son enfant dans

ses bras. Tu savais que Lucas s'est débarrassé de ma voiture ? A son avis, elle n'était pas assez fiable !

— Sean m'a parlé d'une vieille guimbarde, répondit Melinda. L'idée d'en changer m'a paru appropriée.

— Merci, mais moi, j'aimais bien l'ancienne. Il m'a acheté un énorme 4x4. Plus sûr pour le bébé, disait-il. J'étais furieuse ! ajouta-t-elle en riant.

— Les King sont autoritaires, nuança Katie, mais ils savent aussi céder. Et crois-moi, Melinda, ils font de très bons maris. Attentifs et généreux.

— Je n'en doute pas un instant, répliqua-t-elle. Je sais déjà que Sean est un homme formidable. Mais notre mariage est différent. Nous ne nous sommes pas épousés par amour.

— Tu as dit toi-même que les choses avaient changé, lui rappela Katie.

Les deux belles-sœurs avaient-elles raison ? Prendrait-elle le risque de le vérifier par elle-même ?

Ne se mépriserait-elle pas jusqu'à la fin de ses jours, si elle n'essayait pas de découvrir les sentiments de Sean ?

12

Quelques jours plus tard, la famille King repartit, en promettant de revenir très bientôt. Le cargo était parvenu à Tesoro, avec à son bord tout le matériel nécessaire. Les équipes arriveraient en avion la semaine suivante. Le temps passait à toute allure, Melinda en avait la tête qui tournait. Dans quelque temps, Sean partirait. A moins qu'elle ne parvienne à le convaincre de rester.

Elle l'observait tandis qu'il arpentait le site de construction. Rien n'échappait à son œil de professionnel. Dès que l'équipe de Californie arriverait, la construction de l'hôtel commencerait. Pour le moment, Tomin et ses fils s'occupaient de marquer au sol les fondations. Des petits piquets de bois avaient été plantés dans le sol, réunis les uns aux autres par de la ficelle blanche. Melinda voyait maintenant l'ampleur du complexe hôtelier que les King projetaient de construire. Pour l'instant, le site paraissait aussi vide qu'elle. Pour se distraire du chagrin qui l'empoignait au cœur, elle rompit le silence :

— De quoi parlais-tu avec Rafe ce matin ?

Sean s'arrêta de marcher et la regarda.

— Pardon ?

— Rafe et toi. Je vous ai vus discuter sérieusement, ce matin, avant que toute la famille ne reprenne le bateau.

— Rien, dit-il en secouant la tête. Mon frère fourrait une fois de plus son nez dans mes affaires. Comme d'habitude.

— Je trouve formidable d'avoir une famille comme la tienne. Des gens qui t'aiment assez pour se mêler de tes affaires.

— En théorie, c'est bien, persifla-t-il.

Quelque chose n'allait pas, elle le sentait depuis le départ de la famille.

— Sean, que se passe-t-il ? Tu as l'air un peu... tendu.

— Je réfléchis, c'est tout.

— A quel sujet ?

— Beaucoup de choses, dit-il en se passant nerveusement la main dans les cheveux. En ce moment, je pense surtout à mon horripilant frère.

L'irritation perceptible dans la voix de Sean la fit sourire.

— Qu'a-t-il dit ?

— Oh ! Il est très fort pour donner des conseils, grinça-t-il. Beaucoup plus que pour en recevoir.

— Tu veux m'en parler ?

Il eut un rire sans joie, et le cœur de Melinda se serra un peu.

— Là est la question, n'est-ce pas ? Je te le dis ou pas.

De triste, elle sentit son humeur devenir proche de l'agacement, et elle en fut soulagée. Mieux valait la colère que la douleur.

— Je préfère toujours savoir, quel que soit le sujet, répondit-elle.

Il la regarda dans les yeux, comme s'il cherchait à décider ce qu'il devait faire. Ses beaux yeux bleus s'ombraient d'émotions qu'elle ne parvenait pas à déchiffrer.

— Je n'aime pas les secrets, lâcha-t-il enfin.

— Moi non plus.

— Nous verrons bien, marmonna-t-il.

C'est alors qu'il abattit ses cartes et se mit à parler de son premier mariage. A chacun de ses mots, elle sentait son cœur se serrer davantage à l'idée de ce qu'il avait supporté. Etre utilisé par une femme avec tant de calcul. Avoir quelque chose de précieux, et se le voir arraché. Elle percevait la douleur ancienne sous les mots employés, lisait dans ses yeux les émotions soigneusement contrôlées.

— Je suis désolée, dit-elle quand il eut fini.

Se baissant, il ramassa un caillou et le lança au loin. Puis il se rapprocha d'elle. Il portait un jean délavé, un pull marin et des boots. Il était beau, mais son visage sombre paraissait hanté.

Elle l'entoura de ses bras et le tint serré contre elle. Au début, il ne réagit pas. Sans se décourager, elle le berça contre son cœur. Après un moment, il appuya son menton sur sa tête et l'enlaça à son tour.

— Je suis désolée que cette femme t'ait blessé à ce point, dit-elle.

— C'était il y a longtemps. Elle ne compte plus pour moi.

— Je n'arrive pas à croire que tu n'aies pas senti qu'elle te mentait...

— Les bons menteurs sont difficiles à démasquer, dit-il en se reculant.

— Sans doute... J'ai de la chance, personne ne m'a jamais menti à ce point.

— Oh ! Melinda, si tu savais, fit-il en secouant la tête.

— Quoi ?

— Rien. Ça n'a pas d'importance.

Sa mâchoire se contractait, comme s'il avait du mal à retenir les paroles qui lui brûlaient ses lèvres.

— Tu ne vas pas t'en tirer comme ça ! Si tu as quelque chose à dire, dis-le !

— Ça ne servirait à rien.

— De quoi parles-tu ?

S'éloignant un peu plus d'elle, il fourra ses poings dans ses poches, et s'appuya d'un pied sur un rocher proche.

— Je suis d'une humeur de chien, dit-il. Rentrons et laissons tomber tout ça.

— Pas question ! Il y a quelque chose que tu veux me dire, alors fais-le. Ça t'a rongé toute la journée, je l'ai senti.

Il l'observa pendant quelques instants et parut se décider.

— Bien. Tu préfères la vérité aux secrets, c'est bien ce que tu as dit tout à l'heure ?

Elle fut aussitôt sur ses gardes. Quelque chose lui disait

qu'elle n'allait pas aimer ce qu'il avait à lui dire. Mais elle n'en tint pas compte et préféra affronter la réalité.

Il se frotta la nuque d'une main lasse, la regarda au fond des yeux et se lança :

— Disons que je ne suis pas le seul à ne pas savoir repérer les menteurs. Pour ta part, tu n'as pas remarqué que ton cher amour volait ton grand-père dans les grandes largeurs.

— Pardon ?

Sous le choc, elle vacilla sur ses jambes, et sentit ses joues se vider de leur sang. La tête lui tournait.

Maintenant qu'il était lancé, il ne pouvait plus faire marche arrière et laissa échapper un rire dur.

— Eh oui, le merveilleux Steven était en fait un escroc. Il avait déjà roulé des douzaines de femmes moins riches que toi, mais plus avisées.

— Tu mens, souffla-t-elle.

Le cœur dans un étau, le souffle lui manquait. Des points noirs dansaient devant ses yeux. Elle secoua la tête pour les faire disparaître.

— Je ne mens pas, dit-il en levant la main. Ça fait des jours que je suis au courant, pour ton voyou, et je n'ai rien dit.

— Comment ? Pourquoi ?

— J'ai fait faire une enquête à son sujet par mon cousin Garrett. Il n'a eu aucun mal à trouver des preuves.

Il sortit les mains de ses poches et s'en frotta le visage, comme s'il pouvait effacer ainsi les traces de cette journée qui tournait si mal.

Sous ses yeux, il constatait les ravages que sa révélation provoquait en elle. Son visage se décomposait au fur et à mesure que la vérité l'atteignait de plein fouet. Il n'aurait jamais dû parler, se reprochait-il. Maudit soit Rafe qui lui avait conseillé de dire la vérité à sa femme, et de lui montrer quel être méprisable était Steven. Pour qu'elle saisisse sa chance avec lui.

Au nom de quoi accepterait-elle de vivre avec l'homme qui avait ravagé son joli petit monde bien ordonné ? Quel idiot il faisait ! Son frère lui avait non seulement conseillé de dire la vérité au sujet de Steven, il lui avait aussi conseillé de lui avouer son amour. Mais devant la réaction atterrée de Melinda, il perdait d'un seul coup tout espoir de voir se réaliser la seconde partie du plan. Il écumait de colère et de chagrin. La première chose qu'il se promettait de faire à retour à Long Beach, serait d'envoyer son poing dans la gueule de son frère, en guise de remerciement pour ses bons offices.

Pour l'heure, il affrontait la femme qu'il aimait, et détruisait systématiquement tout ce en quoi elle avait cru.

— Tu as tort, s'entêtait-elle. Steven était incapable de faire une chose pareille. Jamais il n'aurait volé mon grand-père.

Une telle candeur le sidéra. Hors de lui, il laissa échapper les mots que rien n'aurait pu l'empêcher de prononcer :

— Bon sang ! Regarde la vérité en face ! C'était à la fois un menteur et un voleur. Son projet, c'était de te prendre ton argent et de te planter là. Il avait déjà volé ton grand-père, et sans cet accident de voiture, il aurait été arrêté. Il est mort trop tôt, ce salaud !

Bouche bée, elle ne répliqua pas. Une unique larme roula sur sa joue droite. Elle ne l'essuya pas.

— Grand-père savait ? demanda-t-elle enfin.

— Oui.

— Il n'a jamais rien dit...

— Il ne voulait pas te faire de peine.

— Alors, lui aussi m'a menti ?

— Dans le but de te protéger, marmonna Sean.

Si seulement il pouvait effacer cette conversation d'un revers de la main. Toute la journée, il avait senti monter la tension. La dispute de dernière minute avec Rafe n'avait rien arrangé.

Le temps passait trop vite. Les équipes de Californie ne tarderaient plus. Pour sa part, Melinda avait atteint son but. L'argent encaissé dormait sur son compte à St Thomas. Bientôt, il n'aurait plus rien à faire sur l'île, et la trahison de Steven le rongeait depuis trop longtemps.

— Je n'aurais rien dû dire, bougonna-t-il, dégoûté de lui-même, de la situation et de Steven.

— Tu regrettes de m'avoir dit la vérité ?

— Oui.

— Parce que j'ai besoin d'être protégée ?

— Disons... oui.

— C'est la chose la plus insultante que j'aie jamais entendue, balbutia-t-elle.

Un vent froid soufflait à présent. Les vagues s'écrasaient sur le rivage avec fracas. Ainsi, il l'avait vexée, en plus du reste ! Tout tournait de travers, enrageait-il, impuissant.

— Je n'ai pas besoin qu'on me protège. Je suis adulte, même si mon grand-père et toi ne vous en apercevez pas. Je peux supporter la vérité, aussi dure soit-elle.

Elle fit un pas vers lui, les yeux durs, la bouche sévère.

Il recula.

Mais elle continua à avancer, appuya plusieurs fois son index contre son torse et dit en martelant chaque mot :

— Ce que tu m'annonces, c'est que tout le monde m'a menti. Steven. Mon grand-père. Toi.

Il secoua la tête, outré. D'accord, elle avait le droit d'être en colère. Mais pour rien au monde il n'accepterait d'être mis sur le même plan que cette ordure de Steven.

Ne me mets pas dans le même sac que cet individu, fulmina-t-il. Ce salaud t'escroquait. Nous te...

— Mentions, acheva-t-elle. Qu'importe la raison, Sean. Tu ne comprends pas ! Comment ai-je pu croire que je t'aimais !

— Pardon ?

Avait-il bien entendu ? En une seconde, son cœur se gonfla d'un espoir insensé.

— J'aimais l'homme pour lequel je te prenais, corrigea-t-elle. Mais si tu m'as menti au sujet de Steven, comment saurais-je que tu n'as pas menti sur d'autres sujets ?

Sans hésiter, il la saisit aux épaules et l'attira à lui.

— Rien de ce qui s'est passé entre nous n'était un mensonge, assura-t-il avec intensité.

— Je suppose que je devrais te croire sur parole ?

Elle le regarda bien en face. Dans ses beaux yeux bleus, il lut non seulement la fureur mais un chagrin profond. Un chagrin qu'il avait provoqué, en déversant sur elle la vérité toute nue. Lucas avait raison, il se comportait comme un parfait idiot. Il perdait la femme qu'il aimait, et n'y pouvait rien. Comment se sortir d'une situation si désastreuse ?

— Je ne veux plus que quiconque me mente, proféra Melinda d'une voix basse, où pointait une détermination sans faille. Ce mariage temporaire s'achève. Le marché nous a apporté ce que nous cherchions. Maintenant, il devient caduc.

Il sentit son cœur se serrer, comme si un poing glacé l'enserrait.

— Melinda...

— Je ne veux plus te parler, dit-elle en se dirigeant vers la voiture. Ramène-moi à l'hôtel, s'il te plaît.

Il la suivit du regard, le cœur en charpie.

Il déménagea de la suite dès leur retour à l'hôtel. Melinda ne le regarda pas partir. Elle n'aurait pu le supporter. Au lieu de quoi, elle s'était rendue chez Walter. Elle était moins en colère contre Walter que contre Sean. Pour une raison bien simple : même si elle la désapprouvait, elle comprenait l'attitude de son grand-père envers elle. Jusqu'à la fin de ses jours, il la considérerait toujours comme l'enfant qu'il avait élevée. La petite fille dont l'existence avait été ébranlée à la mort de ses parents. A cette époque, seul *lui* avait pu la protéger.

Pour Sean, il n'en allait pas de même, rumina-t-elle pendant trois jours. Il aurait dû lui dire la vérité dès qu'il l'avait apprise. Elle avait le droit de savoir que l'homme dont elle portait le deuil avec tant de chagrin n'était pas celui qu'elle croyait.

Maintenant, elle se tenait bien droite devant la tombe de Steven. Un vent froid lui emmêlait les cheveux. Elle était venue lui dire adieu. Depuis quelques minutes, elle se rendait compte que cela n'était même pas nécessaire. Steven appartenait au passé. Elle avait déjà gâché assez de temps pour un homme qui n'en valait pas la peine.

Parler à une tombe, cela semblait stupide. Pourtant, elle avait besoin de lui dire quelques vérités, et elle ne pouvait le faire autrement.

— Je ne suis même plus en colère contre toi, lâcha-t-elle. Je suis beaucoup plus en colère contre moi-même. Tu sais, ce que je ressentais pour toi n'est rien en comparaison de ce que j'éprouve à l'égard de Sean. A l'époque, j'avais tant besoin d'aimer et d'être aimée… Je t'ai laissé me convaincre de la réalité de mes sentiments pour toi. En vérité, nous mentions *tous les deux*.

Avec un soupir, elle laissa son regard errer sur le cimetière. Ses belles pierres tombales, ses allées soignées et ses arbres centenaires.

— Tu ne m'aimais pas, et je ne t'aimais pas non plus.

Maintenant seulement découvrait-elle ce qu'était l'amour. L'amour ? C'était le vide de son cœur depuis que Sean n'y avait plus de place. C'était la certitude que rien dans sa vie ne serait bon, dorénavant, parce que la personne la plus importante pour elle n'en faisait plus partie.

Avec un petit hochement de tête, elle regarda de nouveau la tombe de Steven et dit :

— Je voulais te dire les choses en face. Je pars en Californie. Je vais chercher Sean, lui dire que je l'aime. Je lui expliquerai que j'étais en colère contre lui, quand il m'a tout dévoilé, mais que je n'ai pas cessé de l'aimer pour autant. Et puis je le ramènerai à Tesoro. C'est là qu'est sa vie. Avec moi.

Sur ces mots, elle pivota sur elle-même et s'éloigna sans se retourner.

Avant son départ, il lui restait un bijou à terminer pour la boutique de James. Penchée sur son ouvrage, elle travaillait avec un soin méticuleux à entourer une topaze d'un fil d'or. Concentrée, elle forçait son esprit à garder une distance envers l'homme qu'elle aimait. Pas facile.

Quand quelqu'un frappa un coup à la porte de son atelier, elle eut un mouvement d'humeur, et quitta sa table de travail pour ouvrir. Un petit homme élégant souriait sur le seuil.

— Vous êtes bien Melinda King ? s'enquit-il avec courtoisie.

— Elle-même.

Si seulement elle pouvait garder ce patronyme, songea-t-elle avec un faible espoir.

L'homme pénétra dans l'atelier et jeta un coup d'œil circulaire.

— Ah, dit-il en remarquant la vitrine.

Il restait peu de choses en exposition, mais cela sembla captiver l'étranger.

— C'est très beau, murmura-t-il. Encore plus beau que les pièces que j'ai vues en ville.

— Excusez-moi, intervint-elle d'un ton prudent. Qui êtes-vous ?

— Je suis impardonnable ! s'exclama l'homme en lui tendant sa carte de visite. Je suis Dominic Fontenot, bijoutier de mon état. Vous me voyez en passe de faire de vous une femme riche.

— Pardon ? dit-elle en regardant tour à tour l'inconnu et sa carte de visite.

— Je me suis entretenu avec votre mari, Sean King. Il a insisté pour que je me rende à Tesoro, dans le but de juger de votre travail par moi-même. En général, je n'aime pas tellement me déplacer. Mais je reconnais de bonne grâce que vos œuvres en valent la peine. J'aimerais représenter vos bijoux en exclusivité, et je vous promets un bel avenir. Ce seul collier, par exemple..., dit-il en pointant du doigt le bijou qu'elle confectionnait pour Kathy, peut se vendre à vingt mille dollars.

Le chiffre la fit ciller. Elle posa la main sur la vitrine pour conserver son équilibre.

— Vingt...

— Votre mari m'a parlé de votre travail en termes si élogieux, interrompit Dominic Fontenot. Il est de toute évidence très épris de vous.

Etait-ce encore le cas ? se demanda-t-elle, le cœur serré. Sean avait dû mettre ce rendez-vous au point avant de partir pour toujours. Il avait cru à son talent. Il avait cru en elle. Il avait trouvé un moyen pour qu'elle réalise son rêve. Et à cause de sa colère et de son chagrin, elle l'avait laissé lui glisser entre les doigts. Mon Dieu, songea-t-elle, égarée. Elle avait agi inconsidérément.

— Quand avez-vous parlé à mon mari pour la dernière fois ? demanda-t-elle.

Fontenot consulta sa montre et répondit :

— Il y a une heure.

Elle reçut la réponse comme un coup de poing à l'estomac.

— Quoi ? souffla-t-elle. Où ? Je veux dire… où l'avez-vous vu ?

Devant son air surpris, Dominic fronça les sourcils.

— Eh bien, dans le petit l'hôtel non loin d'ici, où il a installé son bureau. Maintenant, si vous souhaitez discuter…

Prise de vertige, elle se pétrifia. Quoi ? Sean était *ici* ? Il n'avait pas quitté l'île ? Il ne l'avait pas quittée, *elle* ? Le gros nuage noir dans son cœur se dissipa, chassé par l'énorme soleil qui explosa dans son âme. Le souffle court, elle respirait avec peine.

Elle commença par sourire, puis se mit à rire tout fort.

— Madame King ? s'étonna Fontenot.

— Mme King… que ça sonne bien ! s'exclama-t-elle. Mme King. Mme Sean King. Maintenant et à jamais.

— Nous parlions de vos bijoux, dit Fontenot prudemment.

Comme s'il s'adressait à une personne dérangée.

— Excusez-moi, répondit Melinda, confuse et exaltée. Mais il faudra que ça attende. Je souhaite vraiment faire affaire avec vous, mais je dois d'abord voir mon mari. Je reviendrai plus tard. Beaucoup plus tard, j'espère, acheva-t-elle avec un rire un peu fou.

Et elle planta là le bijoutier médusé.

— Eh bien, va lui parler toi-même !

Sean serra encore plus fort le téléphone entre ses mains et poursuivit :

— Tu sais quoi, Rafe ? J'en ai plus qu'assez de tes conseils ! J'irai voir Melinda quand je jugerai le moment venu. Un point c'est tout.

— Tu as toujours été tête de mule, marmonna son frère dans l'appareil.

— Allez, à bientôt, vieux, déclara Sean en raccrochant.

Sourcils froncés, il laissa tomber son portable sur son bureau. Il n'avait pas vu Melinda depuis trois jours. Autant dire trois ans.

L'hôtel où séjournerait l'équipe King se trouvait à quelques kilomètres du Stanford. Mais pour lui, il en était aussi éloigné que la lune. Repousser le moment de la rencontrer le tuait à petit feu.

Il se frotta le plexus, comme pour en chasser la peine qui s'y nichait. Mais rien n'y faisait. Son cœur battait toujours à coups sourds et douloureux. Il avait Melinda dans la peau, il la portait en lui. Tant qu'il ne l'aurait pas reconquise, il ne serait bon à rien.

En désespoir de cause, il donna un coup de pied dans son bureau. Quelques papiers s'éparpillèrent au sol.

— Bon sang ! souffla-t-il en les ramassant.

— M. Fontenot m'a dit où tu étais.

Le son de la voix féminine le fit sursauter. La voix qu'il rêvait d'entendre depuis trois jours ! Il se figea sur place. Lentement, il se leva et se tourna vers la femme qu'il aimait. Melinda se tenait dans l'embrasure de la porte. Instantanément, il sentit son monde se remettre à tourner à l'endroit. La vie reprenait en lui d'une façon presque miraculeuse. Le simple fait de la revoir le libérait d'une souffrance indicible. Mais il voulait davantage.

— Je pensais qu'il le ferait peut-être, dit-il.

Il ne pouvait s'empêcher de la contempler. Tout en elle était parfait, même ses cheveux emmêlés par le vent, même son T-shirt rouge. Tout.

De toutes ses forces, il avait espéré sa venue, après la visite à l'atelier de Dominic. Si elle n'était pas venue, il serait allé la retrouver à la tombée de la nuit, s'était-il promis.

— Tu n'es pas parti, dit-elle en avançant d'un unique pas dans la pièce.

— Bien sûr que non.

— Pourquoi m'avoir laissée croire que tu partais ?

— Je t'ai laissé le temps nécessaire pour te calmer, reconnut-il en se grattant la nuque d'un air maladroit.

— Combien de temps encore serais-tu resté loin de moi ?

— Je n'arrivais plus à attendre.

Comment avait-il pu attendre si longtemps ? se demandait-il en la contemplant.

— Si tu n'étais pas venue, j'aurais frappé à ta porte ce soir, acheva-t-il après un silence.

Elle esquissa un pauvre sourire.

— Moi, j'avais décidé de partir à la fin de la semaine, dit-elle. Pour Long Beach. A ta recherche.

Pour la première fois, il respira plus librement.

— C'est vrai ? souffla-t-il.

— Vrai, murmura-t-elle en retour. Je croyais que tu m'avais quittée.

Il traversa la pièce et s'arrêta devant elle. Plongeant son regard dans celui de la femme de sa vie, il ajouta :

— Je t'aime, ma chérie. Jamais je ne te quitterai.

Le souffle court, elle sourit.

— Tu m'aimes pour de bon ? s'enquit-elle avec une sorte d'émerveillement.

— Pour de bon.

— Mais ta maison te manque. Je sais que...

— Tu *es* ma maison, dit-il simplement.

Elle se jeta dans ses bras, et il la serra contre lui.

— Je t'aime comme une folle, murmura-t-elle.

Les mots tant attendus le ravissaient. Ils sonnaient à ses oreilles comme une musique très douce.

— Tu m'as manqué, ma chérie, avoua-t-il. Je viens de vivre les trois jours les plus longs de ma vie.

— Tu es resté dans cet hôtel tout ce temps ? lui souffla-t-elle à l'oreille.

— Oui, dit-il en lui parsemant le visage et le cou de baisers. Et c'était l'enfer.

— J'en suis si contente !

Il se mit à rire de plaisir, et répliqua :

— L'un de nous souffre, et c'est nous deux qui souffrons.

— Exactement. Oh Sean ! Tu m'as tellement manqué, dit-elle en rejetant la tête en arrière. Je suis désolée. C'est moi qui voulais savoir la vérité, et quand tu me l'as dévoilée, je t'ai tourné le dos.

— J'ai manqué du tact le plus élémentaire, dit-il en prenant son visage entre ses mains.

— J'étais seulement en colère parce que tu m'avais caché des choses « pour mon bien ».

— Je sais, et je m'en excuse. Je ne te croyais pas incapable d'affronter la vérité. Simplement, je ne voulais pas être celui qui te ferait souffrir.

— Je comprends, dit-elle en recouvrant de ses mains celles de Sean. Mais à partir de maintenant, plus de secrets entre nous, d'accord ?

— Absolument, approuva-t-il en l'embrassant. A partir de maintenant, c'est toute la vérité, rien que la vérité. Et la vérité, c'est que je t'aime plus que ma vie, et que notre mariage arrangé va avoir besoin d'une petite rallonge.

— Pour combien de temps ? demanda-t-elle en souriant.

— Pour toujours, je crois.

— C'est tout ? le taquina-t-elle tandis qu'il l'entraînait dans la pièce et refermait la porte derrière eux.

— Pour toujours, plus deux mois, proposa-t-il en enlevant

sa chemise et en aidant Melinda à se débarrasser de son T-shirt. Ça te va ?

— On ne peut mieux, dit-elle en se lovant contre lui. Car, puisque nous en sommes aux confessions, je t'aime, moi aussi. Plus que je ne pensais possible d'aimer. Jamais je ne te laisserai rompre notre contrat de mariage.

— C'est la meilleure nouvelle de ma vie !

Lorsqu'il la serra fort contre lui, il entendit les battements rapides de son cœur contre son propre torse. Pour la première fois de sa vie, il se sentait entier. Et c'était grâce à cette femme étonnante. La femme de sa vie.

— Je veux te montrer quelque chose, dit-il.

Relâchant un instant son étreinte, il la prit par la main et la conduisit vers son bureau en désordre. La table était jonchée de plans. Il prit celui du dessus et le lui tendit.

— Qu'est-ce que c'est ? demanda-t-elle en le regardant avec des yeux énamourés.

— C'est notre nouvelle maison, déclara-t-il. Plus de vie à l'hôtel pour nous deux. Rose m'a un peu appris à cuisiner, mais nous pouvons aussi louer les services d'un chef, si aucun de nous deux ne se révèle doué pour la cuisine.

— Une maison ?

— Je la veux près de la crique où nous avons fait l'amour pour la première fois.

Désignant du doigt une structure à côté de la maison principale, il poursuivit :

— Et voici ton atelier. Tu bénéficieras de beaucoup de lumière naturelle et d'espace, et…

— Sean…

La main sur la bouche, elle respirait avec difficulté.

— Tu… tu as fait ça pour moi ? demanda-t-elle.

— Pour nous.

— Et la Californie ? Je pensais que tu ne pourrais t'en passer.

— Non, répliqua-t-il avec un sourire. Je te l'ai déjà dit, ma maison, pour moi, c'est là où tu te trouves. Et Tesoro, c'est ton lieu de vie naturel.

Des larmes roulèrent le long des joues de Melinda, mais le sourire qui illuminait son visage en disait long sur son bonheur.

— Je t'aime, balbutia-t-elle. La maison, l'atelier, tout est si merveilleux...

— Tout sera merveilleux si tu es avec moi, répliqua-t-il. Sans toi, je n'ai rien.

Elle lui prit les mains. Elle vibrait d'une joie inconnue.

— Avec toi, dit-elle, j'ai tout.

Il la souleva entre ses bras pour la transporter sur son lit.

Eblouie, elle se le formula avec certitude : pour rien au monde elle n'aurait voulu être ailleurs.

REESE RYAN

Alliée à son ennemi

Traduction française de
JULIA LOPEZ-ORTEGA

PASSIONS

HARLEQUIN

Titre original :
A REUNION OF RIVALS

Ce roman a déjà été publié en 2021.

1

Max Abbott souffrait d'une migraine carabinée, assortie à un jet-lag de compétition. Après une semaine intense passée à Las Vegas pour un voyage d'affaires, il sortait d'un week-end festif de trois jours pour l'enterrement de vie de jeune homme d'un ancien camarade d'université. Il était donc soulagé de rentrer à Magnolia Lake, la ville qui l'avait vu naître, nichée dans les Smoky Mountains.

Il avait à la fois bu bien plus que de raison, et beaucoup trop peu dormi. Il n'avait plus vingt ans, il devait s'y résoudre, même s'il avait voulu le croire le temps d'un week-end d'excès. Son corps de trentenaire se rappelait douloureusement à lui, ce matin.

Max était directeur adjoint du marketing au sein de King's Finest, une distillerie familiale de renommée mondiale. Lui qui mettait généralement un point d'honneur à arriver le premier au bureau avait presque du mal à y voir clair, ce matin. S'il n'y avait eu l'appel de son père, Duke Abbott, le P-DG de la distillerie, il serait même resté chez lui dormir, fait exceptionnel.

Au lieu de cela, il fit une entrée hésitante dans les bureaux à 10 h 30, une demi-heure avant la réunion convoquée en urgence par son père, et ce, revêtu de ses lunettes de soleil Yves Saint Laurent. À peine le temps de faire le point avec son assistante.

— Bonjour, boss, déclara Molly Halloran en levant les yeux de son clavier sur lequel elle continuait de taper frénétiquement.

Il retira ses lunettes teintées, clignant des yeux à cause de la luminosité.

— Oh ! s'exclama-t-elle d'une voix suraiguë. Je ne vous demande pas si vous avez passé un bon week-end...

— Inutile, en effet, répondit-il en prenant place dans le fauteuil face à elle. Mais bonjour à vous aussi, Molly.

— Est-ce que je peux vous offrir un café ? Je crois que vous allez en avoir besoin si vous espérez tenir toute la journée.

Sans attendre sa réponse, elle se leva et se dirigea vers la cafetière.

La franchise sans manières de Molly était l'une de ses principales qualités aux yeux de Max. Et même s'il était parfois un peu désarçonné par sa spontanéité, il savait que c'était pour la bonne cause.

Il la remercia en saisissant la tasse aux couleurs de King's Finest Distillery qu'elle lui tendait, puis posa son téléphone devant lui pour se concentrer sur le breuvage fumant. C'était sa première tasse de la journée et lorsqu'il en prit une gorgée, il ne put retenir un soupir de soulagement et ferma momentanément les paupières.

— Nous avons à peine vingt minutes pour passer tous nos dossiers en revue, annonça Molly. Sans compter les cinq bonnes minutes qu'il vous faudra pour gagner la salle de réunion.

Totalement franche et parfaitement efficace.

— Parfait, répondit-il en reprenant une gorgée de café avant de poser sa tasse pour ouvrir son application de notes sur son téléphone. Je vous écoute.

— Votre père est plus que discret sur l'objet de la réunion, dit-elle en baissant la voix et détournant ses yeux gris-bleu des siens. La semaine dernière, cependant, il nous a demandé, à Emily et moi-même, de mener des recherches sur votre proposition conjointe, avec Zora, d'ajouter une gamme d'eau-de-vie de fruits à l'offre de KFD.

Cette révélation le réveilla plus sûrement que le café expresso de Molly.

Trois ans auparavant, son grand-père, Joseph Abbott, fondateur de King's Finest Distillery, avait proposé que la compagnie se lance dans la production d'eau-de-vie de fruits, mais son père, Duke, s'y était opposé, tout en acceptant d'acquérir un distillateur, par souci de compromis. L'entreprise avait expérimenté la production de petites quantités d'eau-de-vie de fruits, en employant les surplus ou les fruits trop mûrs fournis par l'exploitation du grand ami de son grand-père, dont la ferme se trouvait à l'extérieur de Knoxville.

Les avis étaient unanimes : l'eau-de-vie produite était délicieuse, aussi les deux dernières années, Max et sa sœur, Zora, en charge des ventes pour l'entreprise, avaient cherché à convaincre leur père de lancer cette nouvelle gamme de produits.

Duke reconnaissait la qualité de leurs liqueurs, mais ne semblait pourtant pas disposé à élargir l'offre de sa distillerie, qui n'avait connu aucun autre lancement depuis celui d'une série limitée, trois ans auparavant, à l'occasion du jubilé de l'entreprise familiale.

Et c'est donc le jour où j'ai l'impression qu'un 33 tonnes vient de me passer sur le corps qu'il accepte d'entendre mes arguments !

— Imprimez-moi une copie de tout ce que vous avez...

Molly lui tendit un dossier relié.

— Tout est là, boss ! Et je me suis permis de remettre à jour les chiffres des projections de ventes. J'ai aussi compilé un récapitulatif des points forts marketing en première page.

Note pour plus tard : penser à offrir à Molly le cuiseur électrique sur lequel elle ne tarissait pas d'éloges pour son anniversaire.

Elle finit rapidement son briefing avant de l'accompagner au pas de charge jusqu'à la salle de conférences pour juste avant 11 heures, une nouvelle tasse de café en main.

Au moins avait-il l'impression d'avoir vaguement repris forme humaine.

Max pénétra dans la salle et prit sa place habituelle à côté de Zora.

— Contente que tu sois des nôtres, chuchota sa sœur en lui adressant un clin d'œil complice. J'ai eu peur de devoir envoyer quelqu'un pour te ranimer.

— Très drôle, dit-il sans la regarder, mais en se concentrant sur l'homme d'un certain âge assis en face de lui et dont les cheveux blancs comme neige contrastaient avec sa peau mate. Bonjour, monsieur Bazemore.

— Bonjour, Max, répondit Dixon Bazemore, un large sourire aux lèvres alors qu'il se levait pour lui serrer la main.

Cet homme était à la tête des vergers Bazemore bien avant que Max ne vienne au monde.

— Content de vous voir, qu'est-ce qui nous vaut le plaisir de votre présence aujourd'hui ?

Molly avait donc vu juste, sinon comment expliquer qu'il soit parmi eux ce matin ?

— Nous parlerons de tout cela pendant la réunion, intervint Duke. Nous attendons encore quelqu'un.

Max jeta un coup d'œil autour de la table. Tous les membres du bureau étaient réunis. Son père et son grand-père étaient présents, ainsi que ses frères Blake et Parker, en charge des opérations et de la logistique. Il y avait Savannah, la femme de Blake, à la tête de la communication. Sans oublier, Zora, et l'assistante de son père, Lianna.

— Qui est-ce que nous…

— Je suis désolée, j'ai eu du mal à retrouver la salle, mais j'ai tes dossiers, grand-père.

Max tourna la tête vers la voix familière qu'il n'avait pourtant pas entendue depuis près de dix ans. Mais c'était là une voix qu'il n'était pas près d'oublier. Sa gorge se noua aussitôt et il sentit son cœur taper si fort dans sa poitrine qu'il se demanda un instant si sa sœur, assise à côté, ne pouvait pas l'entendre.

Il fixa les yeux bruns qui s'étaient tournés vers lui.

— Quinn.

Elle était sublime, même si son sourire semblait un peu figé et ne révélait pas totalement les fossettes au creux de ses joues.

— Bonjour, Max.

Il espéra un instant les mots « *contente de te revoir* » qui ne vinrent pas, mais, les avait-il vraiment attendus ? Il était celui qui avait décidé de leur séparation, après tout.

Quinn prit place à côté de son grand-père à qui elle tendit un épais dossier dans un portfolio de cuir patiné, avant de lui serrer le bras avec tendresse. Max reconnut alors son vrai sourire, celui qui révélait deux délicieuses fossettes au coin de ses lèvres.

Il avait su causer ce sourire à l'époque, quand, encore étudiant, il avait été travailler un été aux vergers de Bazemore.

— Maintenant que nous sommes au complet, nous pouvons aborder l'ordre du jour, annonça son père en adressant un signe de tête à Lianna qui se leva pour lire ses notes.

— Nous sommes réunis ce jour pour évoquer la création d'une gamme d'eau-de-vie de fruits. C'est un projet que Max et Zora ont porté depuis quelque temps et il semble que le contexte est aujourd'hui optimal pour explorer cette option plus avant.

— Parfait ! s'exclama sa sœur, est-ce que l'on parle ici d'une gamme temporaire ?

Duke, le paternel, fronça les sourcils.

— Pour le moment, je ne veux pas m'engager au-delà d'une édition limitée. Mais si les ventes sont prometteuses, je suis prêt à réfléchir à une gamme permanente.

— Nous sommes reconnus pour le bourbon, argumenta Parker, vous ne craignez pas qu'en innovant ainsi, nous perdions un peu notre image de marque, qui est celle de spécialistes ?

Parker était connu pour être négatif par défaut et pour toujours tout questionner, c'était ainsi que son esprit méticuleux fonctionnait.

Zora leva les yeux au ciel et croisa les bras, sans craindre de manifester son désaccord.

— Pepsi vend des sodas, des eaux, du thé, des jus et des boissons énergisantes et cela n'a en rien engagé sa réputation, non ?

Parker hocha la tête, pensif.

— Certes, continue, je t'écoute…

Duke retint un sourire et reprit la parole.

Max aurait dû être captivé par cette discussion sur un projet qu'il avait soutenu et porté pendant près de trois ans, et pourtant il lui fallait l'intégralité de ses ressources à cet instant pour se concentrer sur autre chose que la femme assise en face de lui.

Quinn Bazemore, la petite-fille de Dixon. Elle lui paraissait plus belle encore que dans son souvenir, sa peau ambrée paraissait de la soie. Sa petite robe droite, grise et sans chichis ne suffisait pas à dissimuler sa silhouette magnifique. Elle était plus féminine encore qu'à l'époque, ses seins étaient plus ronds, ses hanches plus marquées que la dernière fois qu'il l'avait serrée dans ses bras… Cette dernière fois où il avait pu caresser chaque centimètre de sa peau brune et si douce.

Zora lui donna un coup de coude discret.

— Tu es avec nous ? chuchota-t-elle.

— Bien sûr.

Sans doute que l'effet que lui faisait Quinn était suffisamment intense pour ne pas passer inaperçu…

Il ouvrit la brochure à la page que son père indiquait. Il était pourtant ravi à l'idée qu'on donne enfin une chance à ce projet en lequel il croyait depuis le début.

Il comprenait mieux la présence de M. Bazemore. C'était son exploitation qui fournissait les fruits et continuerait de les fournir. Mais cela n'expliquait pas pour autant la présence de son ex.

Quinn sentait sur elle le regard ardent de Max Abbott. Elle se refusait à y répondre. Elle n'était pas venue flirter avec son ex, aussi séduisant soit-il. Elle était venue ici, à King's Finest Distillery, pour deux raisons : essayer de sauver l'exploitation de son grand-père et lancer son cabinet de consulting, une fois que l'entreprise familiale serait tirée d'affaire.

Elle avait travaillé dans les relations publiques et une carrière confortable semblait se dessiner devant elle jusqu'à six mois en arrière, lorsqu'elle avait à la fois perdu son emploi et toute perspective dans un rayon de 100 kilomètres autour d'Atlanta où elle vivait.

Sans plan B, elle avait déménagé ses affaires et accepté l'invitation de son grand-père dans la ferme familiale à proximité de Knoxville, là où elle passait ses étés de jeunesse.

Juste le temps de rebondir.

Elle était très enthousiaste à l'idée d'aider son grand-père à relancer son exploitation et cela avait contribué à rendre tout le projet plus attractif. Elle avait donc décidé de faire ses armes au sein de l'entreprise familiale durant les six prochains mois où courait la clause de non-concurrence avec son ancienne entreprise d'Atlanta, et alors, il serait temps de retourner là-bas et de s'installer comme consultante.

Cette offre de partenariat avec KFD serait la pierre de touche de son nouveau portefeuille de clients. Certes, cela impliquerait de côtoyer l'homme qui avait brisé son cœur sans jamais manifester le moindre regret, mais elle saurait faire face.

Si Max était capable de faire comme si cet été entre eux n'avait jamais eu lieu, alors elle aussi y arriverait.

Duke était en train d'expliquer que les premières eaux-de-vie lancées seraient celles de pomme, pêche et cerise, et que les fruits proviendraient de la ferme Bazemore.

Quinn sentit son cœur battre lorsque tout le monde applaudit à cette annonce. Elle était soulagée que personne n'objecte à l'idée d'un seul et unique fournisseur et c'était un bon contrat pour la ferme qui traversait une passe difficile, en raison de la conjoncture économique, mais aussi à cause d'un comptable véreux qui avait fait disparaître les traces de ses détournements, mais aussi tout le reste de la comptabilité lors du décès de sa grand-mère, sept ans plus tôt.

— Notre gamme affichera les deux logos, ce qui est une première chez nous, c'est un véritable partenariat que nous souhaitons promouvoir entre les vergers Bazemore et KFD. Ce partenariat est le projet porté par Quinn, ici présente, précisa Duke en tendant la main vers elle. Elle intervient ici à double titre : en tant que représentante des Vergers Bazemore, mais aussi en tant que consultante en relations publiques. Nous avons eu un entretien intéressant la semaine dernière au sujet de plusieurs idées innovantes qui devraient permettre de lancer très vite notre partenariat. Quinn ?

— Merci, monsieur Abbott, dit-elle en se levant et sortant des prospectus de présentation de son sac qu'elle distribua tout autour de la table en détaillant son projet.

Elle dut cependant s'y reprendre à deux fois lorsqu'elle croisa le regard de Max au moment de lui tendre les documents.

Il la fixait avec une intensité telle... Il fallait dire qu'il était toujours aussi séduisant, avec en prime quelques années de plus qui le rendait plus impressionnant encore. Il ressemblait surtout tellement à ce garçon dont elle était tombée passionnément amoureuse pendant un été de vacances en famille. Le dernier été qu'elle avait passé chez son grand-père, juste avant de partir faire ses études à l'université. L'été où Max avait travaillé aux Vergers.

Cela faisait plus de dix ans.

Elle reprit le détail de son parcours professionnel, sa carrière au sein d'une des plus grandes agences de relations publiques d'Atlanta, au service des grands comptes de la finance.

— Nous avons déjà quelqu'un qui s'occupe de nos relations publiques, intervint Parker en replaçant ses lunettes sur son nez.

— Vous avez effectivement un stagiaire en charge de votre communication sur les réseaux sociaux, la publication de vos newsletters et de quelques communiqués de presse occasionnels, répondit Quinn avec un large sourire.

Duke l'avait prévenue que Parker serait coriace à convaincre, et que Max et Zora pourraient voir d'un mauvais œil le fait que quelqu'un d'extérieur vienne reprendre un projet qui avait été leur bébé ces dernières années.

— Cependant, une telle ambition mérite un regard professionnel dédié et expérimenté pour la mettre en œuvre.

En face d'elle, Savannah et Parker hochèrent la tête dans un signe d'approbation.

— Si vous voulez bien regarder en page 5, nous pourrons passer rapidement en revue le déroulé que je vous propose pour aider KFD et Bazemore à tirer le meilleur profit possible de leur partenariat.

— Tu fais entrer quelqu'un d'autre pour mettre en œuvre notre projet ? coupa Max en s'adressant directement à son père. Zora et moi sommes tout à fait capables de...

— Tu t'avances un peu pour moi, trancha Zora à son tour, sans laisser à Duke le temps d'intervenir. J'ai beaucoup de pain sur la planche de mon côté, énormément de déplacements à l'international les prochains mois et je ne suis pas en capacité d'ajouter le lancement d'une nouvelle gamme à mon agenda. Tant que nous sommes consultés à tous les niveaux de décision, je suis tout à fait partante pour une intervention extérieure.

Quinn soupira silencieusement et son cœur reprit une cadence plus soutenable.

— Oui, il me semble préférable d'avoir quelqu'un qui s'occupe pleinement de ce projet, reprit Duke. Toi-même, Max, tu as beaucoup à faire dernièrement avec l'expansion marketing que nous avons mis en œuvre.

Max s'apprêtait à répondre lorsque son grand-père lui coupa la parole.

— Laissons Quinn terminer, fiston, ensuite nous pourrons discuter entre nous et prendre la décision finale, coupa Joseph Abbott en incitant Quinn à reprendre d'un signe de tête.

Elle sourit avec gratitude à cet homme qu'elle avait toujours appelé grand-père Joe, puis elle inspira profondément et se lança dans l'exposé le plus important qu'elle ait jamais eu à mener.

Elle avait réussi à convaincre Joseph et Duke Abbott qui étaient à la tête de la distillerie. Zora et Savannah faisaient aussi partie du conseil de direction. Elle ne savait trop ce que pensait Blake, mais Parker et Max n'étaient certainement pas acquis à sa cause. C'était ce à quoi elle devait travailler.

Max Abbott, en face d'elle, n'était pas seulement son premier amour, son premier baiser, son premier... tout ! Il était un homme d'affaires sceptique, frileux et peu amène, comme des dizaines de cadres avec qui elle avait eu à travailler par le passé. Elle avait déjà fait ça.

Et malgré tous les sentiments qu'il pouvait encore avoir à son égard, de l'animosité, de la curiosité, peut-être encore de l'attirance, il était un homme sensé et, comme tous les membres de sa famille réunis autour de cette table, il voulait le meilleur pour King's Finest.

Lui restait à le convaincre qu'elle était la personne faite pour mettre en œuvre ce projet, son bébé. Et peut-être au passage devrait-elle se convaincre que travailler avec son ex n'était pas la pire idée au monde...

2

Max retint un soupir lorsque Quinn eut terminé sa présentation. Il avait écouté attentivement, guettant la moindre faille qui lui aurait permis d'essayer de démonter ce projet, mais son business plan était solide et elle avait même envisagé des partenariats externes intéressants auxquels Zora et lui n'avaient pas pensé.

Il n'empêchait que ce projet restait le leur, sur une idée de son grand-père initialement, et que cela faisait maintenant près de trois ans qu'ils travaillaient dessus, élaboraient des tests et des projections afin de convaincre son père d'investir... Tout ça pour que son bébé soit transmis sans plus de manières à Quinn, en prime... Entre toutes les personnes capables de venir travailler sur ce projet, il avait fallu que ce soit elle... Il fallait dire qu'à part elle et lui, personne dans la salle n'était au courant de leur brève romance, et c'était une bonne chose.

Mais son père avait raison : Zora et lui avaient déjà trop de travail, même depuis que sa belle-sœur, Savannah, avait repris le département des relations publiques trois ans plus tôt, s'occupant aussi de la location de la ferme rénovée pour des événements, tels que mariages, fêtes de famille, et autres réunions de cadres. Tout cela faisait que l'entreprise avait à ce jour une activité diversifiée et florissante, mais Savannah et Blake attendaient leur deuxième enfant d'ici trois mois, alors que leur fils aîné de deux ans les tenait déjà bien occupés.

Savannah ne pourrait se charger maintenant d'un nouveau projet.

— Bien, qu'en pensez-vous ? lança Joseph, à l'assistance, une fois que Dixon et Quinn furent partis pour une visite guidée de la distillerie, laissant les Abbott débattre entre eux. C'est un beau projet, non ? Quand je pense que la première fois que j'ai vu Quinn, elle avait à peine trois ans et plus de questions que tous les enfants que je connaissais, mis à part Zora, peut-être...

Son unique petite-fille lui adressa un large sourire.

— J'aime beaucoup ce qu'elle nous propose, dit Zora en feuilletant à nouveau le dossier de présentation de Quinn. Je pense qu'elle est la personne qu'il nous faut, elle a le talent, le caractère pour ce poste. Elle n'a pas paru s'impatienter face aux multiples questions de Parker ou aux réticences de Max...

Elle adressa un regard en coin à ce dernier, qui haussa les épaules.

— Très bien, dit Duke avant de se tourner vers Blake, le frère aîné de Max, et en tant que tel, futur héritier de l'empire KFD. Et toi, qu'en dis-tu ?

— Moi aussi, je suis convaincu, répondit Blake. J'apprécie Quinn et je sais que nos distributeurs vont l'adorer. Si elle arrive à mettre en œuvre la moitié de ce qu'elle propose, je suis déjà partant.

— Parker ? demanda Duke, semblant déjà se préparer au pire.

Parker passa en revue les tableaux de chiffres une nouvelle fois.

— Ses projections me paraissent correctes. Je veux être sûr que nous ne nuirons pas à notre gamme de bourbons, mais je suis prêt à tenter l'aventure sur six mois... Si les ventes suivent, alors, nous pourrons envisager du long terme.

— Cela me paraît bien en effet, répondit Duke. Et toi, Max ?

Il inspira, sentant tous les regards se tourner vers lui. Le projet de Quinn ne présentait pas la moindre faille, il n'avait aucune raison légitime de s'y opposer.

Que faire, alors ?

Déclarer qu'il ne voulait pas travailler avec elle car il s'était comporté comme un moins que rien treize ans plus tôt ?

— Tout cela me paraît très bien…, dit-il comme s'il s'agissait d'une mauvaise nouvelle. Je suis d'accord avec vous, il n'y a rien à redire, mais il s'agit tout de même de *notre* entreprise. *Notre* projet. Vous ne pensez pas que ce devrait être à nous de le porter et le mettre en œuvre plutôt que de le déléguer à quelqu'un d'extérieur ?

— Franchement, Max, tu n'as rien trouvé d'autre que cet argument-là ? répliqua Zora avant de prendre une voix plaintive. *Elle n'est pas des nôtres* ?

Tout le monde rit et Max se demanda si ses mots avaient résonné de façon aussi pathétique et méprisante.

— D'ailleurs, elle a beau ne pas être de la famille, ce n'est pas non plus une complète étrangère ! lança son grand-père. Nous la connaissons et l'apprécions depuis toujours.

— Je sais, grand-père, et je ne voulais pas dire du mal de Quinn, mais comprenez que j'ai investi beaucoup de temps et d'énergie dans ce projet, et qu'il m'est difficile d'accepter d'en perdre le contrôle aujourd'hui.

— Je comprends et je respecte cela, Max, répondit son père. Comment pourrions-nous rendre cette coopération plus confortable à tes yeux ?

Traduction : c'est acquis, la passation est actée, tes objections n'ont pas été retenues.

— Je voudrais rester le référent en interne, demanda Max. Qu'il soit déclaré que je chapeaute Quinn à chaque étape de ce nouveau projet.

— C'est bon pour moi, dit son père. Autre chose ?

— Je dois pouvoir avoir un droit de veto en cas de désaccord, et la possibilité de dissoudre notre partenariat en cas de dysfonctionnement majeur.

Son père se frotta le visage, pensif.

— Pour une telle décision, je demande à avoir le dernier mot, rectifia Duke.

— Eh bien c'est parfait, conclut Joseph en tapant sur la table. Lianna, commandez-nous à déjeuner, nous avons un nouveau projet à célébrer ! Et faites-nous monter les bouteilles de ces nouvelles eaux-de-vie, nous méritons bien une petite dégustation maison !

Comme s'il avait besoin de ça...

Il allait donc travailler en binôme avec Quinn. Vu le sourire glacial qu'elle lui avait adressé, il devinait qu'elle lui en voulait toujours. Il allait cependant falloir qu'ils arrivent à passer par-dessus leurs différends historiques, car ce projet était majeur pour KFD. Il comptait bien s'occuper de ce problème comme il le faisait toujours : en l'affrontant directement.

Il était temps de régler les vieux dossiers en souffrance avec Quinn pour apurer sa dette.

Les Bazemore avaient rejoint la salle de conférences où un traiteur italien avait servi le déjeuner. Ils partagèrent ce repas avec la famille Abbott, goûtant au passage les échantillons d'eaux-de-vie qui eurent un grand succès.

Dixon était ensuite invité par Duke et Joseph à une traditionnelle partie de golf et, sans aucun doute, quelques verres en plus à suivre. Parker était parti promener le chien de sa fiancée, Kayleigh Jemison. Restaient donc Zora, Quinn, Blake et Savannah, qui discutaient autour de la table.

Quinn découvrait avec enthousiasme les photos de Davis, le fils de Blake et adorable neveu de Max.

Max avait attendu patiemment, sans se joindre véritablement aux discussions, mais commentant de façon laconique, souriant aux plaisanteries, ou hochant la tête en signe d'acquiescement. Il avait besoin de parler à Quinn en tête à tête.

Son téléphone vibra pour l'avertir de l'arrivée d'un SMS.

La League veut évoquer les options de sponsoring d'ici une heure. Nous devons réviser nos positions.

Au cours des derniers mois, il avait essayé de mettre en

œuvre un contrat de sponsoring avec une équipe de football américain de Memphis. Il devait saisir cette ouverture immédiatement. Pourtant, il avait du mal à remettre sa discussion avec Quinn à plus tard.

S'ils devaient travailler ensemble, il leur faudrait partir du bon pied.

Max se leva brusquement et tout le monde dans la salle se tourna vers lui. Il se racla la gorge.

— Je... Pardon de vous interrompre, mais je voudrais discuter un moment avec Quinn, en privé.

Zora haussa les épaules et Blake et Savannah échangèrent un regard interrogatif.

— Oui, bien sûr, dit Blake en se levant le premier, tendant le bras à sa femme.

Savannah passa la main machinalement sur son ventre arrondi.

— C'était un plaisir de te rencontrer, Quinn. Lianna te transmettra mes coordonnées, j'espère avoir l'occasion de te retrouver pour déjeuner un peu plus tard dans la semaine.

Blake et Savannah sortirent, mais Zora resta là, les bras croisés.

— Zora, dit Max les dents serrées d'un ton qui semblait signifier qu'il n'était pas d'humeur à plaisanter.

— Bien, si personne n'y trouve à redire, je vais vous laisser, lança Zora en se tournant vers Quinn.

— Merci, Zora, mais tout va bien pour moi, dit Quinn en lui souriant tout en réunissant ses affaires, comme pour signifier qu'elle était elle aussi sur le départ.

Zora adressa un dernier regard noir à son frère avant de quitter la salle.

La porte s'était à peine refermée que Quinn se tourna vers lui, les sourcils froncés.

— Pourquoi risquer de suggérer que nous nous connaissons ? demanda-t-elle.

Elle était vraiment furieuse... Il essaya de ne pas se laisser atteindre par ses mots. Fut un temps où son plus grand désir était de l'inviter officiellement à sortir avec lui et laisser le monde entier les voir ensemble, plutôt que de se retrouver en cachette la nuit derrière la grange ou dans sa camionnette.

Il sentit le feu lui monter aux joues alors qu'il enfouissait les mains dans ses poches.

— Tout le monde doit penser que je veux te parler du projet… Ou bien prendre des nouvelles d'une vieille amie.

Il fit mine de ne pas relever la façon dont elle avait pincé les lèvres lorsqu'il avait évoqué leur *amitié*. Il aurait presque pu sentir un courant d'air glacé traverser la pièce.

— Je serai ravi de prendre des nouvelles, d'ailleurs, mais je te dois d'abord des excuses.

— Non, fit-elle en remuant la tête, faisant doucement balancer ses cheveux bouclés.

Inconsciemment, il serra les poings dans ses poches. Il ne pouvait s'empêcher de penser à la sensation de ses cheveux sous ses doigts lorsqu'il la serrait contre lui. Et puis son regard troublé lorsqu'ils venaient de faire l'amour.

Pourtant, il n'y avait rien de romantique dans le regard glacial que Quinn lui adressait à cet instant sous ses épais cils noirs.

— Comment ça, non ? Tu ne veux pas que je te présente mes excuses ou tu n'es pas disposée à les accepter ? demanda-t-il en s'asseyant sur un coin de la table.

— Les deux, répondit-elle en croisant les bras, l'air buté. Je ne veux pas de tes excuses, c'est inutile.

Même si elle faisait son possible pour rester imperturbable, il pouvait deviner la colère et la blessure sous son expression glaciale.

Max avait imaginé des dizaines de fois ce moment, pourtant. Celui de la conversation à cœur ouvert qu'ils n'avaient pas eue. Il avait imaginé sa colère, suivie de son pardon et peut-être même de torrides étreintes de réconciliation. Il ne s'était pas imaginé que Quinn se tiendrait face à lui, calme et immobile, sans rien avoir à faire de ce qu'il voulait lui dire.

— Je te remercie de dire cela, Quinn, mais je me sentirais mieux si…

— Non, répéta-t-elle, sa voix teintée de colère, cette fois. Ne fais pas cela.

— Quoi ? Tu refuses que je m'excuse ? répéta Max sincèrement stupéfait.

— Tu n'obtiendras pas mon pardon, tu ne te débarrasseras pas de ta culpabilité ainsi, répliqua-t-elle. Cela fait treize ans. Si tu n'as pas eu l'occasion de me demander pardon pendant tout ce temps, j'ai du mal à croire que ces excuses soient véritablement sincères. Alors épargne-nous cela, je t'en prie.

La façon qu'elle avait eue de lui demander cela, presque implorante, lui rappela le ton qu'elle employait lorsqu'elle prononçait son prénom.

Il avala sa salive avec peine, la gorge nouée.

— Tu as tous les droits d'être en colère contre moi, Quinn, je comprends.

— Je ne suis pas en colère, Max. J'ai été blessée. À la fin de l'été, après m'avoir promis ton amour éternel, tu es reparti sur ton campus avant de me quitter par téléphone en deux minutes montre en main. Pendant des mois, je me suis demandé ce que j'avais bien pu faire. J'ai finalement compris que cela n'avait rien à voir avec moi.

Elle haussa les épaules et retrouva le sourire.

— Tu n'étais qu'un salaud, conclut-elle. Un très séduisant salaud.

— Je suis d'accord avec toi sur ce point, répondit-il.

Elle lui adressa un large sourire triomphant. Ce sourire qu'il n'avait jamais oublié.

— S'il n'y a rien d'autre, je vais y aller, dit-elle en soulevant son sac. Nous pouvons nous donner rendez-vous demain matin pour travailler, si cela te convient ?

— Est-ce que tu habites à la ferme ? demanda-t-il.

— Oui, pourquoi ?

— Tu as près d'une heure de route, alors, souligna-t-il. À quelle heure préfères-tu que nous nous donnions rendez-vous ?

— 10 heures ?

— Très bien, à demain, alors, dit-il en la regardant sortir, le souffle court.

Il avait vraiment été un moins que rien à l'époque, et l'heure était venue de payer les pots cassés, songea-t-il. Il se laissa tomber sur un siège en soupirant. Il verrait Quinn au travail, ils échangeraient professionnellement, cela durerait quelques mois, pas plus.

Bon sang !

Il avait déjà essayé de se faire croire cela à l'époque... Qu'il allait simplement travailler avec elle et qu'ensuite chacun reprendrait le cours de sa vie.

Il n'y avait qu'à voir comment cela s'était terminé...

3

Quinn se changea pour la troisième fois de la matinée. Cela ne lui ressemblait pas. Elle était d'ordinaire particulièrement organisée et ne tergiversait pas. Ses journées étaient soigneusement planifiées et elle ne laissait pas souvent de place au hasard. Mais elle n'avait pas très bien dormi et avait eu toutes les peines du monde à rester concentrée au moment de relire ses notes pour préparer son entrevue avec Max.

Il avait eu l'air dépité en découvrant que son projet tenait la route. Sans doute s'était-il attendu à ce qu'elle fasse un flop face à tout son conseil d'administration. D'ailleurs sans doute n'hésiterait-il pas à tout suspendre au premier faux pas. Cela la renforçait dans la conviction qu'elle n'avait pas le droit à l'erreur ni même à l'hésitation ou aux scrupules. Elle devait se présenter à son bureau aujourd'hui avec toute l'assurance dont elle était capable. Prétendre qu'elle savait très exactement ce qu'elle faisait.

Ce contrat était crucial et elle ne pouvait se permettre de se laisser impressionner par Max, même s'il était manifeste qu'il n'avait pas la moindre envie de la voir prendre part à ses affaires. Et il était tout aussi clair qu'elle ne devrait pas se laisser distraire par son charme, son sex-appeal et surtout le fait que lorsque leurs yeux se croisaient elle ressentait toujours... quelque chose...

En le voyant la veille, elle avait eu l'impression d'un choc électrique qui lui parcourait la colonne vertébrale. Ses yeux noirs lui donnaient l'impression de la percer à jour, ou plutôt de la mettre à nu, malgré toute l'énergie qu'elle avait employé à élever des remparts imaginaires autour d'elle avant d'entrer dans la salle de réunion.

D'ailleurs, ce n'était pas parce qu'elle ne retrouvait pas son chemin qu'elle avait tardé à les rejoindre ce matin-là, mais bien parce qu'elle avait eu besoin d'un peu de temps pour se préparer à se retrouver face à Max.

Treize années s'étaient écoulées depuis qu'elle avait vu Max Abbott pour la dernière fois. Plus d'un tiers de sa vie, du haut de ses trente et un ans. C'était suffisant pour qu'elle prenne un peu de recul. Suffisant pour se rendre compte qu'il n'avait pas été aussi important dans sa vie qu'elle avait pu le concevoir lorsqu'elle n'était qu'une jeune adulte.

Oui, il avait été son premier amour et au cours de ce très long et très chaud été qu'ils avaient partagé, elle avait cru qu'il serait l'alpha et l'oméga de sa vie amoureuse. Qu'il n'y aurait jamais d'autre homme.

Quinn rit avec amertume. Bon sang, qu'elle était naïve à l'époque...

Hélas, elle n'avait guère appris de ses erreurs. Malgré Max, elle avait continué à croire que les gens étaient intrinsèquement bons et pouvaient être crus sur parole. Son dernier ex en date était venu rincer ses croyances fleurs bleues.

La réalité, bête et brutale, était qu'il y avait bien plus de menteurs dans le monde que de personnes de confiance. Mais son grand-père était dans le camp des gens bien et elle refusait de le décevoir, et encore moins à cause de son histoire passée avec Max.

Quinn descendit au rez-de-chaussée, attirée par l'odeur des pancakes, du café et du bacon grillé. Son grand-père se tenait devant sa cuisinière, une spatule à la main.

Le souvenir de sa grand-mère, si vivante et rayonnante jusqu'à la fin, lui revint brutalement. Elle l'avait vue tant de fois dans cette cuisine, une spatule à la main, en train de cuisiner dans cette même poêle... Elle sourit tristement alors que sa poitrine se serrait.

— Tu as son sourire, tu sais, dit son grand-père qui la fit sursauter.

— Je sais, répondit Quinn. Et j'aime l'idée que ce lien entre nous ne disparaîtra jamais.

Son sourire se fit plus large et elle finit d'entrer dans la cuisine. Elle ne demanda pas comment il avait su qu'elle pensait à sa grand-mère. Il était difficile d'entrer dans cette cuisine qui avait été son domaine sans penser à Lydia Bazemore.

— Peut-être auras-tu une fille avec ce même sourire un jour ? suggéra son grand-père avec un clin d'œil face à sa mine exaspérée. J'ai bien le droit de rêver, non ?

— Je ne voudrais pas te décevoir, mais pour le moment, je ne vois aucun projet d'arrière-petite-fille dans les cartons, ni même à l'horizon. Pour ma part du moins ! Mais je peux toujours en toucher un mot à Marcus et Mavis.

— Je crains hélas que le monde ne soit pas prêt pour les progénitures de ces deux-là ! s'exclama son grand-père en riant.

Son frère et sa sœur étaient deux chercheurs totalement enfermés dans leurs bulles et leurs recherches. Un monde dans lequel elle n'avait jamais vraiment trouvé sa place. Ils n'avaient que cinq ans de moins qu'elle, mais semblaient vivre à des années-lumière pourtant.

Ils ressemblaient plus à leurs parents, eux-mêmes scientifiques émérites, tandis que Quinn avait emprunté un tout autre chemin. Lors des repas de famille, elle avait toujours l'impression de se retrouver propulsée dans un univers inconnu et se demandait comment elle pouvait être de la même famille que ces deux-là...

— En attendant, sers-toi une tasse de café et assieds-toi, je sais que tu n'as pas beaucoup de temps.

Quinn ne chercha pas à argumenter. Elle prit un café et alla s'asseoir à la table en formica jaune. Ses grands-parents avaient toujours pris leur petit déjeuner à cette table devenue vintage, qui résistait bien malgré les années.

Ils avaient toujours été économes et raisonnables, économisant pour transmettre leur patrimoine dans les meilleures conditions à leurs enfants ou petits-enfants. Mais aucun d'entre eux n'avait jamais souhaité reprendre la ferme, jusqu'à ce que sa grand-mère décède d'un arrêt cardiaque quelques années plus tôt, laissant son mari dévasté.

Depuis que Quinn était auprès de lui, elle le retrouvait aussi joyeux qu'avant la mort de sa grand-mère. Peut-être parce que son sourire lui rappelait sa femme bien-aimée. Ou alors parce que sa présence à ses côtés lui donnait un nouveau but...

Il lui tendit une assiette et leur routine habituelle du petit déjeuner sembla reprendre sa place, même si ce matin n'avait rien de routinier pour Quinn, qui retournait chez King's Finest pour travailler avec Max.

— Tu as passé une bonne soirée au country club, hier ? demanda-t-elle.

— Oui. Tu dormais déjà quand je suis rentré, sinon je t'aurais raconté ma soirée. J'ai laissé les documents sur ton bureau et je t'ai couverte avec un des plaids de ta grand-mère. C'est la première fois que je te vois dormir comme ça depuis que tu es arrivée d'Atlanta. Il faut dire que tu étais tellement stressée, on aurait dit un sac de nœuds !

— C'est vrai, dit-elle en mordant sans son pancake.

— Hier, tu m'as semblé tendue pendant la réunion, remarque. En particulier face à Max. Vous avez un problème, tous les deux ?

— Pas de problème, dit Quinn en prenant une longue gorgée de café le temps de masquer son trouble. Je ne l'avais pas revu depuis mes dix-huit ans, tu sais...

Son grand-père lui adressa un regard circonspect.

— Tu te souviens de votre dernière entrevue ?

Quinn se figea, plaquant le même sourire faussement candide sur son visage.

— Oui, c'était l'été avant que je parte faire mes études, dit-elle.

— Bon, en tout cas, je voulais m'assurer qu'il n'y avait pas de mauvaises vibrations entre vous. Je me souviens de cet été où il avait travaillé à la ferme, vous sembliez bien vous entendre, mais on ne sait jamais.

— Tu n'as aucune raison de t'inquiéter, je t'assure, dit Quinn en posant la main sur son avant-bras.

— Tu me rassures, parce que j'ai eu l'impression qu'il te regardait comme s'il voyait un fantôme !

Elle avait eu cette même sensation en le regardant, alors qu'elle avait l'avantage d'avoir été préparée au fait de croiser un fantôme.

— Comme je te l'ai dit, cela faisait combien de temps que nous ne nous étions pas revus ?... fit-elle en faisant mine de calculer mentalement. Treize ans, c'est ça ? Il y a de quoi être surpris. Et puis du point de vue de Max, je viens marcher sur ses plates-bandes en annonçant que je peux faire son travail bien mieux que lui... Même si ce n'est pas mon ambition et que je suis certaine que nos deux entreprises sortiront gagnantes de ce partenariat.

Son grand-père hocha la tête en soupirant, signe qu'il n'accordait qu'un crédit limité à ses tentatives d'explications.

— Allez, je ne voudrais pas te mettre en retard pour ta première journée, dit-il en se levant pour débarrasser leurs assiettes. Laisse tout comme ça, je m'en occupe.

Quinn termina sa bouchée de bacon et sa tasse de café.

— Merci ! fit-elle en replaçant sa chaise avant de l'embrasser sur la joue. Je te tiendrai au courant de la suite des opérations, mais ne m'attends pas ce soir, le temps que je rentre de Magnolia Lake, il sera sans doute assez tard.

Il tourna un regard grave vers elle.

— Je n'aime pas te savoir sur les routes aussi longtemps...

— Je sais, mais cela ne durera pas... Juste le temps de tout lancer.

— Mais cela va te faire deux bonnes heures de route au

total... Je me demande si nous ne devrions pas te louer quelque chose à Magnolia Lake pour quelques mois.

— Tu as déjà beaucoup de frais ici, souligna Quinn qui voulait éviter de lui rappeler la fraude dont il avait été victime.

Après la mort de sa femme, il était tellement bouleversé qu'il n'avait pas immédiatement réalisé que le comptable qu'il avait embauché pour gérer les comptes, tenus par sa femme jusqu'alors, était en train de l'escroquer. C'est Quinn qui avait découvert le pot aux roses et l'avait dénoncé aux autorités.

— Je sais bien, mais je ne me pardonnerais jamais s'il t'arrivait quoique ce soit. Alors si tu vois un logement en location, renseigne-toi, je vais demander de mon côté...

— Inutile, concentre-toi sur ton prochain tournoi de Scrabble, je vais regarder ça moi-même ! dit Quinn qui s'imaginait déjà occupant une chambre libre chez une personne âgée qui insisterait pour lui faire rencontrer son petit-fils.

Non merci !

Elle sortit sa voiture, une Honda que lui avait obtenue son frère pour un bon prix. Ici, au fin fond du Tennessee, il fallait une bonne voiture, et elle n'avait jamais osé conduire celle de son grand-père qui n'avait pas de boîte de vitesses automatique.

Elle profita du voyage pour réviser mentalement ses différents arguments sur fond de musique relaxante.

Concentre-toi sur le projet et oublie l'homme.

Ce serait sa ligne de conduite tant qu'elle aurait à côtoyer Max. Elle ne pouvait pour autant cesser de songer à quel point il était séduisant, et combien son odeur était entêtante. Se remémorer la chaleur qu'elle avait ressentie lorsqu'il s'était placé juste à côté d'elle, son expression peinée lorsqu'elle avait refusé ses excuses.

Elle ferma les yeux et soupira. Peu importait qu'elle soit

toujours attirée par lui, au fond. Peu importait que les souvenirs de leur été soient si vivaces qu'ils reviennent l'assaillir dans ses rêves, comme s'ils dataient de la veille. Son flirt avec Max était du passé lointain, et c'était dans ces temps reculés qu'il resterait.

4

Max gagna son bureau bien plus tôt qu'à l'accoutumée, sans toutefois précéder son assistante.

— Oh des donuts..., lança Molly, l'œil gourmand, en repérant le sachet qu'il apportait. Même si je préfère les...

— Petits pains aux raisins ? répliqua-t-il en lui tendant un deuxième sachet.

Elle le saisit, un large sourire aux lèvres, puis fixa Max d'un air interrogatif.

— Oui ? demanda-t-il. Un problème ?

— Je ne sais pas... Vous me semblez particulièrement en beauté ce matin !

Elle avait le don de changer les compliments en accusation.

— C'est plutôt une bonne nouvelle, ou je me trompe ? demanda-t-il en ouvrant la porte de son bureau. Même si je pensais que j'étais à peu près aussi beau tous les matins !

— C'est le cas, mais ce matin, cela se note, et vous avez peut-être un peu forcé sur le parfum, si je puis me permettre. J'imagine que ces efforts sont destinés à Mlle Bazemore ?

Max ne comptait pas débattre avec Molly à ce sujet.

— Vous devriez utiliser vos célèbres pouvoirs de déduction pour faire votre travail plutôt que pour analyser mes supposées préférences féminines.

— Vous avez raison, dit Molly en mordant dans son pain aux raisins. Pourtant, vous n'aviez pas l'air très content d'avoir à travailler sur son projet… Bref, laissez-moi donc vos donuts, je vais les disposer sur une petite assiette.

— Très bien, merci ! dit-il, soulagé à l'idée de se retrouver seul dans son bureau.

Vingt-quatre heures s'étaient écoulées depuis qu'il avait retrouvé Quinn et elle occupait son esprit et ses pensées à plein temps depuis.

Pourtant, il y avait bien longtemps qu'il ne pensait plus à elle… Et voilà qu'il ne parvenait soudain plus à se la sortir de la tête. Les souvenirs de leur rencontre l'assaillaient. Sa joie de vivre, son rire… Il avait l'impression de n'avoir jamais autant ri que durant ces quelques semaines avec elle.

Il se remémora la première fois qu'il avait posé les yeux sur elle cet été-là. Il l'avait vue auparavant lorsqu'elle n'était qu'une fillette de dix ans et lui un adolescent de treize. Il avait eu du mal à réaliser que la petite peste à couettes était devenue une séduisante jeune femme aux longues jambes. Pour autant, il avait feint la plus totale indifférence et gardé ses distances.

Leurs familles étaient amies et il pressentait qu'un rapprochement serait source de problèmes.

Mais elle était enjouée, avenante, drôle, attachante et… irrésistible. Ses résolutions n'avaient pas marché.

Comment aurait-il pu ne pas craquer ?

Quinn était sublime avec sa peau caramel sombre, ses épais cheveux noirs tressés, sa finesse et son sens de l'humour. Intelligente et passionnée, optimiste et pragmatique… Elle avait piqué sa curiosité et éveillé son sens critique, lui qui ne voyait guère au-delà de son univers archi-privilégié. Il avait aimé découvrir le monde par ses yeux à elle et débattre sans fin.

Sans oublier son regard envoûtant. Il se rappelait la première fois qu'elle l'avait regardé comme s'il représentait tout ce qu'elle avait jamais désiré. C'était un de ces soirs où elle avait fait le mur pour le rejoindre autour d'un jeu vidéo, prétexte à de longues soirées à débattre. Il se souvenait que ce soir-là, ils n'étaient pas d'accord sur le futur gagnant de l'US Open de Tennis.

Elle avait eu raison. Comme bien souvent.

Max soupira. Il s'était senti incroyablement fier qu'elle s'intéresse à lui. Et lorsqu'elle s'était penchée et avait plaqué ses lèvres sur les siennes, il avait même pensé un instant ne pas la mériter. Mais un seul baiser avait suffi à le rendre totalement accro à sa bouche et au goût de ses lèvres, ainsi qu'à la sensation délicieuse de son corps pressé contre le sien.

Le regard que Quinn lui avait lancé en entrant dans la salle de réunion était à l'opposé de celui dont il se souvenait lorsqu'elle était éprise de lui. Max se frotta le crâne, en essayant de chasser le souvenir de son regard glaçant.

Il sursauta lorsqu'on frappa à sa porte.

— Quinn ? fit-il en se levant brusquement, renversant au passage son café qui se répandit sur son bureau et imprégna lentement les documents qu'il avait préparés.

Le mauvais œil.

— Oh pardon ! Je ne pensais pas te surprendre, dit-elle en déposant ses sacs pour saisir des serviettes en papiers près de l'entrée avant d'éponger le désastre devant un Max incapable de réagir. Je suis un peu en avance, mais ton assistante n'était pas là, je ne voulais pas te déranger...

— Non, tu as bien fait, dit-il en se sentant bêtement rougir alors qu'il la détaillait du regard. Enfin, c'est ma faute, j'étais absorbé dans mes pensées...

Il se mit finalement en mouvement, détachant à regret ses yeux de sa silhouette délicieusement soulignée par son tailleur ajusté, et commença à réunir ses documents tachés de café.

Molly choisit ce moment pour entrer, son assiette de donuts à la main.

— Pardon d'avoir été si longue, mais j'ai dû laver le plat..., déclara-t-elle avant de comprendre que Max n'était pas seul. Oh ! vous devez être mademoiselle Bazemore ?

— Oui, je suis Quinn Bazemore, dit-elle en tendant la main, un large sourire aux lèvres.

— Molly, Molly Halloran, répondit la jeune femme en lui serrant la main. Enchantée.

— Je suis désolée, je crains d'avoir causé un accident en faisant sursauter Max à mon arrivée, expliqua Quinn. Auriez-vous de quoi nettoyer, des lingettes, peut-être ?

— Ne vous inquiétez pas, je m'en occupe, mademoiselle...

— Appelez-moi Quinn, je vous en prie.

— D'accord, Quinn. Puis-je vous offrir un café ou un beignet en attendant ? proposa Molly en posant l'assiette devant elle.

— Hum... Celui-ci est à la confiture de framboise ? demanda Quinn.

— Oui, répondit Max qui l'avait acheté spécialement pour elle.

Elle leva fugacement les yeux de l'assiette de donuts pour le regarder, avant de revenir à l'objet de sa gourmandise. Elle prit le beignet et le porta à la bouche.

— C'est délicieux, merci, dit-elle la bouche encore pleine. C'est une attention que j'apprécie.

Il soupira en enfonçant les mains dans ses poches. C'était à vrai dire une tentative de drapeau blanc, puisqu'elle ne semblait pas disposée à accepter ses excuses.

Molly nettoya le café et alla réimprimer les documents tachés.

— Assieds-toi, je t'en prie, dit Max en tirant un siège avant de prendre place dans son fauteuil.

Elle sortit deux dossiers de son sac. Un épais et un fin.

— J'ai pensé que nous pourrions commencer par regarder le projet que j'ai évoqué hier. Tu détailleras ce qui te convient ou pas, ensuite nous pourrons établir un agenda pour les six prochains mois.

Six mois. Il serra les dents.

Il avait réussi à traverser plus d'une décade sans même croiser le chemin de Quinn et voilà qu'il allait se retrouver à travailler avec elle pendant un semestre entier.

— Oui, j'ai déjà quelques objections à te soumettre.

Il ne voulait pas se montrer désagréable, après tout il s'agissait de travail, rien de personnel. Il se devait d'être attentif aux intérêts de sa famille et de son entreprise avant tout. Si Quinn le prenait mal, autant le savoir tout de suite.

— Des objections ? demanda-t-elle en fronçant les sourcils. De quel ordre ?

Molly entra pour rapporter un café à Max et déposer les documents imprimés.

— Tu disais donc que tu avais des objections ? reprit Quinn impatiente.

— Tu as proposé que nous organisions une démonstration à l'attention de plusieurs distributeurs, ce qui est une bonne idée en théorie, dit-il, mais qui me semble trop ambitieuse. C'est un gros investissement et beaucoup de travail en vue pour Zora et moi qui avons déjà des emplois du temps très chargés.

— Je suis d'accord sur l'investissement, mais pour ce qui est du travail, je sais très bien que vous n'avez pas beaucoup de disponibilité et c'est la raison de ma présence parmi vous, je n'attendais pas que vous vous occupiez de quoi que ce soit, ni même que vous soyez présents.

— Ce qui signifierait que tu représenterais seule King's Finest pour ces événements ? demanda-t-il, perplexe. Cette distillerie est un héritage familial, pas simplement un revendeur de liqueurs. Ce que nous vendons, c'est notre histoire, notre patrimoine… Et je suis désolé, mais tu as mis pour la première fois un pied dans ces bâtiments hier… Je ne suis pas à l'aise pour envoyer quelqu'un qui n'est pas du sérail représenter la famille et l'héritage de mon grand-père.

— Ton grand-père ne semblait pourtant pas avoir de problème à cette idée, dit-elle en croisant les bras.

— Peut-être n'avait-il pas en tête que tu envisageais de rencontrer tous nos distributeurs en tant que représentante exclusive de notre nom ? répondit-il en croisant les bras à son tour.

— J'ai pourtant parlé de cela avec lui, insista Quinn, et il n'a pas manifesté la moindre réticence. Je te rappelle que je suis une responsable des relations publiques d'expérience et que j'ai représenté des entreprises des plus importantes.

— Je ne questionne pas tes compétences, Quinn, mais ici nous ne sommes pas une grande entreprise quelconque, nous tenons à cet aspect familial plus que tout et nous considérons que c'est le nom et la réputation de notre famille qui est en jeu à chaque transaction que nous réalisons.

— Je comprends que ce soit un sujet des plus sensibles, dit Quinn qui tentait visiblement de prendre sur elle pour garder son calme. Cependant, tu sembles oublier que le nom de ma famille apparaîtra aussi sur ces bouteilles. Nous serons également investis dans ce projet, et notre partenariat reflétera cette double implication. De fait, le risque est sans doute plus grand encore pour nous, car si le projet n'aboutissait pas, King's Finest pourrait toujours aller de l'avant, tandis que mon grand-père ne retrouverait jamais une telle opportunité.

— Ton rôle est de protéger tes intérêts familiaux et je respecte cela, mais j'ai besoin de pouvoir me reposer sur quelqu'un qui fera passer la distillerie avant tout.

Elle fronça davantage les sourcils.

— Tu ne penses pas que je suis capable de m'investir également dans nos intérêts à tous deux ?

— Comment pourrais-je le savoir, Quinn ? demanda-t-il dans un haussement d'épaules. Nous ne nous sommes connus que le temps d'un été, il y a treize ans de cela...

— Et à qui la faute ? lança-t-elle du tac au tac. On ne va pas se lancer là-dedans, nous nous sommes mis d'accord pour ne pas rejouer notre histoire.

— Nous ne nous sommes pas mis d'accord, Quinn. C'est toi qui as exigé cela, souligna-t-il. Je pense que nous avons au contraire besoin de discuter de ce qui s'est passé à l'époque.

— Je ne vois pas pourquoi, cela n'a rien à voir avec nos affaires en cours.

— Ah vraiment ? Cela fait moins d'une heure que nous travaillons ensemble et le sujet est déjà sur le tapis. J'ai essayé de te présenter mes excuses, mais tu les refuses...

— Parce que ce n'est pas...

— Je sais très bien ce que tu en penses, je me souviens de chaque mot que tu as prononcé hier et je ne suis pas d'accord du tout.

— Est-ce que cette discussion est un prérequis obligatoire pour toi ?

— Non, bien sûr.

— Dans ce cas, sans moi. Avec tout le respect que je te dois, je n'ai pas l'intention de revenir là-dessus, dit-elle en détournant le regard, sa voix soudain plus faible. Je suis désolée d'avoir haussé le ton, ce n'était pas voulu, mais quoi qu'il en soit, j'ai tiré un trait sur notre histoire aujourd'hui.

Comment pouvait-il croire que toute la colère qui la dépassait quelques instants auparavant se serait déjà évaporée ? Y croyait-elle elle-même ?

— Ce n'était pas juste de ma part, dit-elle en se levant pour aller s'adosser contre le mur. Mais tu n'es pas très juste non plus.

— Comment ça ?

— Tu rejettes arbitrairement un aspect essentiel de mon projet, et nous savons très bien tous les deux que tu es le seul à t'être opposé à ma participation hier, précisa-t-elle en levant la main lorsqu'il manifesta l'envie d'intervenir. Je comprends à quel point il peut être décevant de voir quelqu'un reprendre une partie de son projet, mais je veux te redire que je suis une professionnelle expérimentée et que je suis vraiment douée dans ce que je fais. Je ne te demande pas de me croire sur parole, mais j'espère que tu auras l'honnêteté de me laisser une chance de te prouver et de vous prouver à tous que je suis capable de réaliser ce que j'annonce.

— Tu crois peut-être que mes objections sont contre toi, mais ce n'est pas le cas, Quinn. Mes responsabilités envers King's Finest passent avant tout.

— Et tu crois que je te demande une faveur à cause d'un été que nous aurions passé ensemble il y a plus de dix ans ? répliqua-t-elle. Si tu analyses mon projet en toute objectivité, tu comprendras vite les avantages pour King's Finest, et même en dépit de tout ce que je peux t'inspirer.

Il regrettait qu'elle puisse penser qu'il nourrissait de mauvais sentiments à son égard. C'était absolument faux, même si elle avait raison sur un point : il n'avait pas la moindre envie de travailler avec elle, mais pour la seule et unique raison qu'il redoutait de se voir rappeler quotidiennement comment il s'était comporté à son égard.

Il aurait aimé pouvoir le lui dire, mais elle ne semblait guère disposée à entendre quoique ce soit de sa part à ce sujet.

Et puis il aurait objecté à la venue de toute personne extérieure à la famille sur ses plates-bandes professionnelles, et à plus forte raison de toute personne avec qui il n'avait jamais eu l'occasion de travailler par le passé.

Il n'en voulait pas à Quinn de ce qu'elle manifestait à son égard, de son ressentiment en particulier, car il savait qu'il l'avait mérité, mais il refusait de mettre en péril les intérêts de King's Finest pour autant.

Max saisit le document que Quinn lui tendait, dans lequel elle avait listé les salons où elle envisageait de représenter King's Finest, puis il prit un stylo et entoura cinq d'entre eux, qui avaient lieu dans le pays.

— Je participe déjà à ceux-ci.

Il passa aux événements internationaux et en souligna trois de plus.

— Et Zora à ceux-là.

Il dessina un point d'interrogation devant deux autres dates.

— Je peux réfléchir pour ces manifestations selon les premiers résultats, dit-il avant de rayer les autres options. Pour le moment, je propose d'annuler ce qui reste, qu'en dis-tu ?

— Cela me paraît équitable, admit-elle en observant la liste. Mais je te rappelle que ton père a fait appel à moi pour porter ce projet, comment serait-ce le cas si je ne participe pas même aux événements de relations publiques ?

Max inspira comme s'il s'apprêtait à retenir son souffle.

— Tu pourras m'accompagner au premier congrès.

— Et jouer les animatrices pots de fleurs pour présenter les bouteilles en robe à paillettes ? lança-t-elle en croisant les bras devant sa poitrine.

— Non, bien sûr que non, dit-il en se raclant la gorge. Mais tu pourrais observer et apprendre.

— Max, je ne suis pas ta stagiaire. Je suis une professionnelle. Je ne prétends pas tout savoir, mais s'il te plaît, ne me traite pas comme une débutante.

Il soupira.

— J'ai besoin de m'assurer que ces événements apporteront un réel retour sur investissement et que tu es en capacité de représenter la distillerie.

— Dans ce cas, donne-moi une vraie chance de faire cela ! s'exclama-t-elle. Tu pourrais prendre ta décision au terme des trois premières dates, donc je dois y assister avec toi, non ?

Quinn le fixait avec une nuance de défi dans le regard.

Il acquiesça à regret et lui tendit sa main.

— Tope là.

Il essaya de ne pas prêter attention à la sensation d'électricité qui parcourut sa paume lorsqu'elle serra sa main. Aussitôt, le souvenir de la toute première fois où il avait ressenti cela lui revint à l'esprit.

Elle se leva brusquement.

— Merci de me laisser une chance. Et merci pour le beignet. Je ne vais pas abuser de ton temps plus longtemps ce matin et je me mets aussitôt au travail sur le plan marketing. Est-ce qu'il serait possible de me faire parvenir les précédentes campagnes pour que je m'assure de rester cohérente ?

— Oui, je demande ça à mes équipes, dit-il en se levant à son tour. Molly pourra répondre à tes autres requêtes. La première manifestation aura lieu d'ici peu, crois-tu que nous pourrons refaire un point d'ici là ?

— Absolument, répondit-elle sans la moindre hésitation avant de jeter un œil à une petite montre ancienne qu'elle portait au poignet. J'ai rendez-vous avec Zora tout à l'heure et je déjeune avec Savannah. Je pense qu'elles m'aideront à me mettre à jour.

— Je vais avoir besoin de jeter un œil à toutes tes propositions. En revanche, si tu as besoin de l'assistance des équipes marketing pour être prête à temps, n'hésite pas.

— Très bien. Je me permets de te rappeler que je suis ta partenaire sur ce projet, Max. Pas ton ennemie ni ta rivale.

— Je le sais, mais mon père t'a propulsée à la tête d'un dossier que j'ai porté pendant près de trois ans, Quinn. À tes yeux, il n'y a pas de compétition, mais pour moi, c'est une autre affaire, expliqua-t-il. Ah, et Molly s'occupera de tes réservations, il faudra sans doute que tu lui transmettes des documents.

— Très bien, merci, dit-elle en se passant la main dans les cheveux pour les dégager vers l'arrière.

Max se figea un moment, suivant du regard la courbe élégante de son dos. Il se rappela avoir embrassé sa nuque et goûté la peau délicate de son cou. Son pouls accéléra à ce souvenir et sa gorge se noua.

— Je te transmettrai mes premiers travaux vendredi, dit-elle, le tirant de sa brève rêverie.

— Parfait, rendez-vous vendredi matin, même heure, proposa-t-il. Oh ! et Molly va te montrer le bureau que nous avons fait préparer pour toi.

Quinn acquiesça et sortit rejoindre Molly.

Ce rendez-vous vendredi lui permettrait de se libérer assez tôt pour les derniers préparatifs du quarantième anniversaire de mariage de ses parents, samedi prochain. Savannah s'occupait de l'organisation, mais il serait certainement sollicité lui aussi.

Max se remit au travail, incapable malgré tous ses efforts de chasser l'image de Quinn, quittant son bureau dans son tailleur ajusté.

Visiblement, elle avait tiré un trait sur leur histoire de façon définitive. Pire encore, elle faisait comme si elle n'avait jamais existé, en refusant de l'évoquer avec lui ou d'accepter ses excuses. Pourquoi ne parvenait-il à tourner la page de son côté ?

5

Quinn indiqua à Molly les informations nécessaires à ses réservations pour le prochain salon, puis se rendit dans son nouveau bureau. Il avait le grand désavantage d'offrir une vue directe sur le bureau de Max.

Elle passa d'abord aux toilettes pour se rafraîchir. Une fois face au miroir, elle posa les mains sur la fraîche surface en granit des lavabos et souffla longuement en fermant les yeux.

Elle pouvait être fière d'elle. Elle n'avait pas perdu pied face à Max, même lorsqu'il lui avait serré la main. Elle avait oublié la sensation de sa peau contre la sienne…

Après tout ce temps écoulé, sa simple présence avait un effet physique sur elle. Avait-il noté les diverses manifestations de son trouble ? Depuis son souffle court, ses mains tremblantes, jusqu'à ses seins tendus par le désir…

Comment une simple poignée de main pouvait-elle faire surgir des souvenirs aussi intenses et des sensations aussi vivaces ?

Quinn ne cessait de repenser à leurs effleurements discrets, aux baisers volés qu'ils avaient échangés cet été-là, dès qu'ils parvenaient à échapper aux regards à la ferme.

Le secret avait rendu leur relation d'autant plus excitante, évidemment. Ils étaient les seuls au courant, brûlants pourtant de le crier sur tous les toits tellement ils s'étaient sentis heureux. Quinn, en tous les cas, avait eu la sensation d'être dans une bulle merveilleuse tout l'été. Elle était franchement éprise de Max et, très vite, n'avait pu imaginer une vie sans lui.

Elle rouvrit les yeux et passa lentement les doigts dans ses cheveux. Ce qu'elle avait éprouvé pour Max était une stupide amourette d'adolescente. Elle l'avait cru lorsqu'il avait prétendu l'aimer. Lorsqu'il avait déclaré qu'il n'imaginait plus sa vie sans elle, lui non plus.

Malgré la fin de leur aventure, elle ne pouvait pourtant regretter ce qu'elle avait vécu, mais elle regrettait sa naïveté et l'importance qu'elle avait voulu accorder à cet épisode de sa vie.

C'est elle qui avait fait fi des avertissements de Max, qui avait été très clair sur le fait qu'il n'envisageait pas de s'engager dans une relation. Elle avait cru qu'elle pourrait le faire changer d'avis et, à la fin de l'été, elle avait vraiment pensé qu'elle y était arrivée.

Et puis elle avait reçu ce coup de fil qui avait détruit ses espoirs. Elle était restée en état de choc un long moment après la fin de son appel. La douleur l'avait ensuite transpercée.

Au fil du temps, elle avait fini par aller de l'avant… Laissant cet été derrière elle. Mais comment était-il possible qu'elle soit toujours sensible à son regard, au timbre de sa voix, si longtemps après ?

Quelles que soient les raisons à cela, le plus important était de tenir bon les prochains mois, le temps de lancer la nouvelle gamme, et ensuite chacun reprendrait son chemin et elle laisserait Max Abbott où il aurait toujours dû rester, loin derrière elle.

Max envoya finalement le dernier e-mail de ce qui lui semblait une semaine interminable.

Par chance, la deuxième réunion avec Quinn ce matin s'était bien passée. Durant la semaine, ils s'étaient à peine croisés et c'était Zora et Savannah qui avaient pris le relais auprès d'elle.

Le contrat de sponsoring avec l'équipe de football américain avançait doucement mais sûrement, mais avait occupé une bonne partie de son temps. Heureusement, il avait eu la chance de profiter de son neveu de deux ans, Davis, un garçonnet adorable et incroyablement vif qui égayait ses journées.

Il déjeunait d'ailleurs avec ce dernier dans la salle de réunion en regardant un dessin animé sur le grand écran lorsque Savannah et Quinn étaient passées.

Quinn semblait apprécier son neveu autant que lui. Cela ne la rendait que plus charmante à ses yeux. Cela ne faisait qu'une semaine qu'elle travaillait parmi eux et tout le monde semblait sous le charme de Quinn Bazemore.

Il se rendait bien compte, malgré l'énergie qu'il consacrait à s'occuper par ailleurs, qu'elle avait envahi ses pensées et qu'il était tout autant épris que lorsqu'il avait vingt et un ans.

À l'époque, cela avait été un vrai coup de foudre entre eux. Il soupira en songeant à sa bouche, à son corps de rêve. Il ne pouvait pourtant décrire précisément ce qui lui faisait le plus d'effet chez elle. Elle le captivait. Son cœur s'emballait dès qu'elle s'approchait… Et depuis son retour, ses rêves étaient peuplés des souvenirs de leurs étreintes d'autrefois.

— C'est plus sérieux que je ne le craignais, dit Zora en prenant place face à lui, le faisant sursauter.

— Je ne t'ai pas entendue entrer, répondit-il en se raclant la gorge.

— Oui, tu devais être absorbé dans tes pensées, parce que je t'ai appelé deux fois !

— Ah ? Je repensais à ma journée de boulot…

Zora se pencha vers lui.

— Et si on essayait de ne pas jouer à ce petit jeu où tu prétends que tu n'es pas en train de penser à Quinn, et que l'on passait directement à la phase où tu me racontes ce qu'il y a entre vous ?

Max se frotta le menton et se redressa dans son fauteuil, scrutant sa sœur dont la réputation de fouine n'était plus à faire. Il avait réussi à éviter cette conversation toute la semaine, jusqu'à cet instant.

— Il n'y a rien à raconter.

— Pourquoi est-ce que tu as eu l'air totalement sous le choc lorsqu'elle a fait son entrée parmi nous l'autre jour ?

— C'est toi qui exagères... Je n'étais pas sous le choc... J'étais seulement surpris de voir...

— Ton ex ? lança Zora un large sourire aux lèvres.

— De voir Quinn, reprit-il en ignorant son sous-entendu, que je n'avais pas revue depuis des années et qui vivait depuis à Atlanta...

— Je vois que tu t'étais renseigné depuis votre été à la ferme Bazemore...

Zora semblait ravie de pouvoir extrapoler sur les quelques informations dont elle disposait.

— Tu dis n'importe quoi.

— Avoue que son arrivée a été un vrai choc et que par la suite tu t'es montré particulièrement rude envers son projet, poursuivit Zora.

— Et tu vas me le reprocher ? Son projet a de très lourdes implications et je ne compte pas laisser un blanc-seing à une quasi-inconnue !

Il éteignit son ordinateur portable et le rangea dans son attaché-case.

— Quinn n'est pas une inconnue, c'est une amie de la famille et une professionnelle des relations publiques... D'ailleurs on sentait bien que vous étiez plus intimes que vous vouliez bien le reconnaître. Ce qui n'est absolument pas un crime... Seulement, si tu en pinces encore pour elle...

— Ce n'est pas le cas, interrompit-il.

Ils avaient l'habitude d'être francs et souvent peu diplomates entre frères et sœurs, mais Zora avait touché un point sensible et ils le savaient tous les deux.

Ils se fixèrent en silence, puis Max prit la parole.

— Écoute, je sais que tu t'inquiètes pour ce projet...

— Je m'inquiète pour toi, coupa Zora. Que tu veuilles en parler ou pas, il est évident que tu ressens encore quelque chose pour Quinn. Ne laisse pas ce quelque chose troubler ton jugement.

Zora visait sacrément juste.

— Je ne laisserai rien interférer avec les affaires de King's Finest, petite peste. Je te l'assure.

— Je l'espère bien, dit-elle en le pointant du doigt. Et fais attention à toi. Tu es bien plus mordu que tu ne veux bien le reconnaître. Et c'est réciproque.

— Il n'y a rien entre Quinn et moi, aucun problème, assura-t-il en se levant.

Il avait eu son compte de leçons de morale de la part de sa petite sœur.

— Tant mieux, parce que je l'ai invitée à l'anniversaire de mariage des parents demain.

Max tourna un regard inquiet vers sa sœur.

— Mais pourquoi ?

— J'ai pensé que ce serait une bonne façon de lui souhaiter la bienvenue. Mais elle semble réservée, elle m'a dit qu'elle ne voulait pas s'imposer dans une réunion familiale… Ou bien elle redoute de ne pas connaître grand monde.

— Dans ce cas, je comprends parfaitement qu'elle préfère ne pas venir, en effet, dit Max dans un haussement d'épaules.

— Et si tu l'invitais à t'accompagner ? Tu n'as invité personne et il y a un couvert et un repas prévu ainsi qu'une place libre à table…

— Cole m'a dit que vous non plus n'aviez pas d'invités personnels…

— J'ai invité Dallas.

Dallas Hamilton, le meilleur ami de Zora depuis le jardin d'enfants, était un autodidacte devenu millionnaire. Il avait lancé une entreprise d'ameublement depuis la ferme familiale et avait réussi de façon admirable. Malgré les efforts désespérés de la mère de Dallas, la relation avec Zora était restée platonique.

— Bon, mais Cole, lui, n'a personne en tout cas, reprit Max, buté. Le contraire m'aurait étonné venant de lui, d'ailleurs.

Zora s'arrêta.

— Quand est-ce que tu cesseras d'être aussi dur envers Cole ?

Il a choisi de ne pas travailler dans l'entreprise familiale, et alors ? À t'écouter, c'est pire qu'un crime contre l'humanité !

— Grand-père a souhaité nous transmettre son patrimoine à tous, et Cole est trop fier pour accepter et se joindre à nous. Comme s'il devait toujours se faire remarquer, refuser le système...

— Oui, Cole mène sa barque à sa façon, et ça lui réussit plutôt bien, on dirait. Il semble avoir trouvé ce pour quoi il est fait.

— Tu sais très bien que ce n'est pas ce que je voulais dire...

— Ah bon ? Parce que ce que grand-père veut pour nous plus que tout, c'est que nous soyons heureux et que nous réussissions notre vie. Cole est sur ce chemin, il construit des maisons et son entreprise est la première du secteur, pourquoi ne peux-tu pas simplement te réjouir pour lui ?

Il inspira.

— Si tu veux bien mettre un terme à cette conversation, je suis prêt à te raccompagner jusqu'à ta voiture, déclara-t-il pour lui signifier que le sujet était clos pour le moment.

Pendant que Zora rangeait ses affaires, il songea à sa suggestion d'inviter Quinn à l'accompagner à la fête. Une partie de lui avait envie de passer du temps en sa compagnie, de danser, peut-être... Mais sa raison lui soufflait malgré tout que c'était une très mauvaise idée. C'était cette même raison qui ne semblait plus capable de fonctionner en présence de Quinn d'ailleurs.

— Réfléchis à ce que je t'ai dit pour la fête de demain, reprit Zora comme si elle lisait dans ses pensées. Vous allez devoir collaborer tous les deux de façon serrée, il est important que vous soyez à l'aise et en confiance. Une fête de famille est l'occasion idéale de vous retrouver de façon plus détendue.

— Merci Zora, mais cette conversation est terminée, dit-il en arrivant devant sa voiture. Bonne nuit, petite peste. Roule prudemment.

Zora rit alors qu'il prenait ses sacs pour les déposer sur la banquette arrière et refermait sa portière une fois qu'elle se fut assise au volant.

— Toi aussi.

Max gagna sa voiture en soupirant face à ses tentatives non dissimulées de le jeter dans les bras de Quinn. Sa mère était aussi pas mal dans son genre, Iris Abbott avait toujours adoré jouer les marieuses...

Et puis heureusement, Blake avait épousé Savannah et Parker s'était fiancé à Kayleigh. Aujourd'hui, leur deuxième petit-enfant n'allait pas tarder à naître, aussi la pression s'était-elle finalement relâchée sur le reste de la fratrie...

Mais Zora était toujours en mission commando, visiblement, même si elle bottait curieusement en touche dès qu'on abordait le sujet de sa vie privée...

6

Quinn descendit de voiture et tendit les clés à l'employé venu à sa rencontre. Elle ajusta sa longue robe en organza bleu pâle qu'elle n'avait jamais eu l'occasion de porter… Et pour cause…

Quinn se sentait un peu ridicule avec cette robe de couturier très féminine et sensuelle qui laissait apparaître une épaule dénudée et arborait un dos nu vertigineux pour une fête de famille, mais Zora avait spécifié que l'événement était habillé et c'était là sa seule robe qui correspondait à ce qualificatif.

— Tu es superbe, ma chérie, lui dit son grand-père en lui offrant son bras. Si ta grand-mère pouvait te voir, elle serait fière de toi.

— Merci, grand-père.

Elle découvrait les lieux, impressionnée. Les bâtiments en *U* abritaient une vaste terrasse couverte. Des guirlandes de lumières donnaient un aspect festif à ce décor rustique, rendu chaleureux par des tentures sur les murs. Les tables étaient recouvertes de lourdes nappes couleur ivoire sur lesquelles de majestueux chandeliers venaient parfaire le décor. Les décorations de tables, de luxuriantes compositions florales, évoquaient la nature et les montagnes.

— C'est vraiment magnifique ! Tu crois que c'est Savannah qui a fait toute la décoration ?

— Oui, certainement, depuis qu'elle s'occupe d'organiser des réceptions ici, les lieux ont été aménagés et ils reçoivent énormément d'événements. C'est une jeune femme de talent et une redoutable femme d'affaires, souligna son grand-père. Tout comme toi, ma chérie.

Elle serra son bras affectueusement, il semblait toujours sentir le moment où elle avait besoin d'être rassurée.

Une jeune femme vint à leur rencontre et leur demanda leurs noms pour les accompagner jusqu'à leur table.

Ils saluèrent quelques connaissances de son grand-père, puis se séparèrent. Quinn se sentait nerveuse. Elle regrettait de n'avoir pas accepté la proposition de Zora de s'arranger pour qu'elle puisse être placée à table avec son grand-père, mais les plans de tables étaient.

La vérité était qu'elle ne serait pas venue sans les SMS insistants qu'elle avait reçus la veille.

J'ai une invitation pour l'anniversaire de mariage de mes parents…

Je suis certaine que tu n'auras aucun mal à trouver quelqu'un pour t'accompagner !

C'est vrai, mais c'est une fête de famille, je ne peux pas inviter n'importe qui.

C'est une charmante façon de manifester ton non-intérêt, je ne suis pas surprise que tu n'aies personne d'autre à inviter…

C'est vrai, c'est pourquoi tu pourrais au moins avoir pitié de moi.

Ce dernier message était suivi d'une image d'un chaton aux yeux implorants.

Ce n'est pas juste, tu sais bien que je ne peux pas résister à une photo de chat trop mignon !

J'ajoute qu'il y aura à boire et à manger dans une ambiance festive et en ma charmante compagnie. Allez, viens, s'il te plaît. En prime, il y a des cadeaux prévus pour les invités.

Je vois que ton ego est toujours aussi surdimensionné, mais j'avoue que tu as des arguments. De quel genre de cadeaux s'agit-il ?

Je crains que tu ne doives venir pour le découvrir…

Elle avait cessé de répondre, mais au troisième SMS de

relance désespéré, elle avait fini par céder, amusée. Ses messages l'avaient fait rire et, la fatigue aidant, elle avait fini par baisser la garde.

Maintenant qu'elle était sur place, elle avait beau passer l'assistance en revue, elle ne trouvait nulle part son insistant cavalier.

— Quinn, tu es superbe, annonça Savannah en avançant à sa rencontre, revêtue d'une longue robe fleurie dans les tons rouges, ses cheveux tressés relevés en un chignon sophistiqué qui lui donnait une allure de déesse. Je ne pensais pas te voir, je suis ravie que tu aies changé d'avis !

— Oui, j'espère que ce n'était pas un problème, je me suis vraiment décidée à la dernière minute...

— Non, c'est formidable ! Est-ce que tu sais où tu es assise ? demanda-t-elle en répondant d'un geste de la main à une connaissance qui la sollicitait.

— Oui, on m'a indiqué ma place, mais file, nous nous retrouverons tout à l'heure, tu dois être très demandée ce soir !

— D'accord, à tout à l'heure !

Quinn chercha à localiser le buffet, décidée à se servir un verre dans l'espoir de calmer le stress qui commençait à l'envahir.

— Quinn, tu es venue, finalement ! s'exclama Zora en venant la saluer au bar. Je ne pensais pas que tu changerais d'avis.

— Ton frère s'est montré très convaincant, tu vois !

Le regard de Zora brilla aussitôt d'intérêt.

— Ah, eh bien, tant mieux, je suis ravie qu'il ait réussi à t'inciter à nous rejoindre.

Quinn commanda un verre de vin blanc. Lorsqu'elle se retourna, son regard tomba sur un visage masculin familier.

— Bonsoir, dit Max alors que son regard la parcourait de la tête aux pieds.

— Ah, bonsoir, Max, répondit-elle, consciente de son regard sur elle. Tu es très... élégant.

— Merci, fit-il en ajustant sa cravate violine, qui complétait élégamment son smoking anthracite, à la pochette assortie.

Et toi, tu es sublime dans cette robe. Mais je suis surpris de te retrouver ici, hier, Zora me disait que tu ne souhaitais pas venir ?

— Comment ça, tu es surpris ? s'exclama Zora en lui adressant un regard moqueur. Quinn m'a dit que tu l'avais invitée !

— Ah non, c'est moi qui l'ai invitée, intervint Cole en se joignant à eux et serrant Quinn dans ses bras. Merci de me sauver, je sais que c'était vraiment à la dernière minute, mais j'apprécie ton soutien !

— Cole, tu as invité Quinn ? répéta Zora, incrédule.

— Eh bien oui, qui d'autre ? répondit-il en saluant Zora et adressant un discret signe de tête à Max.

Zora les regardait tous les deux avec stupeur.

— Je ne savais pas que tous les deux vous étiez…

— Amis, intervint Quinn rapidement pour éviter tout malentendu. Nous nous sommes rencontrés il y a quatre ans, environ, à Atlanta, un week-end où Cole était en visite chez des amis.

— Ah, mais je l'ignorais ! lança Zora. Tu savais qu'ils se connaissaient, Max ?

À la façon qu'avait Max de les fixer tous les deux, il était évident qu'il l'ignorait lui aussi.

— Euh… non, répondit-il. Comment se fait-il, Cole, que tu ne nous aies jamais dit que tu étais ami avec la petite-fille de M. Bazemore ?

Comment se faire reléguer au rang de « petite-fille de M. Bazemore »… Charmant.

Cole saisit le verre qu'il avait fait remplir par le barman en le remerciant d'un clin d'œil et lui glissant un pourboire.

— J'imagine que l'occasion ne s'est jamais présentée, c'est tout ! répondit-il dans un haussement d'épaules. D'ailleurs, c'était une drôle de rencontre, car nous sommes tombés l'un sur l'autre à une soirée speed dating.

Oh mon Dieu, il fallait évidemment qu'il raconte cette histoire…

— Vous êtes sortis ensemble ? demanda Max, les sourcils froncés.

— Non, répondit Quinn. Nous avions à peine commencé à discuter et nous avons compris que nous nous connaissions indirectement et...

— Elle ne m'a laissé aucune chance, conclut Cole en riant. Qu'est-ce que tu m'avais dit, déjà ?

Quinn se sentit rougir sous les regards toujours stupéfaits de Max et Zora. Elle soupira.

— Je crois que je t'ai répondu que tu avais plus de chance d'être frappé par une météorite que de m'emmener dans ton lit.

Cole éclata de rire comme il l'avait fait la première fois, bientôt accompagné par Quinn et Zora, mais Max resta imperturbable, visiblement peu sensible au charme de cette anecdote.

— J'ai tout de suite su que nous serions amis. Je l'ai invitée à manger un burger après cette soirée et nous sommes allés danser. C'était la meilleure soirée que j'aie passée à Atlanta, expliqua Cole en la prenant par l'épaule. Et depuis, nous avons gardé le contact.

— Je dois dire que je suis très impressionnée, Quinn, tu dois être la seule relation féminine platonique de Cole depuis l'école maternelle ! lança Zora. Il y a peut-être de l'espoir pour toi, frangin, finalement... Bon, en attendant, Max, j'ai besoin de toi, nous avons quelques détails à régler tous les deux avant le début des festivités. Si vous voulez bien nous excuser...

Zora était très élégante dans sa combinaison blanche, dos-nu. Max et elle s'éloignèrent dans la foule, mais Quinn avait noté la tension dans la mâchoire de Max.

Avait-il vraiment l'audace de lui en vouloir de son amitié avec Cole ?

Elle n'avait pas accepté l'invitation de Cole pour le rendre jaloux... Elle s'était simplement laissé convaincre par son insistance amicale... Et puis, elle n'avait pas besoin de se justifier, après tout !

Max regarda sa mère traverser la salle, extatique après la révélation de leur grande surprise. Réunis sur scène, les enfants Abbott avaient commencé les animations par un diaporama humoristique sur la vie de couple de leurs parents et sur leur vie de famille. C'était ensuite la fiancée de son frère Parker qui était venue dévoiler le cadeau : King's Finest avait racheté le fonds de commerce de Kayleigh Jemison.

Ces bâtiments, qui accueillaient la bijouterie de Kayleigh, avaient autrefois appartenu à la famille de leur mère, Iris. Ils y avaient tenu un petit restaurant familial, jusqu'à ce qu'un revers de fortune de son père leur fasse perdre leur local.

Longtemps, leur mère avait caressé l'idée de rouvrir un restaurant à cet endroit, en souvenir de cet héritage familial. Ses enfants avaient donc décidé de réaliser son rêve et de déposer les statuts d'un futur restaurant qui serait associé à la distillerie.

La surprise bonus était que, durant les négociations, Kayleigh et Parker avaient mis un terme à des décennies de conflits familiaux au point de se fiancer ! Parker avait d'ailleurs été particulièrement ému par le discours de sa chère et tendre et, lui qui ne manifestait que rarement ses émotions, l'avait serrée très tendrement dans ses bras une fois redescendue de l'estrade.

Max aurait pourtant parié peu de temps auparavant que Parker finirait en vieux garçon aigri ! Mais voilà qu'il était fiancé et que Kayleigh était venue s'installer chez lui avec son chien, un Golden Retriever dont il était gaga.

Cole restait le meilleur candidat au célibat à long terme, même si on pouvait très bien l'imaginer courtisant la moitié des résidentes de sa future maison de retraite.

À moins que ce ne soit lui, le futur vieux garçon grincheux ? À rester ainsi à ressasser à l'écart, il prenait une longueur d'avance…

Il fallait dire que, d'où il était, il pouvait observer Quinn tranquillement…

— Tout va bien ? demanda Zora en lui tendant un verre de punch.

— Oui, pourquoi ça n'irait pas ?

— Parce que Quinn est venue avec Cole ? Ce qui ne serait pas arrivé, au passage, si tu l'avais invitée comme je te l'ai suggéré.

Max serra les dents, regrettant de n'avoir pas suivi le conseil de sa petite sœur. Mais il ne lui ferait pas le plaisir de le reconnaître, pour autant. Cela ne ferait que l'encourager à fouiner dans sa vie privée.

— Quinn est simplement une associée, elle a tout loisir de venir ici avec qui bon lui semble… Cela ne me regarde pas le moins du monde, et toi non plus !

— Dans ce cas qu'est-ce que tu fais là, tout seul à la couver du regard ?

Bien vu.

Il soupira et ne répondit pas.

— Tu y crois, toi à leur histoire de simple amitié à tous les deux ? reprit-elle en buvant son punch du bout des lèvres, de crainte de tacher sa combinaison blanche.

— Oui, j'imagine. J'espère en tout cas que Cole ne fera pas n'importe quoi, parce que nous avons encore besoin de collaborer quelque temps, et que les enjeux sont importants.

— Tu as raison, dit Zora. Mais s'ils étaient ensemble, je serais contente pour eux, malgré tout… Sauf si cela te rend triste.

Max passa un bras autour des épaules de Zora en soupirant. Il appréciait son empathie mais, encore une fois, il ne dirait rien. Il leva les yeux, Cole et Quinn n'étaient plus assis au même endroit. Et il n'avait pas besoin de savoir où ils se trouvaient, après tout.

— Allez, petite peste, on ferait bien d'aller voir comment vont les parents.

— Ils vont bien, ils sont en train de se donner en spectacle sur la piste de danse, d'ailleurs on ferait bien de faire de même, dit-elle en posant son verre de punch sur la table et en l'entraînant sans lui demander son avis vers la piste.

Max se laissa faire. C'était le quarantième anniversaire de

mariage de ses parents et il était heureux que leur famille soit réunie autour d'eux en ce moment solennel.

Il était temps de passer à autre chose et de prétendre autant que possible qu'il passait un bon moment.

Cette fête était pour ses parents, certainement pas pour contempler sa vie et ses regrets.

7

Quinn avait dansé avec Cole, avec son grand-père et la plupart de ses amis divorcés ou veufs. Ses talons aiguilles lui meurtrissaient les pieds mais elle passait une merveilleuse soirée.

Elle avait craint de se sentir de trop dans cette célébration familiale, mais les Abbott avaient un don pour mettre les gens à l'aise, et cette fête avait été placée sous le signe de l'amour, du partage et de la générosité. C'est sans aucun doute le discours de Kayleigh qui l'avait marquée le plus.

Je voudrais dire mon bonheur d'avoir retrouvé ma meilleure amie et l'amour de ma vie. Je suis heureuse que nous ayons été capables d'abattre les murs érigés entre nous et de ne pas laisser des malentendus ou une fierté mal placée s'immiscer entre nous. Nous avons besoin les uns des autres.

Lorsqu'elle avait prononcé ces mots, Quinn avait senti les larmes lui monter aux yeux et elle avait machinalement cherché Max parmi l'assistance. Leurs regards s'étaient alors croisés.

Est-ce que les mots de Kayleigh avaient résonné en lui comme en elle ?

— Tu sembles bien songeuse..., dit Cole en se penchant pour lui parler par-dessus la musique.

— Je repensais au discours de Kayleigh.

— Il était très beau, c'est vrai. J'ai failli verser une petite larme, j'avoue ! Et je suis heureux pour eux, dit-il en hochant la tête vers Parker et sa fiancée qui dansaient enlacés.

— Ils semblent tellement heureux, dit Quinn.

Zora qui dansait avec Max à côté d'eux s'approcha.

— On échange nos partenaires ?

Quinn nota à l'expression de Max qu'il ne s'attendait pas à sa proposition et qu'il était aussi embarrassé qu'elle.

— Si vous voulez, répondit Cole en interrogeant Quinn du regard.

Elle fit un pas en arrière et marcha sur le bas de sa robe, ce qui, vu la hauteur de ses talons, la fit trébucher et tomber à la renverse, avant que Max ne la rattrape de justesse par la taille.

— Je crois que nous voilà parés pour cette danse, dit-il, et Quinn hocha la tête en se redressant.

Ils dansèrent quelques secondes en silence.

— Merci, mon talon s'est pris dans ma robe, j'ai bien cru que j'allais finir par terre.

— Oui, j'ai vu, répondit Max. Tu ne t'es pas fait mal ?

— Non, j'ai juste eu peur de me donner en spectacle, dit-elle.

— Est-ce que je t'ai déjà dit que tu étais magnifique, ce soir ? demanda-t-il après un temps mort.

— Oui, tu l'as dit, répondit-elle en souriant. Mais ce n'est pas désagréable à entendre à nouveau.

— Tant mieux, parce que cela mérite de l'être. Tu es vraiment éblouissante.

Quinn se sentit rougir de plaisir, et c'était comme une douce chaleur qui envahissait sa poitrine. Si sa peau brune permettait de masquer les rougeurs, elle ne savait comment dissimuler à Max le rythme effréné des battements de son cœur.

— Merci. Je ne sais pas pourquoi, j'ai l'impression que tu vas poursuivre ta phrase par un « mais ».

Max s'arrêta un instant de danser et inclina la tête.

— Ta relation avec Cole…

— Notre amitié ? Quel est le problème ?

— Je ne sais pas, je trouve étrange qu'aucun de vous ne l'ait mentionnée par le passé.

— Quand aurais-tu voulu que nous le fassions, Max ? Avant cette semaine, nous ne nous étions jamais revus tous les deux.

— Je le sais bien, et tu refuses peut-être de le croire, mais je le regrette. Je regrette la façon dont les choses se sont terminées entre nous.

— Tu veux dire que tu regrettes de t'être comporté comme un goujat qui m'a quittée sans ménagement ? répliqua-t-elle ? Très bien, c'est noté !

— Ce n'est pas si simple, Quinn, répondit-il froidement. En tous les cas, nous nous sommes vus deux fois cette semaine et tu aurais pu évoquer ton amitié avec Cole.

— En effet, mais je n'ai mentionné ni mes amis, ni ma famille, ni aucune de mes activités car nos rencontres n'étaient pas amicales, mais professionnelles. Et c'est bien là la seule relation que nous avons tous les deux, cette danse mise à part.

Elle s'écarta et se dégagea de son étreinte.

— Merci pour cette danse, mais la soirée a été longue et j'ai de la route à faire, je crois qu'il est temps que j'aille saluer tout le monde.

— Quinn, je ne voulais pas te contrarier, dit-il en lui saisissant le poignet. Comprends les raisons de ma suspicion, imagine si j'arrivais à ton bureau d'Atlanta et que tu apprennes du même coup que je suis ami avec ta petite sœur depuis quatre ans sans que tu n'en saches rien...

— Pourquoi refuses-tu de croire que ma relation avec Cole est purement platonique ? Est-ce que tu couches avec toutes les femmes que tu rencontres ?

— Moi, non, mais mon frère, oui, répliqua-t-il.

— Il est possible que ton frère ne soit pas prêt à s'engager dans une relation durable, mais au moins, il est franc et direct. Je suis peut-être de la vieille école, mais c'est quelque chose que j'admire chez les hommes, qu'ils soient mes amis ou mes amants.

Max serra les dents lorsqu'elle évoqua ses amants. Cette simple pensée lui hérissait le poil.

— Tu ne connais pas Cole comme je le connais, Quinn.

C'est un requin, quelle que soit votre relation, il risque de te faire du mal.

— Peut-être que c'est toi qui ne connais pas assez bien ton frère… Cole a raison, tu le mésestimes et tu ne respectes pas ses choix, et c'est vraiment regrettable, parce qu'en dépit de tout, lui, il continue de te regarder avec admiration.

— Je suis certain que Cole a fait de moi le méchant de l'histoire, mais…

— Tu crois vraiment que nous passons notre temps à parler de toi ? lança-t-elle en riant. Parce qu'il faut que tu saches que ce n'est pas le cas. Tu n'es pas le centre du monde, Max !

Quinn traversa la piste pour regagner la table de son grand-père. Elle plaqua un sourire sur son visage et alla s'asseoir près de lui.

— Tu es prêt à rentrer ? Nous avons un peu de route à faire…

— Eh bien, il se trouve qu'il y a eu un petit changement, annonça-t-il en souriant. Nous sommes invités à un brunch qui vient d'être improvisé pour que Joe et moi puissions aller pêcher ensemble demain après-midi.

— Tu ne vas pas refaire toute cette route demain matin, voyons, il est déjà tard, dit-elle en jetant un coup d'œil à l'heure sur la fine montre de sa grand-mère.

— Mais justement, Joe m'a proposé une chambre d'amis dans son chalet et il y en a aussi une de libre pour toi.

— C'est généreux de la part de Joe, dit Quinn, mais je ne veux pas abuser de leur hospitalité. Je vais rentrer à Knoxville ce soir et je reviendrai te chercher demain après votre partie de pêche.

— Tu ne veux pas venir au brunch ? intervint Cole en s'asseyant à côté d'elle. Il faut que tu viennes, ça va être génial !

Il déposa devant elle une part de crumble aux pêches surplombée d'une boule de glace à la vanille. Cole connaissait son talon d'Achille ! Elle couva le dessert des yeux, mais n'y toucha pas.

— Cole a raison, ma chérie, lança son grand-père en tapotant l'épaule de ce dernier. Bien, moi je vais danser !

Il se leva et accompagna sa voisine de table sur la piste, une élégante dame d'un certain âge.

— Allez, il a raison, reste pour le brunch ! insista Cole.

— Ce sera sûrement très bien, dit Quinn, qui finit par accepter la cuillère qu'il lui tendait pour goûter le dessert. Hum, c'est délicieux...

— Je suis certain qu'il en restera demain !

— Mais le temps que je rentre à Knoxville, il sera déjà très tard et puis refaire la route demain matin...

— Reste ici, c'est aussi simple que cela ! dit-il alors que Savannah, Blake, Parker et Kayleigh les rejoignaient.

— Je n'en ai pas vraiment envie... L'idée de partager le chalet avec nos grands-parents, tu comprends... Non, vraiment, ça ne me dit rien.

— Tu peux venir chez moi, suggéra Cole.

Un ange passa parmi la petite assemblée formée autour d'eux.

— Tu as loué quelque chose en ville ? demanda-t-elle.

Elle savait que Cole avait une maison qui donnait sur la plage à Charleston, mais il n'avait jamais évoqué une propriété ici.

— Non, mais il y a une chambre d'amis chez mes parents et tu y es bienvenue, insista-t-il, ignorant les regards de ses proches.

— Sinon, tu peux venir chez moi, intervint Zora, j'ai une chambre d'amis, moi aussi.

Cole nota finalement que tout le monde semblait suivre cet échange avec le plus grand intérêt. Il haussa les épaules.

— C'est juste que je suis plus près.

— Elle ne dormira pas chez toi, Cole, lança la voix irritée de Max qui fit tourner toutes les têtes de la table vers lui d'un même mouvement.

— Je ne vois pas en quoi l'endroit où Quinn passe la nuit te regarde, répliqua Cole. Tu es son père, ou le mien ?

Zora tenta de modérer l'échange qui devenait tendu :

— J'imagine que Max se dit que Quinn sera plus à l'aise si elle dort chez quelqu'un...

— Qu'elle connaît à peine, conclut Cole, moqueur.

C'est alors que les regards se tournèrent vers Quinn qui se leva tout à coup.

— Merci à vous deux pour votre invitation, mais je ne veux déranger personne, il est certainement préférable que je rentre chez moi.

— Moi, j'ai une proposition, lança Kayleigh. J'ai un appartement en ville totalement équipé et qui n'est pas encore occupé. Tu peux tout à fait y rester dormir, Quinn. Il est au-dessus des locaux que nous avons offerts à Iris et Duke.

— C'est une bonne idée, souligna Parker. De fait, ils vont rester inoccupés pendant au moins un mois, tu pourrais en profiter au lieu de faire des allers-retours à Knoxville.

— Mais oui ! insista Zora.

— Vous êtes sûrs ? demanda Quinn qui hésitait encore, tout en espérant déjà pouvoir éviter des trajets épuisants. Mais il faudrait que je vous paye un loyer.

— Non, dit Blake, comme le disait Kayleigh, les locaux sont inoccupés...

Kayleigh sortit un stylo de sa pochette et écrivit sur une serviette en papier qu'elle lui tendit. Elle y avait noté une adresse et deux codes.

— L'immeuble et l'appartement ont des serrures digitales, tu n'auras besoin de rien d'autre pour entrer, et je peux t'accompagner, si tu veux.

— Mais tu auras besoin de vêtements de rechange, proposa Zora, nous pouvons faire un saut chez moi d'abord.

— J'ai une tenue de rechange dans mon sac dans la voiture, mais c'est gentil, merci.

Bon, voilà qu'elle était en train d'accepter leur offre...

La conversation reprit un tour plus naturel, même si la tension entre Cole et Max ne semblait pas près de disparaître.

— Je dois aller voir mon père un moment, dit Cole un instant plus tard, mais si tu peux m'attendre une petite heure, je serai ravi de te raccompagner jusqu'à l'appartement.

— C'est gentil, mais je suis vraiment fatiguée, je ne vais pas tarder.

— Tu m'enverras un message une fois arrivée, que je sache que tout va bien ?

Elle acquiesça et étreignit Cole qui se levait pour aller retrouver son père.

— Bonne nuit ! dit-elle.

Max lui jeta un étrange regard puis se leva à son tour et quitta la table.

Elle soupira doucement.

Tu ne lui dois rien, et certainement pas une explication ou une justification. Laisse tomber.

Pourtant l'expression sur le visage de Max l'avait touchée pour une raison qu'elle ne parvenait à s'expliquer. À moins que ce ne soit une raison trop douloureuse à accepter pour elle.

8

— Cole !

Max n'avait pu faire taire la nuance impatiente dans sa voix alors qu'il attendait que son frère termine sa conversation avec leurs parents.

Cole leva les yeux vers lui et soupira avant de venir à sa rencontre, se plantant devant lui l'air exaspéré.

— Qu'est-ce qu'il y a encore, Max ? Est-ce que nous allons avoir une fois encore cette discussion où tu me reproches de ne pas jouer le jeu de la famille et d'être un égoïste sans vergogne ?

— Est-ce que nous pouvons parler ? lança Max.

— N'est-ce pas ce que nous sommes en train de faire ?

— En privé, précisa Max avant de tourner les talons pour rejoindre un bureau situé à l'intérieur.

Cole lui avait emboîté le pas et entra derrière lui dans la pièce plongée dans l'obscurité.

— Est-ce que tu as envie de saboter notre accord avec la ferme Bazemore ? demanda Max en s'asseyant sur un coin du bureau.

— Pourquoi est-ce que je voudrais faire quelque chose d'aussi stupide ? Je me demande comment tu peux poser ce genre de questions !

Max s'efforça de rester calme face à son frère.

— Bien, je vais reformuler ma question : qu'est-ce qu'il y a entre Quinn et toi ?

— Alors, tout d'abord, je ne vois pas le moins du monde en quoi cela pourrait te concerner, et puis Quinn a été très claire à ce sujet : nous sommes amis, et ce, depuis des années, maintenant.

— Tu n'as jamais parlé d'elle jusqu'à ce jour. Pas une seule fois.

— Je ne t'en ai jamais parlé, précisa Cole. Mais nos conversations ont toujours été plutôt limitées, tu avoueras. Tu me parles comme si j'avais toujours douze ans, mais ce n'est plus le cas. J'ai trente-trois ans, Max, bon sang ! Et tu n'es pas mon père.

Max serra les dents. La tension était palpable… Cole et lui avaient grandi ensemble, presque comme des jumeaux, à peine espacés d'une année et pourtant c'est de Zora que Cole avait toujours été plus proche.

— Peut-être que je ne te prendrais pas pour un pré-ado si tu ne te comportais pas comme tel, en particulier avec les femmes… et plus encore lorsqu'il s'agit de la petite-fille d'un ami de la famille.

Il y allait un peu fort après ce qui s'était passé entre Quinn et lui par le passé… Il prit fugacement conscience de son hypocrisie absolue sur ce coup, mais cela ne l'empêcha pas de poursuivre.

— Je ne couche pas avec Quinn, lança Cole, furieux. Je te l'ai dit, elle m'a rembarré et j'ai respecté sa décision, comme je la respecte aujourd'hui. Je n'ai jamais rien fait qui puisse la mettre mal à l'aise.

— Et comment se fait-il que vous soyez si proches, alors ? Tu es toujours en train de poser tes mains sur elle, la serrer contre toi, lui parler à l'oreille ?

— Je vois que tu as passé ta soirée à nous observer… Mec, il est temps de t'acheter une vie, ou de te trouver une femme… Ou peut-être les deux !

Le sourire de Cole donna envie à Max de l'attraper par le col.

— J'ai une vie, merci, et à l'heure actuelle, le projet avec les Bazemore est au cœur de celle-ci. C'est pour cela que je te demande de laisser Quinn tranquille avant de tout gâcher.

— Je me rends compte que tu me tiens toujours en aussi haute estime, répliqua Cole, une nuance de colère et peut-être de tristesse dans le regard. Mais Quinn t'a dit elle-même que nous étions amis… Tu la traites elle aussi de menteuse ?

— Ce n'est pas que je n'aie pas confiance en toi, Cole, mais j'attends plus de ta part, tu es un Abbott, ne l'oublie pas.

— Tu crois que je ne le sais pas ? Aucun d'entre vous ne me laissera oublier cela une seule minute, décidément. Mais peut-être que tu peux me définir plus précisément ce qu'être un Abbott veut dire ? répliqua Cole, amer, avant de se frotter la mâchoire, l'air pensif. Oh ! mais je crois que j'ai compris…

— Compris quoi ? demanda Max qui sentit son pouls s'accélérer tout à coup.

— Évidemment… Elle te plaît, c'est ça ? C'est la seule raison pour laquelle tu veux que je me tienne à distance d'elle ! Et je comprends mieux pourquoi Quinn a tout verrouillé entre nous lorsqu'elle a su que j'étais ton frère : ça remonte à l'été où vous avez travaillé ensemble à la ferme Bazemore, alors ?

Max ferma les paupières un instant. Il se sentait brûler de l'intérieur.

Il avait pourtant promis de ne jamais en parler, de ne jamais révéler leur liaison à quiconque. Et si elle avait souhaité le faire de son côté, au moins aurait-il pu être fier d'avoir tenu parole. En voyant Quinn et Cole ce soir, la jalousie s'était emparée de lui et il avait involontairement vendu la mèche.

Comment est-ce que Cole aurait pu conclure autre chose de son insistance ? Il avait de nombreux défauts à ses yeux, mais il n'était pas stupide.

— Tu as passé trop de temps avec Zora, répondit Max. J'essaie simplement de te rappeler les intérêts en jeu, si les affaires familiales t'intéressent un tant soit peu.

Les yeux noirs de Cole lançaient des flammes, alors qu'il avançait d'un pas vers lui.

— Tout cela n'a rien à voir avec les affaires familiales, comme tu le dis. Tu veux garder Quinn pour toi tout seul ! Je parie que tu as fait n'importe quoi à l'époque !

Max détourna le regard pour ne pas avoir à infirmer ou confirmer ses affirmations.

— Quand je pense que Parker a commencé par m'accuser d'essayer de séduire Kayleigh et que maintenant c'est toi qui penses que je couche avec Quinn... Eh bien, grande nouvelle, je ne suis pas ce genre d'hommes ! J'aurais espéré que mes propres frères s'en rendent compte par eux-mêmes...

Max releva la tête et leurs regards se trouvèrent. Celui de Cole était incandescent. Ce n'était pas seulement la colère qui l'animait ainsi, mais bien la douleur et la déception.

La culpabilité noua la gorge de Max.

— Tu as raison. J'ai eu une liaison avec Quinn à l'époque où nous avons travaillé ensemble à la ferme. Personne d'autre n'est au courant.

Il se sentait déstabilisé par les émotions contradictoires qui tourbillonnaient en lui. C'était déjà le cas à l'époque... Des émotions qu'il avait pourtant tâché d'enterrer et d'oublier, jusqu'à ce que Quinn débarque dans cette salle de conférences et ne renverse son univers. Il était pétri de tout cela : tendresse, admiration, désir, amour, culpabilité et douleur.

— Mais le problème n'est pas votre relation d'autrefois, hein ? Tu craques encore pour elle, lança Cole d'une voix teintée de compassion, plus que de la colère qu'il avait exprimée auparavant. Je crois que je peux peut-être quelque chose pour toi.

— Je ne veux pas parler de ça avec toi, dit Max.

— Et moi je suis fatigué de recevoir toute votre colère, à tous. Si tu veux sortir avec Quinn, sois un homme, parle-lui. Si tu ne le veux pas, alors laisse-la tranquille une bonne fois pour toutes, parce que, pour le coup, tu ne l'as jamais méritée !

Max ne sut quoi répondre. Quinn méritait mieux, c'était la vérité.

— Je tiens à elle, Max. Je n'ai pas tant d'amis que cela, et aucun comme elle. Alors fais attention à elle. Que tu sortes ou pas avec elle, peu importe, mais elle restera mon amie, même si cela te pose problème. Je ne renoncerai pas à mon amitié parce que tu as raté le coche avec elle il y a quinze ans. Point barre.

Cole quitta la pièce en claquant la porte derrière lui.

Max ferma les yeux et soupira lourdement. Il détestait lorsque Cole avait raison.

Sa tête résonnait de tout ce qu'il aurait voulu dire à Quinn et de toutes les raisons pour lesquelles il ne les dirait pas. À commencer par le fait qu'elle n'avait tout bonnement pas envie de les entendre.

Elle ne voulait pas même écouter ses excuses. Comment lui dire le reste ? Comment lui dire la vérité ? Qu'il n'avait jamais cessé de penser à elle ? Qu'il donnerait n'importe quoi pour revenir en arrière et faire les choses autrement ?

Elle n'était pas prête à l'entendre et il n'avait aucun droit de le lui imposer, surtout pour apaiser sa propre culpabilité. Il avait tout raté, il devait en payer le prix.

Mais il y avait une chose qu'il pouvait faire : cesser de se comporter comme un idiot possessif et accepter le frêle rameau d'olivier que Quinn lui avait tendu.

Il fallait qu'il la voie. Maintenant.

9

Quinn tendit son ticket au voiturier, lorsqu'une voix familière cria son nom.

Max venait à sa rencontre au pas de course.

— Il y a un problème ? demanda-t-elle en pensant à son grand-père aussitôt.

— Non, pardon, je ne voulais pas te faire peur, rien de grave, dit-il en enfonçant les mains dans ses poches. J'ai pensé que tu ne connaissais pas bien le coin et que le centre-ville serait assez désert à cette heure de la nuit…

— Je suis sûre que je trouverai sans problème, répondit Quinn.

— Oui, mais je préfère…, commença-t-il avant de se racler la gorge. Je préférerais m'assurer que tu es bien arrivée.

— Tu t'inquiètes vraiment pour moi, ou tu veux plutôt vérifier que je ne retrouve pas Cole ? lança-t-elle en croisant les bras, irritée.

— Je m'inquiète pour toi ! dit-il en lui prenant légèrement le bras pour s'écarter de quelques pas des autres convives. Et justement, je suis désolé de ce que j'ai dit à ton sujet et celui de Cole. Je n'avais pas le droit de dire cela, j'espère que tu voudras bien me pardonner.

Elle regarda son visage, ses traits harmonieux et son regard perçant. Des yeux dans lesquels elle s'était perdue plus d'une fois. Elle soupira.

— Oui, c'est bon…

— C'est bon, tu me pardonnes, ou c'est bon, je peux te raccompagner ?

— Les deux, dit-elle en ne pouvant retenir un sourire. Mais je veux rentrer maintenant, et j'imagine que tu comptes rester jusqu'à la fin de la fête ?

— Je reviendrai tout de suite après t'avoir raccompagnée, dit-il en sortant le ticket pour sa voiture à son tour et le tendant au deuxième voiturier qui venait de se libérer. Tu n'as qu'à m'attendre au portail, tu pourras me suivre jusqu'à l'appartement.

— D'accord.

Elle récupéra sa voiture et alla se garer comme convenu. Au fond d'elle-même, elle ne pouvait nier qu'elle ne serait pas contre un moment en tête à tête avec Max ce soir.

Mais il faisait partie de son passé, cet été qu'ils avaient partagé était une parenthèse fantasmatique qu'ils avaient dû oublier avant de reprendre le cours normal de leurs vies.

Visiblement il y avait très bien réussi, à elle de faire de même.

Sans doute que ce qu'ils avaient vécu n'était pas la même chose pour chacun d'entre eux. Max avait été son premier amour et elle était très amoureuse.

Elle avait eu l'impression que ce qu'ils partageaient était un lien profond, et impossible à briser. Pourtant, aussitôt l'été fini, Max était passé à autre chose.

Aujourd'hui, elle n'était plus la jeune femme pleine d'illusions et aux étoiles dans les yeux. Elle savait que les promesses n'étaient parfois que du vent...

Les phares de Max dans son rétroviseur la tirèrent de ses pensées et elle attendit qu'il passe devant pour le suivre.

Ils s'engagèrent dans la petite route sinueuse qui repassait devant la distillerie, puis traversèrent l'étroit pont qui menait à Magnolia Lake. Max gara sa voiture dans un parking désert qui jouxtait des bâtiments anciens.

Finalement, elle se sentit soulagée qu'il ait insisté pour la raccompagner, la zone était déserte et légèrement sinistre. Elle saisit le bas de sa robe pour descendre de voiture.

Max tendit la main vers son sac, qu'elle lui assura pouvoir porter.

— Mais cela ne me dérange pas, insista-t-il.

Elle le lui tendit donc et sortit de son sac les codes inscrits sur la serviette en papier puis tapa sur le digicode de l'entrée les six numéros indiqués.

Max poussa la lourde porte et ils entrèrent. Elle tapa ensuite le second code à la porte de l'appartement et découvrit un charmant petit deux-pièces, à la décoration des plus chaleureuses. Rien d'extravagant, mais c'était sans nul doute le genre de logement où elle serait à son aise pour les prochaines semaines.

Ils firent le tour rapidement et Max déposa le sac au pied de son lit.

— Au fait, si jamais tu avais besoin de quoi que ce soit, Zora a dit que tu pouvais l'appeler.

— D'accord, c'est gentil.

Quinn posa sa pochette sur le lit et défit les épingles dans ses cheveux avec soulagement. Lorsqu'elle releva la tête, après avoir libéré ses cheveux et massé sa tête endolorie, Max était toujours là, le regard braqué sur elle.

— Il y avait quelque chose d'autre ? demanda-t-elle.

— Non, fit-il en reculant d'un pas. Ou plutôt, si... J'avais un T-shirt dans la voiture, je me suis dit que tu aurais peut-être besoin de quelque chose pour dormir.

Il lui tendit un T-shirt blanc au logo de la distillerie.

— Merci, dit-elle en se demandant si le coton avait eu le temps de s'imprégner de l'odeur de Max dans sa voiture.

L'espace d'un instant, elle espéra qu'il se penche vers elle et l'embrasse.

Mais le téléphone de Max se mit à sonner à cet instant. Il soupira et le sortit de sa poche intérieure, jetant un rapide coup d'œil à l'écran avant de l'éteindre et de le rempocher, son expression insondable.

Était-ce une femme qui l'appelait à cette heure de la nuit ?

S'il s'était agi d'un membre de sa famille, il aurait sans doute répondu...

— Je dois y aller, dit-il. Ferme bien derrière moi.

Quinn le suivit en s'interrogeant sur cet appel mystère.

— À demain, alors, dit-elle. D'ailleurs, je ne sais même pas où a lieu le brunch ?

— Chez mes parents, c'est juste un peu plus loin que la salle de la fête de ce soir, je t'envoie l'adresse par SMS, expliqua-t-il en sortant son portable.

— Tu as mon numéro ? s'étonna-t-elle, certaine de ne pas le lui avoir donné.

— Oui, j'ai toujours le numéro de mes équipes. Et tu as dû recevoir tous les nôtres lors de la première réunion, dans les documents que Molly t'a remis.

— Oui, bien sûr, fit-elle. J'ai la liste dans mon porte-documents.

— Bien, à demain, alors.

Elle le regarda s'éloigner dans le couloir puis referma la porte et retira ses chaussures et sa robe de soirée avant d'aller dans la salle de bains se démaquiller et enfiler le T-shirt de Max. Le contact du coton soyeux sur sa peau nue la fit frissonner. Elle ne pouvait ignorer la sensation de ses seins tendus contre le tissu. Elle sentait les battements de son cœur jusqu'au bas de son ventre. Max ne l'avait pas embrassée, ne l'avait pas effleurée, mais il avait suffi de sa présence pour que tout son corps s'embrase.

Elle inspira profondément, tâchant de se libérer de cette tension et de l'électricité qui parcourait sa colonne.

Une fois prête, elle gagna le lit et se glissa entre les draps. Elle ressentait la lassitude de tout son corps, mais son esprit anxieux ne semblait pas du même avis.

Et comme souvent, ce fut ce dernier qui gagna la lutte. Quinn tourna et se retourna dans son lit une bonne partie de la nuit, assaillie par des pensées enflammées où Max et elle finissaient la soirée ensemble, et bien moins sagement que dans la réalité.

10

Max observait les quelques proches réunis dans le patio de la maison de ses parents autour du brunch improvisé.

— Maman semble aussi excitée que lors de la naissance de David ! dit Zora en buvant une gorgée de thé.

— Ou lors de l'annonce de la deuxième grossesse de Savannah, dit Max en se tournant vers cette dernière qui parlait avec Quinn.

Quinn. À part un courtois salut à son arrivée, il avait fait de son mieux pour l'ignorer, même s'il ne parvenait pas à s'empêcher de la chercher du regard à tout bout de champ.

Elle portait une simple petite robe turquoise sans manches qui mettait en valeur ses formes et soulignait ses jambes musclées à la peau caramel.

Elle avait attaché ses cheveux, laissant quelques mèches libres, son visage bien dégagé. Son sourire était large et lumineux et il y avait quelque chose dans le son de son rire qui lui emplissait le cœur d'une chaleur et lui rappelait les nuits où il faisait le mur de sa chambre pour aller la retrouver derrière la grange.

— Elle est belle, hein ?

— Savannah ? dit-il en prenant une gorgée de thé pour dissimuler son trouble. Oui, la grossesse lui va décidément très bien.

— Tu sais très bien de qui je parle, lança Zora en riant. Et ce n'est pas de Savannah.

Note pour moi-même : cesser de la dévorer des yeux.

Max finit son thé et posa sa tasse sur la table voisine.

— Eh bien, moi je pensais à Savannah et je me disais qu'elle risquait de souffrir de la chaleur avec ce soleil, je vais lui apporter à boire, déclara-t-il en allant chercher deux verres de thé glacé sur une table voisine.

— Quelque chose à boire, mesdames ? dit-il en avançant à la rencontre de Quinn et Savannah.

— Oui, volontiers ! dit Savannah qui s'éventait d'une main. Merci, Max, c'est adorable.

Quinn accepta son verre en lui adressant un sourire forcé. S'il avait bien compté, elle lui avait adressé en tout et pour tout quatre mots depuis ce matin.

Savannah posa son verre et s'excusa car elle devait aller jeter un coup d'œil à Davis qui jouait avec Beau et Bailey, les jumeaux de leur cousin Benji.

— Est-ce que tu as bien dormi ? demanda Max pour briser la glace.

— Oui, l'appartement est vraiment parfait. Mon grand-père est soulagé que je n'aie plus à faire la route chaque jour. Nous vous sommes vraiment reconnaissants ! Et puis cela me laissera le temps de trouver autre chose avant que Cole n'entreprenne les travaux.

Chaque fois qu'elle prononçait le prénom de son frère, il avait l'impression d'une douche froide.

— Tant mieux. Je suis certain que nous pourrons t'aider à trouver un nouveau logement d'ici là.

— J'ai été contente de revoir Benji, aussi, dit-elle en hochant la tête dans la direction de son cousin et sa fiancée, Sloane Sutton. Ils forment une belle famille et il s'en est bien sorti.

Benjamin était un ingénieur informatique installé à Seattle qui avait développé une application dans le domaine de la santé. Il l'avait revendue pour plus de deux millions de dollars un peu plus de deux ans auparavant. Il avait rencontré Sloane au mariage de Blake et Savannah, et ensuite étaient arrivés les jumeaux, puis leurs fiançailles.

Le mariage était prévu d'ici quelques semaines. Après une

lune de miel en Grèce, la petite famille s'expatriait pour un an au Japon, où Benji avait été recruté.

À leur retour, ils projetaient de rentrer s'installer à Magnolia Lake, où Cole était chargé du projet de construction de la maison de leurs rêves.

— Il semblerait que le virus du mariage soit très virulent dans ta famille, dernièrement, plaisanta Quinn. Bientôt, il ne restera que Cole et toi ? Remarque, je n'en sais rien...

— Non, je ne vois personne. Enfin, si c'est ce que tu voulais savoir.

— Je ne disais pas cela dans ce but, en tout cas pas comme tu l'entends.

Il croisa les bras, amusé.

— Ah, et comment est-ce que tu penses que je l'entends, justement ?

Elle soupira.

— Ah... Et nous voilà embarrassés..., soupira-t-elle en se prenant le front.

— C'est ça ! répondit Max en riant. Ça a été un vrai choc de te voir arriver dans la salle de réunion de KFD l'autre jour, mais il faut que tu saches que c'est bon de te revoir.

Elle se mordit la lèvre en hochant la tête.

— C'est bon de te revoir aussi, Max.

Il soutint son regard en silence, mais cette fois-ci, ce n'était pas embarrassant.

— Zora ! finit-il par lancer. Tu as oublié que Zora est aussi célibataire.

— Tu crois ? demanda Quinn en se tournant vers Zora et Dallas qui discutaient, tous deux assis sur une banquette. Cela fait deux jours que je les vois ensemble et je commence à avoir des doutes.

Max jeta un regard à sa sœur et son meilleur ami.

— J'en ai parlé à Zora, mais elle me dit qu'ils sont simplement amis.

— J'ai du mal à y croire, mais en tous les cas, ils sont mignons tous les deux... Et puis j'imagine que ce n'est pas simple de sortir avec quelqu'un quand on vit dans une si petite ville et qu'on a quatre grands frères sur le dos en prime !

— Je n'y avais jamais pensé en ces termes, dit Max en se frottant la nuque. Mais ma sœur s'est toujours bien entendue avec tout le monde et le cas échéant, elle n'hésite pas à faire valoir ses opinions.

— Je veux bien te croire, mais cela ne signifie pas qu'elle se moque pour autant de ce que vous pensez. On sent combien votre avis compte pour elle. Et d'ailleurs, je pourrais en dire de même pour Cole.

— Je crains que Cole ne se moque bien de ce que sa famille peut penser de lui ! dit-il en se tournant vers son frère, qui jouait avec les enfants.

Quinn l'imita, et Max ne put refréner un picotement de jalousie lorsqu'il la vit sourire tendrement en le regardant faire le pitre.

— Tu sais que les enfants sont de très bons juges des tempéraments de chacun, dit-elle. Et on dirait qu'ils l'adorent. Il semble être un super tonton, et c'est un véritable ami. Je me demande pourquoi vous ne vous entendez pas, tous les deux... Et d'ailleurs, si tu penses qu'il s'en moque, c'est vraiment la preuve que tu ne le connais pas vraiment, tu sais.

— C'est Cole qui t'a demandé de me parler de...

— De votre relation dysfonctionnelle ? coupa-t-elle en riant. Tu sais bien qu'il est bien trop fier pour ça. D'ailleurs, j'imagine qu'il a du mal à reconnaître à quel point il est blessé lorsque rien de ce qu'il fait ne trouve grâce à tes yeux.

— Ce n'est pas le cas.

Pourtant ses mots avaient visé juste, comme une pique en pleine poitrine alors que se ravivait sa culpabilité.

C'était vrai, il pouvait être dur envers son frère, mais c'était parce qu'il tenait à lui.

— Cole est très doué dans ce qu'il fait, je n'en ai pas le moindre doute. Et la maison qu'il a construite pour les parents est vraiment du travail d'orfèvre, fit-il en la désignant d'un geste.

— Peut-être que tu pourrais le lui dire, à l'occasion ? dit Quinn en souriant. Je ferais mieux d'aller m'assurer que mon grand-père va bien. Merci de m'avoir raccompagnée hier soir.

— À ton service.

Il ne parvint pas à la quitter des yeux tandis qu'elle rejoignait son grand-père qui discutait avec quelques anciens, dont Atticus Ames, le grand-père de Sloane, qui faisait sauter Bailey sur ses genoux, pour le plus grand plaisir du bambin.

Quinn était toujours aussi belle et aussi déterminée que lorsqu'il l'avait connue. Elle avait des positions très affirmées dans tous les domaines, que ce soit le sport ou la politique.

Aujourd'hui, comme hier, elle n'hésitait pas à débusquer les faux-semblants et à mettre le doigt sur ses contradictions. C'était un trait de caractère qu'il avait toujours admiré, que ce soit professionnellement ou dans sa vie privée.

Lui qui s'était persuadé qu'il avait éradiqué ses sentiments pour Quinn, il comprenait qu'il les avait simplement enfouis un peu plus profondément et qu'ils étaient prêts à resurgir à tout moment.

Chaque fois qu'il passait un moment avec elle, il avait l'impression de rallumer le feu qu'il avait eu tant de mal à éteindre.

Pourtant, il n'avait passé qu'un seul été avec Quinn… Comment se faisait-il qu'il n'arrive pas à tourner la page de cette romance du passé ?

11

La semaine commençait par une réunion impromptue sollicitée par Parker, en charge des dossiers financiers. Max rejoignit son père et son grand-père dans la salle de conférences, puis vinrent Parker, Blake et Zora. Personne ne semblait savoir la raison pour laquelle Parker avait convoqué cette réunion.

Ce dernier commença par répartir des dossiers, dont Max lut l'intitulé à voix haute :

— La succession au mérite au sein d'une entreprise familiale. Bon sang, Parker, mais qu'est-ce que c'est que cette histoire ?

Tous se tournèrent vers Parker, à l'exception de Max qui regarda Blake, supposé hériter de la direction de King's Finest, non par une succession au mérite, mais bien en tant qu'aîné de la fratrie.

— Eh bien, Parker, vas-tu nous dire de quoi il retourne ? lança son grand-père, les sourcils froncés.

Parker remonta ses lunettes sur son nez.

— Si vous voulez bien ouvrir le dossier à la première page, j'ai préparé une note introductive...

— Je n'ai pas envie de lire une note introductive, mon fils, coupa son père en laissant tomber son exemplaire sur la table, sans l'ouvrir.

— Très bien, répondit Parker en posant son dossier.

Parker se tourna vers Blake comme s'il cherchait par avance à s'excuser de ce qu'il allait dire. Venant de quelqu'un qui n'avait jamais mis la moindre émotion dans la gestion de ses affaires, ce n'était pas bon signe.

Parker semblait avoir découvert les émotions en rencontrant Kayleigh. Il avait fait de gros efforts pour essayer de manifester de l'empathie comme elle le lui avait appris, mais on pouvait craindre aussi qu'il ait surtout découvert le pouvoir qu'elles avaient.

— Blake, tu réalises un travail phénoménal à la tête des opérations de King's Finest. Que ce soit à la gestion des équipes ou au management de projet.

— Merci, dit Blake sans quitter son frère du regard, cela me touche beaucoup, en particulier de ta part... Mais ?

Parker se racla la gorge.

— Mais si tu es un chef d'équipe apprécié, de même que tu es un mari et un père exemplaire, ces qualités humaines pourraient se révéler ton talon d'Achille dans le cadre d'un poste de P-DG.

— Parker, tu es sérieux, là ? coupa Zora, furieuse. Tu prétends que Blake est quelqu'un de trop exemplaire pour devenir P-DG ?

— Ce n'est pas exactement ça, dit Parker, mais on sait bien que pour diriger une entreprise, il faut faire preuve de sang-froid et sans doute d'une certaine détermination dénuée de sentiments.

— Comment peux-tu suggérer que ton frère ne serait pas capable de diriger l'entreprise, sans autre preuve que cela..., demanda Duke à son fils.

— Tu es prêt à faire le test, au prix de la compétitivité de King's Finest, si cela devait se confirmer ? répondit Parker.

Tout le monde autour de la table semblait outragé pour Blake, mais ce dernier fixait Parker, son expression insondable.

— Tu parles comme si nous étions en difficulté, mais ce n'est pas le cas, King's Finest pourrait faire face à quelques mauvais choix stratégiques, souligna son grand-père en posant la main sur l'épaule de Blake à côté de lui. Non pas que ta nomination soit un mauvais choix, évidemment.

— Ne t'inquiète pas, dit Blake, en tapotant sa main en retour.

— Bien sûr, concéda Parker, mais nous avons le potentiel de croître bien plus encore par une approche plus volontaire, voire agressive.

— Quel intérêt à adopter une stratégie plus risquée alors que nous avons déjà des résultats spectaculaires ? demanda Zora.

— Et puis tu sembles oublier que Blake nous a encouragés à suivre les conseils de Savannah pour étendre notre gamme, ce qui était déjà une stratégie offensive et comportant une part de risque, souligna Max.

— C'est vrai, dit Parker, mais est-ce que Blake aurait été aussi favorable à ce projet si Savannah n'en avait pas été à l'origine ?

Blake se leva brusquement et tapa du poing sur la table.

— Si tu veux mettre en doute mes capacités de management, très bien, fais-le, mais ne mêle pas ma femme à tes histoires !

— Je n'ai rien à reprocher à Savannah, fit Parker en levant les mains. J'ai la plus haute estime pour elle, que ce soit humainement ou dans ses fonctions en charge de l'événementiel ici. Je pense que nous avons beaucoup de chance de compter Savannah parmi les nôtres.

Parker inspira profondément.

— Je pense que tu n'as pas un tempérament de tueur, Blake. C'est ce qui fait de toi un bon frère, père ou mari, mais dans un secteur aussi compétitif que le nôtre, cela peut se révéler fatal.

— C'est vrai que le secteur des spiritueux a toujours été difficile, même lorsqu'il a été légalisé. À l'époque de mon père, c'était un vrai coupe-gorge, expliqua leur grand-père, qui évoquait le fondateur de l'entreprise, King Abbott. N'imaginez pas qu'il a été simple pour moi, en tant qu'homme noir, de me faire une place et un nom dans ce secteur cinquante-trois ans en arrière.

— C'est certain, grand-père, dit Parker. Et heureusement que les temps ont changé, même si nous te sommes tous reconnaissants de tout ce que tu as fait pour maintenir King's Finest ainsi sur le devant de la scène. Aujourd'hui, la concurrence est rude cependant, et je prends ces enjeux au sérieux, par respect pour cette entreprise que tu as reprise il y a cinquante-trois ans. Je crois que j'ai toujours fait montre de ma détermination à travailler dur au nom de l'entreprise. J'ai même été prêt à de véritables sacrifices.

Durant les âpres négociations pour convaincre Kayleigh à vendre ses locaux, Parker avait accepté de se faire passer pour le fiancé de la petite sœur de son ex. C'était d'ailleurs ce qui avait amené Parker à devenir le vrai fiancé de Kayleigh par la suite.

— Je crois que tu as tiré de très nombreux bénéfices de ce que tu appelles un « sacrifice », lança Max, approuvé aussitôt par l'assistance.

— Oh oui, insista Zora. Kayleigh est la meilleure chose qui te soit arrivée, Parker. En plus, c'est elle qui t'a invitée dans un voyage aux Caraïbes tous frais payés, pour ta peine. Ton martyre ne nous émeut pas vraiment !

— Bien sûr qu'elle est la meilleure chose qui me soit arrivée, reconnut Parker. Mais je n'avais rien prévu de tel, j'ai accepté de me plier à une situation franchement inconfortable pour moi, en pensant aux intérêts supérieurs de la famille et à l'avenir de l'entreprise.

— Tout cela est vraiment ridicule, lança alors leur père, visiblement en colère. Je suis désolé que tu te sentes lésé de ne pas être l'aîné, mais les choses sont ainsi et puis c'est tout !

— Tu ne peux pas non plus dire cela, mon fils, intervint le patriarche en se passant la main dans les cheveux.

— Comment ça ? demanda Duke.

— Tu es un enfant unique, expliqua Joseph. Il n'y a jamais eu le moindre doute pour toi, tu as toujours été destiné à reprendre l'entreprise, mais si cela n'avait pas été le cas, peut-être que tu verrais les arguments de Parker d'un autre œil ?

Le silence se fit dans la salle, chacun semblant méditer les paroles de Joseph.

Il était vrai que tous avaient accepté que Blake hérite naturellement du titre de P-DG. Max ne doutait pas que Blake fasse un très bon dirigeant. Mais serait-il, pour autant, le meilleur des choix ? C'était une question qu'il ne s'était jamais posée. Aucun d'entre eux, d'ailleurs, mis à part Parker, ne semblait y avoir réfléchi.

— Très bien, Parker, tu as marqué un point, intervint Blake en s'attirant l'attention de l'assemblée. Nous ne sommes pas une forme de dynastie royale où l'ordre de naissance suffirait à déterminer les destinées. Et je ne souhaite pas que vous ayez le moindre doute quant à mes compétences en tant que P-DG. J'ai toujours été très attentif à ne recruter que des personnes dont la compétence me semblait indiscutable, et j'inclus là Savannah. Je suis beaucoup trop respectueux de cet héritage familial pour exiger d'être nommé sans la moindre discussion. Je suis d'accord pour que cette succession soit décidée au mérite, et quel que soit le choix de notre père et de notre grand-père, je m'y rangerai.

Tout le monde semblait surpris de la décision de Blake, mais Parker plus que tous, sans doute.

— Maintenant, si vous voulez bien m'excuser, je n'ai peut-être pas la carrure d'un P-DG, mais j'ai beaucoup de travail, lança Blake en se levant et rangeant son siège avant de quitter la pièce.

Tout le monde resta silencieux. Est-ce que Parker pourrait devenir le prochain P-DG de King's Finest ? Max n'avait jamais eu de difficultés à travailler pour Blake, mais il ne savait pas comment il s'accommoderait de Parker...

Lequel affichait déjà un petit sourire victorieux.

Zora croisa les bras et fixa son frère avec défi.

— Eh bien, si le prochain P-DG doit être nommé au mérite, cela implique que le poste soit ouvert à tous, ce qui inclut Max et moi.

— Max n'est pas plus un requin que Blake, dit Parker. Et toi, tu as sans doute cette combativité, mais tu es aussi éminemment émotive : avec toi, tout est personnel !

— Que c'est original de jouer la carte de l'émotivité avec une femme, lança-t-elle, moqueuse.

— Il suffit pourtant que quelqu'un te contrarie pour que tu sois prête à rayer sa voiture !

Les sourires dans l'assistance témoignèrent de la justesse de sa remarque.

— Il m'arrive de le dire, ou d'y penser. J'ai peut-être menacé de le faire, mais je n'ai jamais rayé de voiture à ce jour !

Duke la fixa, les sourcils froncés.

— Bon, il y a bien eu une fois, mais ce salopard l'avait bien mérité !

Tout le monde éclata de rire avant que le silence ne se fasse à nouveau.

— Bien, il s'agit là d'un point que nous n'avons pas eu l'occasion de discuter, dit Duke en se tournant vers Joseph. Nous ferons donc le point ensemble, mais inutile d'attendre une décision dans l'immédiat. Dans tous les cas, nous sommes une famille avant tout, et j'espère que vous garderez bien cela en tête autour de cette table. L'avarice et l'ambition ont été la cause de la chute de nombre de sociétés et peuvent détruire une famille et une entreprise comme les nôtres.

— J'ai encore une question, dit Zora. Ce projet vient-il de Kayleigh ?

Kayleigh et Parker étaient fiancés, maintenant, mais tous se rappelaient que les relations avec Duke avaient été plus que tendues au départ, cette dernière ayant été persuadée qu'il était à l'origine de l'expulsion de sa mère de son logement.

Elle savait maintenant que Duke avait en fait été un bienfaiteur anonyme pour sa famille. Et ils avaient tous accueilli Kayleigh à bras ouverts dans la famille Abbott, mais on pouvait imaginer que l'animosité passée avait laissé quelques traces...

— Non, pas le moins du monde, répondit Parker avec véhémence. C'est une réflexion que je porte depuis au moins un an. Je voulais d'abord mener quelques recherches et attendre aussi un moment favorable pour vous en parler, c'est la raison pour laquelle j'ai attendu que l'anniversaire de mariage ait eu lieu.

Max se leva, il en avait suffisamment entendu. Il salua tout le monde et regagna son bureau.

— Vous voilà, dit Molly. Quinn est passée pour voir à quel moment elle pourrait vous voir cette semaine pour parler de l'organisation de votre salon.

Max souffla. Ce n'était pas le moment. Il se frotta la nuque.

— Dites-lui que je suis occupé aujourd'hui, mais que nous pourrons nous voir demain après-midi.

Molly fronça les sourcils. Elle connaissait son emploi du temps mieux que lui et savait qu'il aurait pu se libérer une heure ou deux sans difficultés le jour même, mais elle ne dit rien et acquiesça.

— Très bien. Est-ce que vous avez besoin de quoi que ce soit ?

— Non, merci, dit-il avant de refermer la porte.

Il était temps de réfléchir à cette collaboration avec Quinn. S'il avait ses chances de devenir P-DG de King's Finest, il préférait continuer à travailler en solo et ne pas partager ses responsabilités.

12

Quinn se rendit en ville pour déjeuner. Frustrée du manque d'échanges avec Max, elle avait opté pour un changement d'air.

Elle avait travaillé intensément sur le projet et avait de nombreuses idées à lui soumettre, mais il avait été impossible à joindre toute la semaine durant.

Chaque fois qu'elle avait essayé de l'appeler, elle se retrouvait sur sa messagerie et lorsqu'elle passait dans son couloir, son bureau avait porte close. Molly elle-même semblait assez embarrassée pour lui répondre lorsqu'elle sollicitait une entrevue avec son patron.

Max l'évitait, cela ne faisait pas l'ombre d'un doute, et elle comptait bien comprendre pourquoi.

Elle entra chez le petit traiteur de Magnolia Lake et croisa Savannah et Kayleigh qui en sortaient juste.

— Oh ! quel dommage de se croiser, nous venons de terminer.

— C'est dommage, oui, j'aurais apprécié votre compagnie, répondit Quinn. J'y pense, Savannah, j'aurais bien besoin de ton avis, il n'y en a que pour quelques minutes...

— Oui, bien sûr, mais asseyons-nous, mon dos me fait trop souffrir.

— Moi, je dois filer, précisa Kayleigh, je vous laisse.

— En quoi puis-je t'aider ? demanda Savannah aussitôt qu'elles se furent assises à une table près de la fenêtre.

Quinn lui expliqua son problème avec Max.

— J'ai l'impression d'avoir affaire à quelqu'un de totalement différent ces derniers temps, il m'évite et je ne comprends pas ce qui a pu se passer.

— Oh ! cela n'a rien à voir avec toi, Quinn, dit Savannah. Il se passe beaucoup de choses à KFD dernièrement, et tout le monde est un peu à cran.

Cela expliquait ce qu'elle avait remarqué ces derniers jours. Max n'était pas le seul à sembler différent. Duke et Joseph aussi réagissaient curieusement, et il n'y avait que Parker qui ne semblait pas affecté par ce qui semblait perturber le reste de la famille.

— J'espère que Duke et Joseph vont bien en tous les cas, dit Quinn, qui sentait que Savannah ne rentrerait pas dans les détails.

— Oui, rassure-toi, ils vont bien tous les deux.

— Tant mieux, dit-elle sincèrement soulagée. Je te fais confiance pour Max et je lui laisserais volontiers du temps, mais nous avons un premier salon très bientôt, je ne sais pas comment faire.

— Oui, je comprends, c'est ennuyeux... Écoute, je dois filer à un rendez-vous, mais si j'étais toi, je donnerais à Max la semaine avant d'insister, et si besoin je viendrai à ta rescousse !

Les deux femmes se saluèrent chaleureusement, et Quinn commanda son déjeuner.

Elle avait confiance en Savannah, même si cette dernière faisait partie du clan Abbott et leur était visiblement fidèle, elle avait l'impression qu'elle pouvait s'adresser à elle librement.

Elle décida de suivre son conseil et de laisser à Max quelques jours pour régler ses problèmes familiaux. Et ensuite elle ferait ce qu'il fallait pour remettre son projet sur les rails.

Parce que ce projet était indispensable aux intérêts de sa famille à elle, elle ne laisserait pas Max Abbott se mettre en travers de cela.

Max recherchait un document dans ses dossiers lorsque son téléphone sonna.

Quinn.

Il soupira, laissant son appel tomber sur sa messagerie. Il était plus de 5 heures en ce lundi qui inaugurait une nouvelle longue semaine...

Ses trois derniers messages étaient assez clairs sur son incompréhension et son agacement face à son silence.

Ce n'était pas qu'il l'évitait, simplement qu'il n'avait pas encore de réponse à lui apporter. Ou en tous les cas, rien qu'il ne soit prêt à lui dire, depuis qu'il avait constaté que ses projets de campagnes étaient totalement différents de ce qu'il avait en tête. Il avait dès lors besoin que tout soit en ordre dans son esprit.

On frappa à sa porte, trois petits coups légers.

— Entrez, Molly, dit-il sans lever la tête de ses dossiers.

Il sentit aussitôt que ce n'était pas Molly qui venait d'entrer.

Il leva la tête vers Quinn, qui se tenait face à lui, l'air prêt à en découdre.

— Bonjour, Max, je sais que tu es occupé, mais nous devons parler.

— Bonjour, Quinn, répondit-il en se raclant la gorge. Tu as raison, nous devons parler, mais ce n'est pas le meilleur moment.

— Ce n'est jamais le bon moment pour toi, Max. Cela fait plus d'une semaine que nous n'avons pas pu travailler et le premier salon approche à grands pas.

— Tu as raison, et je te promets de m'occuper de tout cela en temps voulu, mais je te répète que ce n'est pas le bon moment.

— Écoute, Max, me chasser de ta vie personnelle fait partie de tes droits les plus stricts et je l'ai accepté. Mais me sortir de ce projet est vraiment injuste et inqualifiable. Je te demande de faire la part des choses car cela n'a rien à voir avec notre histoire, ni ta colère envers Cole... les enjeux pour nos deux familles...

— Bonsoir, Quinn, dit Zora derrière elle.

Zora était là, dans le bureau de Max depuis le début, installée derrière le panneau qui l'isolait de l'entrée et n'avait pas permis à Quinn de la voir.

— Oh ! s'exclama Quinn en portant la main à ses lèvres. Je n'avais pas idée que tu étais ici, je n'aurais jamais... Je suis désolée, je vous laisse...

— Non, reste, dit Zora en venant poser une main rassurante sur son avant-bras. J'avais fini, et il me semble que vous avez besoin de parler. La journée a été longue, il est temps que je rentre. Bonsoir à tous les deux.

Elle lança un regard lourd de sens à Max, qui laissait entendre que le sujet avait déjà été abordé entre eux ces derniers jours.

Le temps que la porte se referme derrière elle, un silence tendu s'installa. Quinn était visiblement toujours embarrassée de la découverte de la présence de Zora, et Max ne se sentait pas prêt à lui dire ce qu'il avait à lui dire. Mais il n'avait plus le temps, il ne pouvait reporter encore cette conversation.

Max se leva, glissant une main dans sa poche et faisant signe à Quinn de prendre place sur le siège laissé libre par Zoe.

— Je regrette...

Ils avaient parlé en même temps, semblant chacun surpris que l'autre s'excuse.

— Je suis désolée d'avoir parlé comme ça alors que Zora était là. Je n'aurais jamais parlé de nous ou de Cole si j'avais su. J'imagine qu'elle n'était pas au courant ?

— Le deuxième emploi de Zora consiste à s'occuper des affaires des autres, dit Max. Elle ne savait pas, mais elle soupçonnait qu'il y avait quelque chose entre nous.

— Dont elle vient d'avoir confirmation grâce à ma bourde. Quelle idiote je fais ! dit-elle avant de chercher son regard. Mais aussi, pourquoi ne réponds-tu jamais et te comportes-tu comme un...

— Lâche ? termina-t-il.

— J'allais dire comme un enfant, mais ton choix est plus adapté.

— Tu as raison, dit Max en se frottant le visage. Et c'est

pour cela que je suis désolé. C'est vrai que j'ai pu te donner l'impression que je t'évitais ces derniers jours...

— Tu vas continuer à nier que c'était le cas ? demanda-t-elle en avançant d'un pas.

Le regard de Max fut attiré par ses longues jambes fuselées, mises en valeur par sa jupe noire. Il eut l'impression que son cœur s'était mis à battre plus vite aussitôt qu'il avait posé les yeux dessus.

— Bien, tu as raison, je t'évitais bel et bien, reconnut-il. Mais c'était surtout parce que je n'étais pas d'humeur à avoir une discussion ces derniers jours, cela n'avait rien à voir avec toi, personnellement.

Il fit quelques pas jusqu'à la fenêtre qui surplombait le lac. King's Lake était la seule source d'eau employée dans la fabrication de leur bourbon.

Quinn s'approcha.

— Tout semblait bien se passer entre nous et tout à coup, ça s'arrête.

Il se tourna vers elle.

— Mais tout se passe bien. J'étais simplement en train de réfléchir aux modalités de notre collaboration. Je me demande simplement si c'est vraiment une bonne idée.

Quinn ouvrit de grands yeux, visiblement heurtée par ses propos.

Il se sentait atrocement coupable de lui faire ça, mais il n'en était pas le responsable, c'était Parker et ses grandes idées de changement...

— Mais nous avons déjà parlé de ça, ma présence n'est ni une remise en question de tes compétences, ni une menace, expliqua Quinn.

Il croisa les bras en la regardant.

Elle était si belle.

Il fit un effort pour contenir sa respiration et les frissons qu'il éprouvait en sentant son parfum alors qu'elle était si proche.

Il se remémorait déjà la sensation de son corps contre le sien, lors de leur danse la semaine dernière.

— Pour toi, ce n'est pas une compétition, Quinn. Mais ça l'est pour moi.

— Je ne comprends pas, dit-elle en se rapprochant imperceptiblement. Tu as vraiment l'impression d'une compétition avec moi ? Ce n'est absolument pas le cas.

— Non, ce n'est pas avec toi, dit-il en songeant au regard de Zora qui l'incitait à parler. C'est avec ma propre famille que je suis en compétition.

— Mais pourquoi ?

— Je peux compter sur ta discrétion, agent 007 ? demanda-t-il en souriant du coin des lèvres à l'évocation de ce surnom qu'ils avaient souvent employé.

Elle sourit en retour et il s'émerveilla de ces fossettes qui naissaient au creux de ses lèvres et lui rappelaient cet été où il n'avait eu qu'un seul but : la faire sourire. En la voyant maintenant, il ressentait le désir profond se mêler aux regrets les plus amers.

— C'est d'accord, dit-elle, je ne parlerai pas même sous la torture, mais maintenant, explique-moi ce qui se passe.

— La semaine dernière, Parker a fait une sorte de coup d'État pour réclamer de devenir le prochain P-DG de KFD, dit-il.

— Qui devait prendre la suite ? Blake ?

— Oui, c'est l'aîné, et ça a toujours été prévu ainsi, de façon plus ou moins tacite. Mais Parker considère que cette succession devrait être envisagée au mérite et qu'il est celui qui devrait prendre les rênes.

— Comment est-ce que Blake a vécu cela ?

— Presque mieux que Zora et moi...

— Personne d'entre vous n'avait projeté de prendre la suite de votre père, alors pourquoi prendre contre vous la requête de Parker ?

— La façon qu'il a de décréter qu'il est le seul en capacité d'occuper cette fonction est très dénigrante pour nous, quel que soit l'angle sous lequel on le considère.

Quinn hocha la tête, l'air compatissant. Son regard sincère l'apaisa aussitôt, comme un baume qui viendrait apaiser instantanément ses tensions.

— Je comprends que ce soit un vrai choc… Est-ce que vous avez pu en parler à Parker ?

— Nous lui avons dit que si l'on devait revoir le mode de succession, alors ce serait ouvert à tous et il semble que mon père et mon grand-père soient d'accord avec ce principe.

— Je comprends mieux pourquoi tout le monde semblait si tendu dernièrement, mais cela ne me dit pas ce que tu as à me reprocher ?

— Rien, dit-il vivement. Je suis désolé si je t'ai donné cette impression.

— Pourquoi me fuir comme la peste, alors ?

— Le prochain P-DG sera nommé selon le travail accompli au sein de KFD, et le projet sur lequel nous sommes censés collaborer est une grosse partie de ce que j'ai porté ces dernières années, bien avant que tu n'y participes. C'est pour moi une bonne opportunité de démontrer ma compétence.

— Et tu voudrais donc me retirer toute participation pour en garder tout le mérite, le cas échéant ?

Il baissa les yeux.

— Mais tu étais d'accord avec ma démarche et toute ta famille a approuvé mon projet, reprit-elle.

Il reconnut l'expression de la douleur dans sa voix, et cela le renvoya au moment de leur rupture.

Pourquoi, Max ? Est-ce que j'ai fait ou dit quelque chose qui n'allait pas ?

Cette culpabilité ne l'avait jamais vraiment quitté. Parfois, elle se faisait un peu oublier, mais elle était toujours prompte à resurgir.

Il la blessait une fois encore. Il la décevait et c'était elle qui se demandait ce qu'elle avait fait quand toute la faute était sienne.

— Ton projet est très bien, dit-il en posant la main sur son bras. Tu es brillante, Quinn, il n'y a aucun doute à cela. J'ai élaboré différents projets ces dernières années et aucun ne surpasse le tien.

Elle continuait à le fixer, l'air totalement déstabilisé.

— Alors je ne comprends pas, pourquoi refuser notre collaboration ? Pourquoi m'écarter de ce projet ?

— Je ne veux pas t'écarter du projet, j'essayais simplement de trouver le meilleur angle d'action pour pouvoir mener une action en solitaire de mon côté, expliqua-t-il en lui caressant machinalement le bras. C'était une erreur, et je n'ai pas été correct avec toi, je suis vraiment désolé…

— D'accord, fit-elle en hochant la tête lentement. Si ton objectif est d'impressionner ton père et ton grand-père, en leur prouvant que tu es à la hauteur, je crois que je peux t'être utile… Je ne suis pas ta rivale, Max, et je peux être une partenaire très efficace. Si nous travaillons ensemble, nous pouvons impressionner nos familles tous les deux et obtenir ce que chacun d'entre nous désire.

Il était sous le charme de son parfum et pouvait sentir la chaleur qui irradiait de sa peau brune sous ses doigts. Il ne pouvait empêcher cette femme de l'hypnotiser. À cet instant, elle aurait pu lui demander n'importe quoi, il aurait acquiescé.

— Nous faisons équipe ? demanda-t-elle en lui tendant la main.

— Équipe, répondit-il en la serrant dans la sienne.

La sensation de chaleur lorsque leurs paumes se touchèrent lui envoya une décharge électrique tout le long du bras. Il plongea son regard dans le sien.

Quinn retira sa main et recula d'un pas. Une enceinte derrière eux diffusait de la musique et elle sembla tendre l'oreille.

— *Make It Last Forever*, dit-elle dans un sourire. Bon sang, je crois que je connais par cœur toutes les chansons de cet album de Keith Sweat !

— Oui, j'étais vraiment dans ma période Keith Sweat à

l'époque, dit Max en riant. Bon, mais ça reste un classique du R&B.

— C'est vrai… Mais quand je pense aux artistes de ces années-là, j'ai l'impression que c'était il y a une éternité. D'ailleurs, tu me dois toujours ta petite compilation personnelle. Tu m'avais promis de me graver un CD.

Il la regardait, les mains dans les poches, et se demandait ce qu'il devait faire.

Se dirait-elle qu'il était attentionné et sentimental ou le prendrait-elle pour un loser pathétique ?

Il se frotta le menton en soupirant.

Et puis zut…

Il marcha jusqu'à son bureau, fouilla dans le tiroir principal et en sortit un boîtier en plastique qu'il lui tendit.

— Tu plaisantes, non ? dit-elle en observant le boîtier du CD, comme une relique de son passé.

— J'ai tenu parole, dit-il. Je n'ai simplement pas eu l'occasion de te le remettre.

— Tu l'as vraiment gardé tout ce temps ?

— J'ai sans doute gardé un souvenir plus tendre de cet été que toi. Te revoir m'a renvoyé à tous ces souvenirs et j'ai retrouvé ce CD dans mes affaires, chez mes parents ce week-end. Je l'avais emporté ici pour l'écouter sur mon ordinateur.

Elle le fixait, semblant sous le choc.

— Pourquoi est-ce que tu me dis tout ça ? demanda-t-elle d'une voix éraillée.

— Je ne sais pas, dit-il en sentant son cœur s'emballer. Je sais que tu ne veux pas parler de tout ça, mais je n'arrive pas à penser à autre chose depuis que tu es revenue. J'ai été en dessous de tout, Quinn. Je t'ai blessée et je le regrette.

— Je dois y aller, répondit-elle en se détournant.

Il la retint par le bras.

— Je suis désolé si c'est douloureux pour toi à entendre, mais il me semble que tu dois savoir que si j'avais une chance de revenir en arrière et faire les choses autrement, je le ferai. Tu ne peux pas savoir combien je voudrais que ce soit possible.

Quinn tourna les yeux vers lui et son regard le sonda quelques secondes avant qu'elle ne pose le boîtier du CD sur son bureau.

Elle refusait son cadeau. Elle le rejetait.

Il aurait dû garder le silence.

— J'apprécie tes excuses, mais pour la sauvegarde de notre collaboration, je te propose que nous laissions derrière nous la colère et la culpabilité pour passer à autre chose. On se pardonne, on se serre dans les bras et on oublie le passé, je pense que ce serait une réaction adulte et saine, non ?

Elle lui adressa enfin un sourire.

— Oui, je suis d'accord, dit-il en ouvrant grand ses bras et s'avançant vers elle.

Il lui laissa l'espace pour venir d'elle-même partager ce *hug* de la réconciliation, soulagé de cette main tendue de sa part. Mais lorsqu'elle le serra, il fut surpris de la force de son étreinte et de sa durée.

Il se souvenait de cette façon unique qu'elle avait toujours eue de le serrer contre elle et il aima la chaleur et le réconfort qu'elle lui procurait, se sentant soudain incapable de mettre un terme à leur étreinte.

Finalement, c'est elle qui retira ses mains passées autour de son cou, effleurant ses joues au passage.

Il y avait quelque chose de profondément apaisant dans son regard doux. Sans réfléchir, Max saisit sa main, en embrassa la paume et le poignet.

La main de Quinn tremblait légèrement et elle mordit sa lèvre inférieure avant de fermer les yeux.

Max s'avança, ne laissant plus le moindre espace entre eux avant de saisir ses lèvres entre les siennes. Il l'enlaça, goûtant sa bouche pleine et sentant son cœur battre à tout rompre en réponse à la sensation de ses seins ronds plaqués contre son torse. Il se délecta de ses soupirs étouffés par leurs baisers avides.

Depuis que Quinn était revenue dans sa vie, il s'était maintes fois demandé ce qu'il éprouverait s'ils venaient à s'embrasser à nouveau.

Ses fantasmes n'avaient jamais réussi à s'approcher de la réalité.

Il fit glisser ses mains le long de son dos et jusqu'aux courbes rebondies de ses fesses. Il se souvenait de la sensation de sa peau veloutée sous ses paumes. Une douceur et une fermeté qui lui faisaient penser aux pêches incomparables de la ferme des Bazemore. Il l'attira tout contre son corps, s'émerveillant des sensations qu'il retrouvait, intactes et si intenses.

Quinn soupira et il glissa la langue entre ses lèvres entrouvertes. Leur baiser se fit plus intense, plus profond. Il reconnut sa façon d'embrasser, la douceur de sa langue contre la sienne, son goût de cannelle. Et pourtant, leur baiser était plus intense et plus envoûtant que dans ses souvenirs les plus marquants. Il aurait voulu que cet instant ne s'arrête jamais.

— Au fait, Max, je voulais te dire que… Oh ! pardon ! s'exclama Zora qui venait de faire irruption dans son bureau.

Comment avait-il pu laisser cette porte ouverte, bon sang !

Quinn se dégagea de son étreinte et se planta face à la fenêtre, leur tournant le dos en rajustant ses cheveux.

Max laissa échapper un soupir, prenant conscience qu'il risquait rapidement de trahir l'intensité de son désir s'il restait ainsi planté face à Zora…

— De quoi s'agit-il, Zora ? lança-t-il agacé. Je suis occupé…

— Oui, en effet, répondit-elle en jetant un regard amusé en direction de Quinn.

— Tu ne devais pas rentrer chez toi ? demanda-t-il, toujours aussi irrité.

— C'est moi qui devrais partir, intervint Quinn en quittant brusquement la pièce.

— Quinn ! s'écria-t-il.

Mais elle ne s'arrêta pas. Il se passa la main dans les cheveux en soupirant.

— Je suis désolée, je n'avais pas imaginé que vous aviez ce genre de *réunion*, ajouta Zora, mi-contrite, mi-moqueuse.

— Et si tu apprenais à frapper, la prochaine fois, suggéra-t-il. Et puis tu me feras le plaisir de...

— De n'en parler à personne, promis ! termina-t-elle. Et je vais rassurer Quinn moi-même sur ce point.

— Non, il faut d'abord que je lui parle, dit-il. De quoi voulais-tu me parler, au fait ?

— Rien d'urgent, nous en parlerons demain. Bonne nuit, Max...

Il soupira une nouvelle fois, fermant les yeux quelques secondes lorsque sa petite sœur referma la porte derrière elle.

Tout cela commençait à devenir sacrément compliqué...

Max n'avait pas vraiment prévu d'embrasser Quinn. Il l'avait imaginé, avait fantasmé cela des dizaines de fois, tout en s'imaginant que cela n'aurait jamais lieu. Mais aussitôt qu'il l'avait tenue dans ses bras, il avait senti qu'il ne l'avait jamais oubliée et qu'il rêvait de pouvoir réparer ce qu'il avait fait.

Avant cet instant où elle s'était lovée contre lui, il n'avait jamais imaginé qu'il avait la moindre chance de pouvoir l'embrasser. C'était elle qui avait mis des distances très nettes entre eux et insisté pour qu'ils fassent comme si ce fameux été n'avait jamais eu lieu. Il avait cru devenir fou à force de ne penser à rien d'autre qu'à elle.

Il décida d'aller voir si elle était dans son bureau, mais ne la trouva pas. Elle avait dû quitter les lieux.

Il espéra qu'elle n'ait pas croisé Zora et eut le soulagement de la voir sortir des toilettes. Elle le fixa de ses grands yeux bruns, avant de jeter un coup d'œil alentour, comme si elle craignait de voir arriver un autre membre de sa famille.

— Zora est vraiment partie, cette fois, dit-il avec un sourire navré. Et il ne reste plus personne à cette heure.

Elle soupira et gagna son bureau pour y prendre son sac.

— Est-ce que nous pourrons nous voir demain matin pour

parler du salon ? demanda-t-elle en évitant son regard. Si tu as un peu de temps à me consacrer, évidemment.

— Bien sûr, dit-il d'une voix douce. Je comprends que tu sois vraiment embarrassée, mais tu n'es pas obligée de filer si vite.

Elle lui adressa un regard assassin, comme s'il venait de proférer la plus grande des inepties.

S'ils avaient réussi à faire plusieurs pas l'un vers l'autre juste avant l'entrée en scène de Zora, visiblement, l'heure n'était plus du tout au rapprochement…

13

— Tu ne devrais pas être ici, c'est déjà assez compliqué comme ça avec ta sœur qui nous a surpris en train de nous embrasser.

Son cœur se remit à tambouriner dans sa poitrine.

C'était Max qui l'avait embrassé le premier, mais elle avait entrepris le rapprochement et avait répondu avec envie à son étreinte.

Comment avait-elle bien pu se laisser aller à faire quelque chose d'aussi stupide ?

— Il faut que nous parlions, ici ou dans mon bureau, dit-il d'une voix ferme qui contrastait avec la panique intérieure qui agitait Quinn.

Ellen hésita puis se dirigea vers son bureau. Il referma derrière eux.

Elle s'en voulait terriblement. Comment avait-elle pu retomber dans ses bras alors qu'il lui avait brisé le cœur ? Comment pouvait-elle encore y croire ? Elle n'était plus cette jeune fille naïve et amoureuse… Elle savait de quoi il était capable et les dégâts dont il avait été responsable.

Elle ne pouvait risquer encore son cœur avec lui. D'autant plus que cette fois-ci, elle serait la seule à blâmer.

— Bon sang, Max, Zora nous a vus ! lança-t-elle, les joues rougies par la colère et les regrets. D'ici à demain, nos deux familles seront au courant…

Son grand-père serait tellement déçu d'apprendre cela.

Duke et Iris ne lui feraient plus confiance et elle risquait gros professionnellement.

Elle ferma les yeux, regrettant amèrement de ne pouvoir remonter le temps à l'instant d'avant. Juste avant la nostalgie qu'elle avait ressentie en écoutant ce titre bande-son de leur été qui lui avait rappelé leur premier baiser. Elle rouvrit les yeux pour en chasser les larmes qui menaçaient de se répandre sur ses joues.

— J'ai fait n'importe quoi, dit-elle tristement.

— Zora ne dira rien, assura Max. Elle me l'a promis, et elle ne fera pas ce plaisir à Parker qui attend le premier faux pas de notre part pour avancer ses pions. Tu n'as pas à t'inquiéter, Quinn. Il n'y a pas mort d'homme.

Elle aurait voulu le croire, mais même si Zora n'en parlait pas, elle savait. Et même si elle gardait le silence, elle la jugerait forcément.

— Tu es peut-être habitué à être couvert par ta sœur, dit-elle en luttant contre la douleur des vieilles cicatrices qui ne cessait de se raviver. Pour ma part, c'est une première et les enjeux sont majeurs.

— Comment ça ?

— Mon avenir professionnel est en jeu, je n'ai pas le privilège d'être une Abbott. Je crois que l'espace d'un instant j'ai oublié cela.

— Je ne laisserai pas quelque chose dont je suis partiellement responsable nuire à ta carrière, répondit Max. Nous sommes partenaires quoi qu'il arrive, en bon ou en mauvais.

Quinn serra les poings. Elle avait déjà entendu cela juste avant de perdre son job.

— Je t'ai embrassé et je n'aurais pas dû, reprit-elle. J'ai perdu la tête un moment et cela n'arrivera plus. Il le faut !

Max fronçait les sourcils en soutenant son regard blessé.

— Comme tu veux, dit-il en croisant les bras.

Elle redressa le menton, espérant paraître bien plus déterminée qu'elle ne l'était en réalité, alors qu'il semblait suggérer que ce baiser était déjà oublié pour lui.

— C'est bien ce que je veux.

— Très bien. Dans ce cas, nous nous en tiendrons à une stricte relation professionnelle. Je pense qu'avec un petit effort, nous devrions parvenir à faire comme si nous n'avions jamais passé cet été ensemble.

C'était la seule issue. Aussitôt qu'elle laissait les souvenirs affluer, elle perdait le contrôle... Et même à cet instant elle aurait donné n'importe quoi pour se retrouver entre ses bras et sentir son corps contre le sien. Elle brûlait du plaisir de ses baisers et de ses caresses.

Elle inspira et s'efforça de sourire en acquiesçant avant de tourner les talons.

— Attends ! dit-il en lui tendant son CD. Tu oublies ça.

Son cœur se serra en se rappelant l'intimité qu'ils avaient partagée autrefois et qu'elle aurait tant voulu retrouver...

— Merci de cette attention, Max, je suis touchée, mais je crois que nous venons de décider de laisser le passé où il est pour nous concentrer sur l'avenir de nos projets. À demain.

— Bonne nuit, Quinn, dit-il d'une voix dépitée.

Elle referma la porte de son bureau et regagna le parking et sa voiture. En chemin vers le centre-ville, elle remâchait sa colère contre elle-même. Des larmes brûlantes lui montaient aux yeux alors qu'elle se répétait que mélanger travail et affaires était toujours une catastrophe.

Dans l'entreprise de relations publiques d'Atlanta où elle travaillait, elle avait eu un faible pour le fils du patron. Il lui faisait une cour assidue et elle avait fini par accepter ses avances. Au terme d'un an de relation, il l'avait demandée en mariage.

Elle avait dit oui à Melvin Donaldson et préparé leurs fiançailles en achetant cette sublime robe Marchesa. Une semaine avant la célébration, cependant, elle l'avait surpris dans son bureau à demi dévêtu, sa secrétaire sur ses genoux.

Quinn avait quitté ce menteur invétéré et s'était concentrée sur son travail auquel elle tenait beaucoup. Mais au lieu de faire profil bas, il était revenu à la charge, prétendant qu'elle faisait toute une histoire de trois fois rien. Cette aventure avec sa secrétaire ne signifiait rien, il avait juste eu un coup de stress avant leurs fiançailles et c'était lui qui avait été humilié par son annulation alors que tous les invités étaient déjà prévenus.

Lorsqu'elle avait été claire sur le fait que sa décision était définitive, son cauchemar professionnel avait commencé. Elle qui avait été nommée employée de l'année deux fois de suite était dorénavant constamment reprise sur ses missions ou sa façon de travailler par Melvin et son père, Oscar Donaldson, le patron de l'entreprise. On lui prit un par un les portefeuilles les plus importants et on monta ses propres clients contre elle. Au bout d'un long chemin de harcèlement, ils avaient réussi à monter un dossier de licenciement pour faute qu'elle avait court-circuité en démissionnant d'elle-même.

Trop honteuse, Quinn n'avait parlé à personne de ce qui s'était vraiment passé. Personne mis à part Naomi, son amie depuis l'université. Ni son grand-père, ni Cole n'avaient eu les détails.

Naomi lui avait proposé de faire appel à un avocat pour attaquer l'entreprise, elle était prête à participer aux frais d'un détective privé, mais Quinn avait décidé qu'elle avait assez subi d'humiliations comme cela…

Elle n'avait jamais réussi à se pardonner parce qu'on lui avait toujours dit que c'était risqué de s'engager avec le fils du patron…

Son père l'avait prévenue et elle ne l'avait pas écouté…

Elle se gara en bas de l'appartement et passa à la pizzeria que Kayleigh et Parker lui avaient recommandée, avant de remonter dix minutes plus tard avec son dîner dans une boîte en carton.

Elle devait se ressaisir et aller de l'avant. Max avait accédé à ses conditions sans réserve, presque trop facilement d'ailleurs, et maintenant elle devait se concentrer sur une seule chose : son avenir professionnel.

« Laisser le passé où il est. » Voilà ce qu'elle lui avait demandé. Il avait évidemment accepté tout de suite, et il pensait d'ailleurs qu'elle avait raison. Ils ne pouvaient pas se permettre ce genre de distractions et puis le passé était un champ de mines

Pourtant, il entendait encore la petite voix qui venait le hanter et lui nouer la gorge de regrets. Cette même petite voix qui lui avait suggéré qu'un simple baiser ne portait pas à conséquence...

Mais les émotions sont ainsi faites qu'elles viennent vous saisir en dépit du bon sens qui voulait que ce fût beaucoup mieux ainsi. C'était beaucoup mieux, mais cela lui tordait les tripes. Et le rejet de Quinn avait beau être on ne peut plus valide, il le recevait douloureusement.

Sans doute avait-il l'impression qu'elle tournait trop facilement la page, alors qu'il se consumait depuis qu'il l'avait revue, qu'il avait passé une semaine à écouter en boucle cette maudite compilation de souvenirs...

Cet été avait été un tel fiasco. Il était si jeune et immature. Il avait été submergé par l'intensité de ses sentiments pour Quinn, il avait eu l'impression de voir son avenir se graver dans le marbre : le mariage, la maison, les enfants.

Toutes ces choses pour lesquelles ils n'étaient pas prêts, ni l'un ni l'autre.

À l'époque, il n'était pas à la hauteur et il avait senti que Quinn méritait mieux que cela. Est-ce qu'il l'était aujourd'hui ? Peut-être pas, mais il se surprenait à l'espérer.

Tout ce qui l'avait effrayé alors, la vie de famille, le mariage, les enfants, lui semblait toujours aussi insurmontable, sauf qu'il se demandait où ils en seraient s'il n'avait pas rompu.

Il soupira une fois encore, la tête dans les mains. Il avait fait un choix à l'époque et il devait aujourd'hui continuer à vivre avec. Malgré ses sentiments pour Quinn, il se devait de respecter son choix à elle et maintenir une relation strictement professionnelle entre eux.

Maintenant, il commençait déjà à regretter qu'elle l'accompagne au prochain salon de San Francisco. Ce déplacement serait sans doute le test ultime pour sa volonté.

14

Quinn vint s'asseoir face à Zora au Magnolia Lake Café. Elle attendit poliment que cette dernière aborde le sujet délicat qui les réunissait.

La semaine s'était écoulée jusqu'au vendredi sans que personne ne mentionne le fameux baiser que Zora avait surpris. Lorsque cette dernière avait insisté pour déjeuner avec Quinn ce jour, elle avait senti que le moment était venu de crever l'abcès.

Après avoir discuté de tout et de rien le temps que l'atmosphère se détende entre elles, Zora avait fini par écarter son assiette vide et croisé les mains sur la table.

— Bon, et au sujet de Max et toi...

Quinn saisit son verre d'eau pour gagner quelques instants et éviter de s'étrangler avec la dernière bouchée de sa tourte.

— Pardon, je ne voulais pas te brusquer, dit Zora, l'air gêné. Je voulais simplement te dire que je comprends que ce soit délicat pour vous deux et même si je ne sais pas ce que vous avez vécu ensemble par le passé, j'ai eu l'impression que vous aviez des sentiments sincères l'un pour l'autre.

Quinn haussa les épaules.

— C'était il y a tellement longtemps.

— Ce n'était pas vraiment l'impression que cela donnait, dit Zora en retenant un large sourire.

Touché.

— Mais il s'agit d'une erreur de jeunesse que ni l'un ni l'autre ne comptons répéter.

— Et s'il s'agissait plutôt d'une deuxième chance ?

— Je ne suis pas venue pour rallumer la flamme. C'est vraiment une opportunité professionnelle qui me tient à cœur.

— Personne ne pense que tu es là pour Max, assura Zora. Mais si mon interruption de l'autre jour a mis un coup de frein à des retrouvailles entre vous, je le regrette vraiment. Je tiens à toi, Quinn et je peux te dire que Max aussi.

— C'est gentil, Zora et je te remercie de ces mots, mais je suis désolée de te décevoir. Il n'y a rien entre Max et moi. Ce baiser était un accident de parcours, nous nous sommes laissés entraîner par le moment, cela ne se reproduira pas.

— Je comprends. Je sais qu'un clan comme le nôtre est compliqué à appréhender, mais je voulais que tu saches que je serais heureuse si vous pouviez vous retrouver. En attendant, je ne t'embêterai plus avec ça, même si tu peux venir me parler quand bon te semble.

Quinn sourit. Zora se mêlait décidément de tout, mais elle était adorable et bien intentionnée. On devinait combien elle était attachée à ses frères.

— Bonjour, toutes les deux !

Benji avançait à leur rencontre avec sa fille Bailey dans les bras.

Quinn avait fait connaissance avec Benji et sa fiancée, Sloane, ainsi que leurs adorables jumeaux lors de la fête des Abbott.

— Bonjour, Zora ! dit à son tour Sloane, qui arrivait à la suite avec leur fils de un an, Beau, dans les bras. Quel dommage que nous arrivions trop tard, nous aurions pu déjeuner avec vous ! Sauf si vous aimez manger tranquillement, parce que ces deux bambins délicieux ont tendance à être un peu remuants…

— Nous étions sur le départ, mais nous pouvons garder les enfants un moment pour vous laisser le temps de commander ? Et vous pouvez prendre notre table, ajouta Zora en jetant un coup d'œil à la salle du café qui semblait complète.

— C'est adorable, dit Sloane. Merci.

Elle tendit Beau à Zora tandis que Quinn se levait pour prendre Bailey des bras de Benji.

— Qu'ils sont mignons, dit Quinn à Zora.

— Oui, ils me donnent encore plus envie d'avoir des enfants, dit Zora.

— Les enfants ont tous l'air de t'adorer et tu sembles bien le leur rendre. Je suis certaine que tu ferais une formidable maman.

— Oui, encore faudrait-il que je rencontre le bon gars... À moins que je décide de m'en passer, certaines font des bébés toutes seules, après tout.

— C'est vrai... Tu imaginerais faire appel à un don de gamètes ? demanda Quinn.

— Pourquoi pas, dit Zora. J'ai envie d'être maman, comment est-ce que je peux savoir que le père idéal ne mettra pas encore dix ans avant d'apparaître ? Et s'il est trop tard à ce moment...

— Oui, je vois que tu as réfléchi à cela, dit Quinn en écartant le sel et le poivre que Bailey essayait d'attraper.

— Oui, depuis six mois, j'y pense beaucoup, répondit Zora en déposant un baiser sur la tête de Beau. Je ne sais pas pourquoi je te raconte ça, mais s'il te plaît, n'en parle pas, ma famille ne comprendrait pas et je ne compte pas prendre de l'avance en leur en parlant alors même que je ne suis pas décidée.

— Bien sûr, je comprends, cela restera entre nous.

Zora sourit et sortit son trousseau de clés qu'elle agita devant Beau pour attirer son attention.

Quinn était impressionnée par la clarté d'esprit de Zora, qui semblait savoir très exactement ce qu'elle voulait. Elle baissa les yeux vers Bailey et caressa ses boucles en se demandant à quoi ressemblerait sa fille à elle. Un sourire lui monta aux lèvres avant qu'elle ne chasse cette pensée.

— Merci pour votre aide, les filles, dit Benji qui revenait avec deux chaises hautes. Au fait, Quinn, nous t'avons envoyé hier une invitation à notre mariage.

— Oh ! c'est gentil, merci !

En regagnant son bureau en compagnie de Zora, elles évoquèrent le prochain salon de San Francisco. Quinn avait du mal à y penser sans que des images de son baiser avec Max ne viennent tourner en boucle dans sa tête.

15

Max se redressa et saisit son téléphone sur la table de chevet de sa chambre d'hôtel de San Francisco.

Il était à peine 6 heures et il n'avait pas beaucoup dormi, bien qu'il soit rentré de bonne heure.

Quinn et lui étaient arrivés la veille et s'étaient enregistrés pour le salon avant d'installer le stand de King's Finest et de rejoindre une réunion d'information destinée aux sponsors. Ils avaient dîné tous les deux à l'hôtel.

Malgré des débuts difficiles et un baiser impromptu, ils avaient réussi à retrouver une dynamique de travail efficace, et Max était assez fier de la campagne qu'ils étaient en train d'élaborer.

Pourquoi avait-il donc passé la nuit à tourner et virer dans son lit ? Il n'était pas inquiet pour le salon… Il n'avait simplement pas pu s'empêcher de penser à Quinn. Il la désirait.

Il l'avait trouvée magnifique dans son sobre costume beige. Son chemisier blanc contrastait avec sa peau brun ambré et la mettait en valeur.

Il regardait ses cheveux et ne pouvait s'empêcher d'imaginer ses doigts se glissant dans leurs vagues épaisses et brillantes. Ses lèvres pulpeuses lui rappelaient la sensation inouïe qu'il avait ressentie en l'embrassant. Et mieux valait ne pas songer à ce qu'il avait ressenti en caressant ses fesses rebondies.

Mais ce qui l'avait maintenu éveillé toute la nuit était une question qu'il ne parvenait à écarter.

Que se serait-il passé si Zora ne les avait pas interrompus ?

Une autre question revenait régulièrement le hanter... Quelle serait leur vie s'ils étaient restés ensemble lorsqu'ils avaient vingt ans ?

Mais Quinn et lui s'étaient promis de rester concentrés sur le travail et ils avaient tenu parole. Ils avaient trouvé leur rythme de croisière et la gêne s'était dissipée progressivement, leur permettant de discuter légèrement et même de plaisanter ensemble.

Max sortit de son lit. Inutile de rester une heure de plus à regarder le plafond.

Leur premier rendez-vous du jour était avec le groupe JRS, une chaîne nationale de restauration. Mais il avait suffisamment de temps devant lui pour profiter de la piscine de l'hôtel. Nager lui permettrait de se calmer et de se remettre les idées au clair.

Une fois au bord du bassin, il posa sa serviette et ses affaires sur un transat, puis retira son T-shirt. Un bip attira son attention. Un SMS de Quinn. Visiblement, il n'était pas le seul à être tombé du lit.

Est-ce que tu aurais un moment pour revoir notre présentation avant le rendez-vous avec JRS ?

Il saisit sa réponse :

Je suis à la piscine pour quelques longueurs. Rendez-vous au buffet pour le petit déjeuner vers 8 heures ?

Max mit ses écouteurs de piscine avec une playlist hip-hop et gagna le bord du bassin d'où il plongea dans l'eau fraîche. Avec un peu de chance, une heure de natation devrait le préparer à affronter les dix prochaines heures en compagnie de Quinn.

Elle raccrocha de l'appel du représentant de JRS et tenta aussitôt de rappeler Max. Leur rendez-vous venait d'être reporté et ils devaient choisir un nouvel horaire.

Sans surprise, elle ne reçut pas de réponse. Elle raccrocha en tombant sur la messagerie. Il risquait de ne pas avoir son message avant une heure, et d'ici là ils n'auraient plus le choix dans les créneaux disponibles et risquaient de rater toute opportunité de les rencontrer, et JRS était vraiment un gros poisson pour eux.

Elle décida de se rendre directement à la piscine.

Elle savait que c'était la seule chose à faire et pourtant, elle se sentait troublée à l'idée de le surprendre en maillot de bain...

Et si le message de Max était une diversion pour éviter d'avoir à lui avouer qu'il avait passé la nuit avec une femme et qu'il avait besoin d'une heure avant de pouvoir la retrouver ?

Son estomac se noua à cette pensée, alors même qu'elle savait pertinemment qu'elle n'avait aucun droit d'être jalouse. C'était ridicule.

Elle entra dans le sas qui menait à la piscine avec sa carte de chambre. Il y avait peu de monde. Un employé de l'hôtel l'accueillit chaleureusement. Il n'y avait que deux nageurs et l'un d'eux était bien Max.

Parfait.

Elle se sentait ridicule avec ses talons hauts au bord du bassin, mais ils allaient parfaitement avec son tailleur du jour. Et puis il fallait reconnaître qu'elle avait noté les regards de Max sur ses jambes la veille et cela avait peut-être quelque peu influencé son choix.

Elle se plaça au bout de sa longueur et lui fit signe pour attirer son attention.

— Quinn ? lança-t-il, l'air contrarié par cette interruption, alors qu'il retirait ses écouteurs.

Il se redressa, la hauteur de l'eau lui permettait de se tenir debout devant elle, haut du corps hors de l'eau. Tandis qu'il se frottait les yeux, elle découvrit des tatouages sur son torse musclé.

Il n'en avait pas à l'époque mais elle se rappelait très bien en avoir parlé avec lui.

Ils étaient allongés au milieu d'un pré, sur une couverture et ils observaient les étoiles dans le ciel nocturne.

— Lorsque j'aurai rencontré l'homme de ma vie, j'aimerais qu'on aille tous les deux se faire tatouer !

À l'époque, ils flirtaient ensemble, mais n'avaient encore jamais fait l'amour, ni ne s'étaient déclarés l'un à l'autre.

Max avait ri et effleuré tendrement ses jambes nues sous son short en jean.

— Quel tatouage voudrais-tu faire ?

Quinn avait réfléchi quelques instants.

— Je crois que j'aimerais inscrire quelques vers d'un de mes poèmes préférés.

— Alors il faudrait que le poème soit aussi important pour ton partenaire.

Elle se rappelait combien sa réponse lui avait fait chaud au cœur et à cet instant elle s'était dit que Max Abbott était peut-être *le bon*.

Elle s'était trompée.

— Qu'est-ce qui se passe ? demanda Max, la tirant brutalement de ses souvenirs.

Elle s'efforça de sourire, malgré le pincement au cœur.

— Martin, le représentant de JRS vient d'annuler notre rendez-vous.

— Vraiment ? dit Max en croisant les bras devant son torse comme s'il cherchait à se cacher.

— Il faut que nous fixions un nouvel horaire, ils ont quelques créneaux encore disponibles et il me fallait ton avis au plus vite, car ils sont très demandés.

Elle avait parlé vite, pour essayer de le déranger le moins longtemps possible mais cela avait suffi pour que ses tatouages captent son attention.

Soudain, elle retint son souffle et un frisson la parcourut. Elle ne devait rien montrer. Elle serra les lèvres pour réprimer un tremblement. Est-ce qu'elle se faisait des idées ? Peut-être ramenait-elle tout à elle... Pourtant...

— Votre heure sera la mienne, dis-moi simplement où et quand.

— Alors je te propose le rendez-vous de 1 heure. Nous pouvons l'inviter à déjeuner avant le lancement du salon à 3 heures, dit-elle, alors que c'était déjà le cadet de ses soucis. Max, je peux te poser une question ?

— Euh, si tu veux, mais attends un instant.

Il sortit du bassin et demanda des serviettes dont il se drapa aussitôt. Mais elle avait eu le temps de voir ses tatouages. Au niveau de son cœur les initiales QB étaient inscrites et juste en dessous, les vers d'un poème de Robert Frost.

Ces bois sont beaux, sombres et profonds.

Mais j'ai des promesses à tenir,

Et tant de lieues à parcourir avant de dormir

Et tant de lieues à parcourir avant de dormir.

Les quelques vers étaient entourés de branchages et d'arbres qui représentaient une forêt noire.

— Est-ce que..., commença-t-elle en pointant son tatouage du doigt. Est-ce que tu l'as fait faire pour...

— Oui, répondit-il d'une voix grave.

Quinn leva les yeux vers son visage, cherchant dans son regard à comprendre.

Elle ne trouva pas de réponse.

Elle plaqua ses doigts sur ses lèvres.

— Depuis quand est-ce que tu..., prononça-t-elle à grand-peine.

— Quelques mois après notre rupture.

Elle fronça les sourcils.

— Nous n'avons pas rompu, tu m'as plaquée sans plus de ménagements et surtout sans la moindre explication et tu n'imagines même pas ce que j'ai vécu, alors je t'avoue que j'ai du mal à comprendre...

— On devrait peut-être en parler, dit-il en pointant son transat. Viens...

Elle le suivit, les bras croisés contre sa poitrine.

— Alors, pourquoi ? demanda-t-elle, alors que la colère

montait en elle. Pourquoi mes initiales sont-elles tatouées sur ton cœur, ainsi que mon poème préféré alors que tu venais de me quitter ? Comment as-tu pu faire ça ?

— Je comprends que tu sois choquée, dit-il en enfilant un T-shirt. Et je vais t'expliquer, mais ce n'est pas évident, et puis tout le monde nous regarde, dit-il en hochant la tête discrètement vers l'employé et un client au bord du bassin.

Quinn baissa la voix mais poursuivit.

— Pourquoi le faire après, alors que c'était fini, et ne jamais essayer de reprendre contact avec moi pendant toutes ces années ?

— Ce n'est pas exactement le cas, dit-il, même si cela n'a plus vraiment d'importance aujourd'hui, dit-il en soupirant, l'air abattu.

— Bien sûr que ça a de l'importance à mes yeux ! Alors, explique-moi. Quand est-ce que tu as essayé de me contacter ? Je n'ai jamais reçu le moindre signe de ta part. Jamais !

— Tu avais changé de numéro, dit-il. À peine un mois après...

Quinn resta figée.

C'était vrai : elle avait changé de téléphone peu de temps après et avait décidé de résister à la tentation de l'appeler ou d'attendre son appel en changeant de numéro.

— Nos grands-parents sont amis depuis bien avant notre naissance, si tu avais voulu me contacter, je pense que tu aurais pu y arriver, lança-t-elle.

— Nous avions décidé de rester discrets et puis j'ai voulu respecter ton choix...

— Tu savais où j'étudiais, il t'était possible de m'écrire et...

— Tu ne veux vraiment pas comprendre ? demanda Max, en levant les mains.

— Comprendre quoi ? Que mon ex s'est fait tatouer mes initiales sur le cœur après m'avoir lâchée en plein vol parce que finalement je ne l'intéressais visiblement plus tant que ça ?

— Tu m'as toujours beaucoup trop intéressée et c'est ce qui m'a fait paniquer. Nous étions si jeunes, c'était trop intense...

Mais quelques semaines plus tard, j'ai réalisé à quel point je faisais fausse route, et combien tu me manquais. J'ai essayé de t'appeler et j'ai compris que tu avais changé de numéro. J'ai décidé de venir te trouver en personne et il me fallait un grand geste pour te prouver ma sincérité et te dire combien je t'aimais.

Il soupira, comme s'il avait du mal à poursuivre.

— Je me souvenais de cette histoire de tatouages et voilà ce que j'ai fait avant de sauter dans ma voiture pour rouler depuis mon campus de Floride jusqu'au tien, en Virginie.

— Pourquoi est-ce que je ne t'ai pas vu ? demanda Quinn, sur la défensive.

— C'est ta colocataire qui m'a ouvert la porte...

— Ma colocataire ? répéta-t-elle. Tu as dû te tromper de chambre parce que...

— Attends, comment c'était déjà... Nora... Natalie..., chercha-t-il, le front plissé.

— Naomi.

Quinn sentit son cœur taper lourdement contre sa cage thoracique, qui lui semblait soudain aussi lourde qu'une enclume.

— Oui, Naomi ! C'est bien ça, dit-il. Une blonde aux yeux bleu-gris, pas très grande.

Quinn avait la tête qui tournait.

— Tu as vu Naomi ?

— Oui, sacré tempérament... Et très protectrice envers toi, dit-il. Moitié blanche colombe, moitié pitbull.

Il était impossible de faire une description plus juste de Naomi.

— Elle semblait savoir qui j'étais et m'a expliqué que tu ne voulais plus jamais entendre parler de moi. Visiblement, elle ne me portait pas dans son cœur et elle n'a pas eu de difficulté à me le faire savoir très précisément.

Quinn savait pourquoi Naomi était aussi remontée contre Max, évidemment, mais pourquoi son amie ne lui avait jamais dit qu'il était venu depuis la Floride pour la voir ? Elle avait le vertige tout à coup.

— Qu'est-ce qu'elle t'a dit, exactement ?

— Je crois qu'elle m'a simplement envoyé me faire voir en beauté, en exigeant que je te laisse tranquille, elle m'a dit que tu avais enfin retrouvé le bonheur et qu'il n'était pas question qu'elle me laisse te remettre la tête à l'envers ou quelque chose de ce genre.

C'était bien le genre de Naomi.

— Tu veux dire que tu es capable de te faire tatouer mes initiales sur le cœur, mais que tu laisses une blondinette te dicter ta conduite ?

— Je lui ai dit que j'avais besoin de l'entendre de ta bouche et que si tu déclarais que tu ne voulais plus me revoir, je le respecterais.

— Et ?

Il ramassa ses affaires sur le transat et soupira.

— Naomi m'a dit que tu voyais quelqu'un d'autre et que tu ne reviendrais pas à l'appartement de sitôt, je n'avais pas beaucoup d'options.

— Et tu l'as crue ?

Quinn n'était sortie avec personne pendant les dix-huit mois qui avaient suivi, mais Naomi avait sans doute dit cela pour le décourager, alors qu'elle venait de passer deux mois à la ramasser à la petite cuillère. D'ailleurs, au bout de deux mois, Quinn avait promis à son amie qu'elle ne perdrait plus une minute de sa vie à pleurer sur Max Abbott, lui assurant qu'elle ne voulait plus jamais le revoir.

Mais comment était-il possible qu'après toutes ces années, son amie ne lui ait jamais révélé la vérité ?

Max était venu la voir pour lui parler.

— Non, je ne l'ai pas crue. J'ai traîné en bas de votre appartement quelque temps, j'espérais te croiser. Et puis j'ai vu un gars te raccompagner et t'embrasser et j'ai compris que Naomi disait vrai. Tu étais passée à autre chose et tu méritais d'être heureuse.

Quinn fronça les sourcils. Elle n'était pas sortie avec qui que ce soit. Est-ce que Max l'avait confondue avec une autre fille ?

C'est alors qu'elle se rappela du cousin de Naomi, Rick. Son amie avait désespérément essayé de la faire s'intéresser à Rick et avait même organisé un rendez-vous galant. Rick lui avait volé un baiser au retour sur le parking, elle s'en rappelait, maintenant. Et si c'était pour ça que Naomi avait éloigné Max ?

— Pourquoi te faire tatouer sans même savoir ce que j'allais dire avant ? demanda-t-elle finalement d'une voix résignée.

— C'était stupide, oui, tu as raison. C'était un pari un peu fou, et puis je voulais vraiment te prouver combien j'y croyais... Et je crois que j'étais prêt à envisager de te perdre, mais qu'au moins j'aurais un petit quelque chose de toi en moi pour toujours.

Quinn sentait des larmes lui brûler les yeux. Elle détourna la tête et inspira profondément.

— Bon, je crois que je ferais bien de me remettre au travail, maintenant.

— *Je te raccompagne, dit Max.*

Elle hocha la tête et le suivit jusqu'à l'ascenseur.

— Encore une question : comment as-tu expliqué ton tatouage à tes proches ?

— Cela faisait déjà quelques années que je l'avais quand un membre de ma famille l'a vu. À l'époque je jouais au poste de *quarterback back-up* dans mon équipe de football américain universitaire. J'ai prétendu que c'était cela. Et pour le poème, je parlais souvent de Robert Frost aussi, donc cela n'a pas étonné grand monde.

— Je n'aurais jamais imaginé... Cette façon de me quitter était si brutale, j'étais persuadée que je n'étais vraiment rien pour toi...

— Tu étais tout, au contraire. Et ça me terrifiait. Je regrette d'avoir fait ça, j'aurais dû être honnête, mais...

Quinn se pencha vers lui et se hissa sur la pointe des pieds avant de poser ses lèvres sur les siennes. Elle glissa les mains sous son T-shirt humide et remonta le long de son dos.

Max réagit en la plaquant contre la paroi de l'ascenseur, répondant avec ardeur à son baiser. Ses mains parcoururent son corps, saisissant ses fesses pour l'attirer tout contre lui. Elle sentait son sexe tendu contre elle.

Une voix métallique annonça l'étage de Max. Il s'écarta, leurs respirations étaient haletantes. Leurs regards se trouvèrent.

— Invite-moi dans ta chambre, Max, lâcha-t-elle, un demi-sourire aux lèvres.

Il ouvrit de grands yeux, puis soupira.

— Je pense que tu sais combien je voudrais te prendre au mot, Quinn. Mais je ne veux pas que tu aies les mêmes regrets qu'après notre baiser dans mon bureau. Tu as affirmé que cela n'arriverait plus jamais.

C'était le cas et elle le pensait sur le moment.

— C'était avant de connaître le reste de ton histoire, dit-elle en plaquant sa paume à l'endroit où ses initiales étaient tatouées.

Les portes de l'ascenseur s'ouvrirent.

— J'adorerais que tu viennes dans ma chambre, Quinn, murmura-t-il en déposant un baiser sur ses lèvres. Mais je ne veux plus jamais te décevoir ou te blesser comme je l'ai fait. La réflexion t'appartient. Réfléchis bien pour être sûre que c'est bien ce que tu veux. Je suis dans la chambre 1709.

Quinn le regarda sortir, puis elle ferma les yeux, son cœur battait la chamade. La tête lui tournait encore tandis que l'ascenseur poursuivait sa montée vers le vingt-quatrième étage. Elle ne savait plus du tout où elle en était. Que désirait-elle vraiment ?

Son cœur et son corps voulaient courir rejoindre Max immédiatement, cela ne faisait aucun doute. Mais son cerveau, lui rappelait à raison qu'il l'avait déjà abandonnée par le passé et tentait de lui répéter qu'il n'était absolument pas exclu qu'il récidive cette fois-ci.

16

Max rinça son rasoir sous un filet d'eau puis le rangea dans sa trousse de toilette. Même s'il se préférait avec un début de repousse, il avait décidé de se raser ce matin.

On frappa à sa porte. Après sa douche, il avait demandé des serviettes en plus. Pieds nus et seulement habillé d'un bas de jogging, il attrapa une chemise à manches courtes et la boutonna rapidement avant d'ouvrir la porte.

— Vous avez demandé des serviettes supplémentaires ? demanda Quinn, en les lui tendant avec un sourire. Ne t'inquiète pas, j'ai donné un pourboire à la femme de chambre. Est-ce que je peux entrer ?

— Bien sûr.

Il s'écarta du passage et saisit les serviettes.

Une heure s'était écoulée depuis qu'il l'avait laissée dans l'ascenseur. Il avait prié pour qu'elle vienne frapper, mais au terme de longues minutes, il s'était résolu à l'idée qu'elle avait changé d'avis. Il s'était même dit que c'était bien mieux ainsi. Mais après tout, rien ne lui disait qu'elle était revenue pour ce qu'il espérait.

— Du nouveau ? demanda-t-il.

— J'ai contacté le représentant et il est d'accord pour un rendez-vous à 1 heure. Il a proposé le restaurant de fruits de mer. Tu n'es pas allergique, au moins ?

— Non, ce sera très bien.

Elle prit place dans le fauteuil qu'il lui avait indiqué et il s'assit sur le canapé voisin. Un ange passa.

— Je suis content que tu sois venue en personne me transmettre le message. Tu sais que tu pouvais m'appeler, n'est-ce pas ?

Quinn baissa les yeux, l'air gêné.

— Oui, je suppose.

— Pourquoi es-tu venue, alors ?

Il avait besoin d'être au clair, maintenant.

Quinn déposa son sac sur la table basse et se leva. Elle retira sa veste de tailleur et la laissa tomber dans le fauteuil. Il devinait ses seins qui pointaient sous le fin tissu de son chemisier. Elle releva sa jupe, juste assez pour venir s'asseoir à califourchon sur lui, enfonçant les genoux de part et d'autre de son bassin sur le canapé.

— Il y avait effectivement une autre raison à ma venue, dit-elle avant de l'embrasser langoureusement.

— J'essaie vraiment de respecter les limites que tu as définies, murmura-t-il dans un souffle, mais je dois avouer que tu ne me rends pas la tâche facile.

— Il se pourrait que j'aie changé d'avis, suggéra-t-elle sans cesser de l'embrasser.

Il perdait pied, déjà, les sensations bouillonnaient en lui, le désir prenait le pas.

Quinn n'avait jamais fait cela, mis à part ce fameux été, où elle était venue à bout des réticences de Max en le convainquant de se laisser aller à vivre ce dont ils avaient manifestement envie tous les deux. Mais si elle avait gagné cette bataille-là, elle avait ensuite perdu la guerre en perdant Max.

Cette fois-ci pourtant, elle pouvait peut-être obtenir ce qu'elle voulait. Il suffisait qu'ils se mettent d'accord sur les conditions dès le départ : du sexe et pas d'engagement. Ils pourraient ensuite reprendre chacun leur chemin.

— Il faut que tu sois sûre, dit Max en lui prenant le menton pour l'obliger à le regarder.

Quinn sentit son cœur accélérer encore. Elle se retourna pour attraper son sac sur la table et en sortit une boîte de préservatifs.

— Je suis passée à la pharmacie chercher ça, dit-elle en les lui tendant. Alors, je crois que oui, je suis sûre.

Une vague de chaleur la parcourut. Elle ne s'était jamais sentie plus vulnérable.

Et s'il disait non ?

Durant les quelques secondes de silence qui suivirent, Quinn arrêta de respirer.

Elle faillit lui dire que c'était une erreur finalement et s'excuser platement de son attitude, mais à cet instant, il l'enlaça et la plaqua tout contre lui. La sensation de son sexe tendu contre son corps lui envoya des frissons tout le long de la colonne.

Max l'embrassa, cherchant sa langue de la sienne en un baiser avide et impatient. La chaleur prit possession d'elle, partant de chaque partie de son corps qu'il effleurait ou caressait, même au travers des vêtements.

Ses mains se posèrent sur son dos, et son étreinte pressa ses seins tendus contre son torse. Elle ondula doucement du bassin, laissant échapper un gémissement entre ses lèvres lorsqu'elle sentait son membre entre ses cuisses.

Max mordilla ses lèvres, puis se remit à l'embrasser avec fougue. Elle frémit de plaisir. Il était toujours un as du baiser, mais à cet instant, comme autrefois, il semblait hésiter à aller plus loin.

Elle était venue jusqu'ici, pour elle il n'y avait pas de marche arrière envisageable.

Elle souleva sa chemise et posa les mains sur son abdomen, qu'elle caressa avant de déboutonner lentement sa chemise.

Elle révéla ses tatouages et se redressa pour prendre le temps de les regarder dans le détail. Du doigt, elle effleura ses initiales avant d'y presser les lèvres. Sa bouche poursuivit son chemin vers les mots de Robert Frost, puis s'attarda sur un téton. Elle le sentit se tendre et Max inspira vivement.

Il glissa la main dans sa chevelure et l'attira vers lui pour l'embrasser encore avant de lui retirer son chemisier pour le jeter au sol. Il lutta ensuite quelques instants avec l'attache de son soutien-gorge qu'il parvint finalement à défaire, avant de l'envoyer rejoindre son chemisier.

— Oh Quinn ! lança-t-il en découvrant ses seins.

Elle retint son souffle avant de pousser un cri de surprise lorsqu'il la bascula d'un seul coup sur le canapé. Il s'était dégagé et elle se retrouvait allongée sur le dos. Max saisit un de ses tétons entre ses lèvres et le goûta longuement. Lorsqu'il le mordit légèrement, elle gémit en réponse, entre plaisir et douleur, et glissa les doigts dans ses cheveux ; Lorsqu'il recommença, elle agrippa ses cheveux à pleine main et se cambra vers lui pour qu'il continue.

Un sourire se dessina sur les lèvres de Max alors que leurs regards se rencontraient. Il passa à l'autre sein avec lequel il joua du bout de la langue. Le plaisir irradiait partout dans son corps. Elle sentait son sexe palpiter de désir. Elle mourait d'envie qu'il la caresse enfin.

Comme s'il avait reçu le message, il glissa alors une main sous sa jupe, et écarta sa culotte pour enfin la caresser. Elle avait tellement envie de lui qu'elle gémit en sentant sa peau contre celle, humide, de son sexe. Enfin, il glissa un doigt en elle, tandis que son pouce continuait à effleurer son clitoris. Elle avait l'impression de n'être plus que sensations, depuis le creux de ses cuisses, comme si toutes les terminaisons nerveuses de son corps confluaient à cet endroit.

Elle se mit à trembler de plaisir, incapable de cesser de gémir à chacune de ses caresses, alors qu'il continuait de lécher ses seins tendus.

Ce tourbillon de sensations s'empara d'elle et l'emporta de plus en plus haut, elle se sentait flotter, puis, crescendo arriva une vague de plaisir irrépressible. L'orgasme la saisit alors et elle poussa un cri, tandis que son corps palpitait et tremblait sous ses doigts.

Sa poitrine se soulevait rapidement, elle avait la tête qui tournait.

Elle sentait la bouche de Max qui déposait des baisers dans son cou, puis sur ses lèvres. Enfin, il se redressa et saisit la boîte de préservatifs restée sur le canapé. Elle le fixa. L'excitation revenait déjà.

— Tu es toujours avec moi, Quinn ? demanda-t-il en se levant et lui tendant la main.

Elle se redressa à son tour, les jambes en coton, et acquiesça d'un hochement de tête en saisissant sa main.

17

Max était incapable de résister aux charmes de Quinn. Aujourd'hui comme lorsqu'il était un fringant jeune homme. Il devait avouer qu'il aimait tout particulièrement voir cette femme qui n'était plus une enfant et qui était si belle, si intelligente et talentueuse, lui manifester son désir de façon désinhibée. Il aimait qu'elle sache très exactement ce qu'elle voulait et qu'elle vienne le chercher.

Ils s'allongèrent enfin dans son lit et leurs baisers reprirent, fiévreux, urgents. Il adorait la sensation de sa langue contre la sienne, le goût de ses lèvres si douces. Tout cela réveillait des sensations oubliées.

Max trouvait tout particulièrement excitant de la sentir jouir sous ses caresses. Il avait toujours aimé les gémissements qu'elle poussait lorsque l'orgasme approchait et qu'elle l'incitait à ne surtout pas s'arrêter.

Il y avait quelque chose en elle qui lui faisait toujours perdre le contrôle, mais il ne parvenait pas totalement à l'identifier.

Il fit glisser ses mains le long de son dos. Il sentait son parfum acidulé et l'odeur de noix de coco qui émanait de ses cheveux noirs. Ses soupirs faisaient encore monter l'excitation.

— Tu es tellement sensuelle, murmura-t-il contre ses lèvres avant d'embrasser son cou, son décolleté puis ses seins. Depuis que je t'ai vue entrer dans la salle de conférences, je n'ai pas cessé de penser à toi.

Il poursuivit sa descente, embrassant son ventre, son nombril…

— Pareil pour moi, dit-elle en enfouissant les doigts dans ses cheveux. D'ailleurs, je n'oublierai jamais ton expression ce jour-là.

— J'imagine, dit-il en faisant glisser la fermeture Éclair de sa jupe.

Max fit doucement descendre la jupe noire le long de ses jambes, révélant progressivement ses longues jambes à la peau brun ambré. Quinn souleva son bassin pour accompagner le mouvement.

Il embrassa sa taille, puis posa ses lèvres sur son abdomen, juste au-dessus de l'élastique de sa culotte noire. Elle retint son souffle lorsqu'il écarta le tissu pour embrasser ses hanches.

Il pouvait sentir son excitation et cela faisait redoubler la sienne. Il brûlait d'impatience de pouvoir enfin se glisser en elle, et pourtant il voulait savourer chaque instant, chaque minute de cette ascension vertigineuse.

Il lui retira alors sa petite culotte, puis reprit ses caresses, entrouvrant délicatement son sexe des doigts avant de venir y plonger sa langue, pour goûter au délice de sa chair gorgée de désir.

Quinn frémit et se cambra contre lui pour s'offrir totalement.

Il n'était que trop heureux d'être au service de son plaisir. Il prit son temps pour faire monter la température, la caressant tout à la fois de ses doigts, sa langue, ses lèvres jusqu'à l'amener au bord du climax une fois encore. Soudain elle se mit à trembler et il sentit les pulsations accélérées autour de ses doigts.

Il avait imaginé cent fois cet instant depuis son retour, et tous les souvenirs qu'il avait tant cherché à effacer de sa mémoire s'étaient rappelés à lui tout à coup. Il lui avait fallu du temps pour accepter qu'il ait eu cette femme incroyable dans sa vie et qu'il l'ait perdue à cause de sa lâcheté, alors que son seul regret avait finalement été de la perdre.

Max se déshabilla à son tour et saisit un préservatif qu'il enfila avant de venir se placer entre ses cuisses. Il attendit encore, malgré ses soupirs, restant juste là, bougeant doucement son membre avant de le glisser très lentement en elle dans un gémissement de plaisir.

C'était si bon, doux et chaud à la fois, qu'il en était étourdi de plaisir.

— Oh ! Quinn, c'est si bon d'être en toi, soupira-t-il d'une voix rauque.

Elle plantait ses doigts dans son dos et l'attirait en elle, son bassin ondulant au gré de ses mouvements. Il saisit sa bouche et l'embrassa, avalant son souffle et ses soupirs de plus en plus forts, jusqu'à ce qu'il la rejoigne et bascule à son tour dans le plaisir total.

Il se laissa retomber sur le lit, son souffle court semblant synchronisé avec le sien. Lorsque le silence se fit et qu'il retrouva une respiration plus apaisée, il se tourna vers elle et l'embrassa tendrement, avant de glisser les doigts dans ses cheveux.

— Tu ne regrettes pas ? demanda-t-il.

Cela le tuerait si elle avait le moindre regret pour ce qu'ils venaient de partager...

— Certainement pas, dit-elle en souriant, effleurant du bout des ongles les lettres de son tatouage sur son torse.

Max jeta le préservatif usagé et revint se blottir contre elle au lit. Il aurait pu rester ainsi une éternité, ou au moins suffisamment de temps pour la convaincre que, cette fois-ci, ce serait différent, qu'il ne lui ferait plus jamais de mal.

Il ouvrit les yeux, peinant à réaliser qu'il ne rêvait pas alors qu'une déesse à la peau d'ambre se tenait devant lui et l'appelait par son prénom.

— Max, il faut que tu te réveilles, nous avons rendez-vous dans moins d'une heure et je dois repasser dans ma chambre pour me changer, expliqua-t-elle en remettant une boucle d'oreille qu'il se rappelait avoir vue dans les plis des draps.

— Attends, tu veux vraiment aller à ce rendez-vous ? demanda-t-il en se frottant les yeux. Je pensais qu'on allait passer la journée au lit tous les deux !

Il se redressa sur ses coudes et saisit le bas de sa jupe. Elle donna une petite claque sur ses doigts en riant.

— Nous aurons le temps plus tard, mais pour le moment, il faut que tu te réveilles et que tu m'assures que tu seras prêt à l'heure. JRS est le principal client que nous devons appâter sur ce salon, c'est notre baleine blanche, le reste n'est que du menu fretin.

— Oui, mais c'est lui qui a annulé en premier, d'abord ! plaisanta Max en s'asseyant et faisant mine de bouder.

— Max…

— C'est bon. Mais est-ce que tu ne penses pas que nous devrions au moins parler de ce qui vient de se passer avant que tu ne t'éclipses ?

— Il est un peu tard pour la discussion sur les fleurs et les abeilles, tu sais…

— Allez, ne fais pas celle qui ne comprend pas…

— Je comprends très bien, en effet. Je ne suis plus vierge, rappelle-toi.

— Un élément dont je n'avais pas connaissance à l'époque des faits, rappela-t-il.

— Je sais, dit-elle en souriant. Je voulais simplement dire que, si je n'ai pas de regrets, je ne me fais pas d'illusions non plus. Je sais très bien qu'il n'est question que de sexe entre nous, n'aie pas peur.

Pardon ?

Était-ce l'impression qu'il lui avait donnée ou était-ce là ce qu'elle voulait vraiment ? Dans les deux cas, ce n'était pas le moment de lancer un débat sur le sujet. Mieux valait ne pas la contrarier.

— Tu l'as dit…

— Écoute, c'était bien, tu sais… Enfin, c'était vraiment très bien, c'était intense et tu as vraiment assuré. J'ai eu l'impression de revivre les sensations si parfaites que j'avais connues avec toi. À l'époque où tout était merveilleux entre nous, jusqu'à ce que je commence à imaginer les choses en beaucoup plus grand...

— Qu'est-ce que représente notre histoire, à tes yeux, Quinn ? demanda-t-il.

— Une aventure d'été. Voilà ce que c'était et ce que cela doit rester. Nous sommes nostalgiques de ces moments et cela a ravivé la flamme en nous donnant envie de revivre un peu ces émotions, mais cette fois nous serons assez malins pour être francs et honnêtes sur ce que nous vivons ensemble, ainsi personne ne s'emballe et ne risque de se voir blessé à cause d'attentes irréalistes.

Elle se pencha pour l'embrasser.

— Tu me suis toujours ? demanda-t-elle.

Bon sang. Il n'avait pas prévu ça. Mais si c'était là la seule façon de garder Quinn dans sa vie et dans son lit, alors il accepterait ses termes...

Pour le moment...

— Oui, je te suis. Quelles sont les conditions ?

Elle s'assit sur le bord du lit et croisa les jambes, remuant son pied alors qu'elle semblait réfléchir à la question.

— La première règle d'une aventure secrète est de ne pas en parler à qui que ce soit. La deuxième est que nous ne nous retrouvons que lors de nos voyages d'affaires. Troisième : on ne dort pas ensemble, chacun retourne dormir dans son lit. Quatrième règle : lorsque nous aurons terminé notre collaboration, chacun reprendra son chemin.

— On dirait que tu as pensé à tout... Mais tu sais que les choses ne sont jamais aussi simples que cela ? Qu'est-ce qu'il se passera si l'un de nous ne voulait pas reprendre son chemin ?

— Nous en parlerions le moment venu, dit-elle. L'important est d'éviter d'avoir des attentes au-delà de ce que nous convenons.

— Je vois. Et ce soir...

— Ce soir, je te retrouve ici ? termina-t-elle dans un sourire.

Max la regarda réunir ses affaires et quitter sa chambre. Dans un soupir, il se leva de son lit pour prendre une douche.

Il respecterait ses conditions, mais il n'avait qu'un objectif en tête : l'amener à revenir sur chacune d'entre elles. Parce que cette fois-ci, il n'avait pas l'intention de laisser filer la femme dont il avait les initiales gravées sur le cœur.

18

Quinn n'était pas mécontente de retrouver le calme de l'appartement de Kayleigh à Magnolia Lake. Ce voyage l'avait épuisée.

En plus du travail et des nombreux rendez-vous, Max et elle avaient passé à peu près tout le temps restant ensemble. Ils avaient partagé tous leurs repas et la majeure partie de leurs nuits, Quinn ne regagnant sa chambre qu'au petit matin ou renvoyant Max, qui y rechignait, dans la sienne. Ils avaient exploré ensemble les multiples façons de se donner du plaisir. La seule chose qu'ils n'avaient pas partagée était le sommeil.

Elle sentit un large sourire lui monter aux lèvres en songeant à cette semaine incroyable.

Ils avaient finalement signé le contrat avec JRS ainsi que diverses précommandes d'autres clients. Le salon était un vrai succès professionnel.

Son téléphone sonna et elle le saisit, espérant malgré elle que c'était Max.

Pas loin... C'était son frère.

— Oui, Cole, comment ça va ?

— Salut, Quinn, je sais que c'est vraiment tard pour te demander ça, mais...

— Oh ! je sens que je ne vais pas aimer ce que tu vas me demander...

— J'aurais vraiment besoin que tu sois ma cavalière ce week-end, une fois encore.

— Au mariage de Benji et Sloane ?

— Oui, je t'en prie, dis-moi que c'est d'accord ! Je préfère y aller avec une amie et passer du bon temps auprès de ma famille.

— Mais je suis certaine que tu pourrais inviter qui tu veux sans la moindre difficulté !

— Les femmes sont trop compliquées. Je ne veux plus aller à un mariage avec une femme avec qui je sors, ça a tendance à leur donner des idées. Je veux m'amuser et ne penser à rien !

Quinn se leva pour aller chercher une pomme et du fromage dans son frigo.

— Je vois, tu es un éternel incompris !

Elle prit un couteau.

— Exactement. Et à propos d'incompréhension, est-ce que Max pourrait mal prendre le fait que tu m'accompagnes ? demanda-t-il.

Le couteau glissa sur la pomme et elle se coupa le bout du doigt. Quelques gouttes de sang perlèrent sur sa peau.

— Aïe !

— Qu'est-ce qui se passe ? demanda Cole.

— Ce n'est rien, j'ai voulu éplucher une pomme en te parlant et je me suis coupée, expliqua-t-elle en se passant le doigt sous l'eau. Pourquoi est-ce que Max se préoccuperait de ce que je t'accompagne ?

Elle se racla la gorge pour masquer le trouble que sa question avait soulevé. Est-ce qu'il savait quelque chose, ou bien essayait-il de lui soutirer des informations à l'aveugle ?

— C'est simplement l'impression que j'ai eue lors de la fête des parents, dit-il. Max semblait assez… possessif, disons.

Quinn respirait un peu plus librement.

Dans tous les cas, se rendre au mariage de Benji et Sloane avec Max n'était pas une option, s'ils voulaient rester discrets. C'était sans doute pour cette raison qu'il ne l'avait pas invitée.

Et puis Max savait maintenant qu'elle et Cole n'étaient que des amis.

— Pas de problème avec Max, lança Quinn, en tâchant de

paraître dégagée. La vraie question est : qu'est-ce que je vais bien pouvoir porter ?

— Tu trouveras peut-être quelque chose à la boutique de Kayleigh ?

— Oui, ne t'inquiète pas, je devrais m'en tirer.

— Alors c'est d'accord, tu viens ?

— J'étais invitée de toute façon, donc, pourquoi ne pas t'accompagner.

— Génial ! dit-il avant de changer de voix. Par contre, j'ai aussi une mauvaise nouvelle… Nos travaux de rénovation ont pris de l'avance et nous allons attaquer le gros œuvre d'ici quinze jours, ce qui implique…

— Que je dois quitter l'appartement d'ici là ? compléta-t-elle.

— Oui.

Elle soupira. Apparemment, elle allait devoir reprendre ses longs allers-retours d'ici peu.

Ils convinrent de se retrouver directement au mariage samedi.

Et puis passer un moment avec Cole serait léger et amusant. De toute façon, elle avait beaucoup de mal à voir Max en prétendant qu'ils étaient de simples associés. Elle prit son téléphone et tapa un message pour Max.

Salut, je voulais te prévenir que Cole m'avait demandé de l'accompagner au mariage de Sloane et Benji.

Cinq minutes plus tard, elle n'avait toujours pas reçu de réponse. Elle posa son téléphone et termina son petit en-cas. Elle ne reçut de réponse que plus d'une heure après, et sous une forme des plus laconiques.

OK.

C'était tout ce qu'il avait à lui dire ?

Qu'attendait-elle vraiment qu'il lui dise… ? *Non, viens avec moi* !

Mais c'était elle qui avait insisté pour que leur relation reste secrète.

Impossible d'avoir le beurre et l'argent du beurre…

Elle empocha donc son téléphone, prit son sac et descendit à la boutique de Kayleigh.

Le mariage était une vraie réussite. Max était heureux pour son cousin et sa jeune épouse, radieuse dans sa robe en satin ivoire avec une couronne de fleurs naturelles sur la tête, qui venait sublimer sa coupe courte.

Les jeunes mariés avaient opté pour une célébration sobre et élégante, en petit comité, surtout pour profiter de leurs proches avant de partir passer une année au Japon avec leurs jumeaux. La famille ne serait pas réunie au complet de nouveau avant le mariage de Kayleigh et Parker, prévu après leur retour l'année suivante.

Max avait bien essayé de profiter de la fête, mais il avait eu du mal à ne pas se laisser distraire par Quinn. Il avait perdu toute concentration lorsqu'elle avait passé la porte, revêtue d'une magnifique robe rose pastel, au décolleté orné de perles et dos-nu.

Il était sur un petit nuage depuis les moments merveilleux qu'ils avaient partagés à San Francisco.

Il commençait à se dire qu'il ne serait pas contre passer plus de temps en sa compagnie. Quinn était douée et brillante, joyeuse, charmante, appréciée de tous, même si elle savait précisément ce qu'elle voulait. Et, bien qu'elle soit réservée et discrète, elle pouvait aussi parfois révéler un tempérament audacieux et entreprenant. Il avait adoré chaque instant avec elle et était impatient de repartir avec elle d'ici quelques semaines à Chicago.

Mais attendre trois semaines lui semblait insurmontable pour le moment.

Mais il avait consenti à respecter ses conditions et il comprenait qu'elle préfère se montrer discrète tant qu'ils travaillaient ensemble.

Comme elle dansait avec Cole et riait à ce qu'il lui racontait, il commença à se maudire de n'avoir pas envoyé sa première réponse à son message. Pas plus que les dix autres brouillons de réponse qu'il avait finalement effacés avant de répondre lamentablement d'un simple « OK ».

Alors que c'était tout sauf OK pour lui, en fait. Il savait qu'elle était amie avec Cole, mais il aurait préféré qu'elle vienne avec lui. Qu'ils soient ensemble tous les deux en ce moment même.

Mais à chacune de ses tentatives de réponses, il s'était dit qu'il allait passer pour un type jaloux et possessif et que cela finirait par jouer contre lui. Alors il avait tenté le plan B : la jouer cool.

Comme si voir Quinn dans les bras de son petit frère ne lui posait pas le moindre problème.

— Invite-la à danser, tu en meurs d'envie, lui souffla Zora à l'oreille.

— Peut-être, répondit-il en vidant son verre de bourbon d'un trait.

La simple idée de tenir Quinn dans ses bras réveillait tous ses sens, mais c'était toujours mieux que de se morfondre en la dévorant du regard. Il posa son verre et traversa la piste.

— Vous permettez que je vous interrompe ? Quinn, tu m'accorderais cette danse ?

— Bien sûr, dit-elle en souriant et remerciant Cole qui s'éclipsa de bonne grâce.

— Tu es vraiment sublime ce soir, dit-il en la prenant contre lui.

— Merci, dit-elle dans un large sourire qui révéla ses fossettes. Tu es très beau aussi, en smoking.

Il effleura du bout des doigts la peau si douce du bas de son dos. Il sentait son odeur familière, mélange sucré de coco et d'agrumes acidulés. Il inspira longuement en se serrant contre elle.

— Oh ! Quinn, tu m'as tellement manqué...

Elle leva les yeux vers lui.

— Toi aussi.

Il reçut sa réponse comme une petite victoire.

— J'ai tellement hâte d'être à Chicago et...

— Quinn, interrompit Cole. Benji vient d'avoir une idée géniale : leur maison est disponible pendant leur séjour, tu vas pouvoir t'y installer !

Benji arrivait juste derrière Cole, un large sourire aux lèvres.

— Nous préférons la savoir occupée en notre absence, ce serait vraiment l'idéal pour nous.

C'était une formidable proposition, mais Quinn n'était pas certaine de pouvoir payer un loyer pour un logement aussi luxueux.

— C'est-à-dire que...

— Considère que tu nous rendrais service, coupa Benji. C'est un échange de bons procédés.

Elle finit par se laisser convaincre et accepta l'offre plus que généreuse.

Max était content de savoir que Quinn resterait en ville, mais il avait envie de poursuivre son aparté avec elle et ne pouvait s'empêcher d'en vouloir à Cole de les interrompre.

Et comme ce dernier ne semblait pas en avoir fini, il posa discrètement la main sur la taille de Quinn.

— Nous poursuivrons plus tard, murmura-t-il.

— Oui, bien sûr, dit-elle en s'excusant du regard. Merci pour la danse.

Après tout, il avait appris à être patient, et il n'était pas prêt à renoncer à Quinn, alors il saurait bien trouver une autre occasion de lui faire sa proposition.

Quinn salua les mariés et la famille Abbott au grand complet.

— Tu pars déjà ? demanda Max en lui emboîtant le pas.

— Oui, la semaine a été longue.

— C'est vrai. Je peux te raccompagner à ta voiture ?

— Oui, pourquoi pas ? La nuit est belle.

Il lui tendit le bras et elle le saisit. C'était un simple geste courtois, mais qui se révélait chaleureux et intime à la fois.

— Je te disais tout à l'heure que j'étais impatient de te retrouver à Chicago, reprit-il. J'ai l'impression que les trois semaines à attendre sont une éternité... Je me demandais ce que tu penserais de faire une petite entorse à la condition numéro 2, afin que tu viennes passer le reste de la nuit chez moi ? Nous pourrions passer tout le week-end au lit...

— C'est vraiment tentant, Max, mais nous sommes dans une petite ville et il faut vraiment que nous restions discrets.

— Mais justement, j'habite en dehors de la ville, il est quasi impossible que quelqu'un de ma famille passe à l'improviste...

— On dirait que tu as bien réfléchi à tout ça !

— J'ai beaucoup pensé à toi, dit-il, la voix soudain grave. En fait, je n'ai guère été capable de penser à grand-chose d'autre.

Ses mots avaient des accents de sincérité qui lui réchauffèrent le cœur. Mais il avait toujours eu ce talent avec elle...

— Il est déjà tard, mais peut-être que je pourrais passer chez toi demain, plutôt ?

— Je t'envoie mon adresse, dit-il en hochant la tête.

Une fois devant sa voiture, elle eut du mal à ne pas le serrer dans ses bras...

Elle démarra pourtant en soupirant et sortit du parking en laissant Max derrière.

Elle savait qu'elle ne devait pas se laisser embarquer encore avec Max et elle avait beau le savoir et se le répéter, elle avait l'impression que son cœur avait son propre avis sur la question.

19

Quinn se blottit entre les bras de Max et traça du doigt le contour de ses initiales tatouées, un geste qu'elle faisait souvent de façon machinale lorsqu'elle se trouvait ainsi contre lui après l'amour.

Ils étaient rentrés du salon de Chicago et elle avait depuis emménagé dans la maison de Benji et Sloane. Le samedi soir, ils s'étaient retrouvés chez Max, qui était particulièrement silencieux.

— Tu sembles préoccupé, est-ce qu'il y a quelque chose qui ne va pas ?

Max saisit son poignet et plongea son regard dans le sien.

— Qu'est-ce que tu veux, Quinn ?

— Toi, répondit-elle spontanément. Enfin, je veux ça, ce que nous avons.

— Tu m'as, dit-il. Et maintenant ?

— Je ne sais pas, répondit-elle. Et toi ?

— Ce n'est pas de moi qu'il s'agit. Je veux que tu te sentes libre de demander tout ce que tu veux, ce dont tu as besoin. Tu le mérites, Quinn.

— Tu n'es pas en train de me proposer une sorte d'« Action ou Vérité » ? demanda-t-elle en riant.

— Si c'est plus facile pour toi..., répondit-il, amusé.

— Est-ce que tu veux dire par exemple que je devrais prendre plus d'initiatives ? demanda-t-elle afin de recentrer le débat sur des éléments concrets.

Max caressa sa joue et s'attarda sur ses lèvres.

— C'est vraiment incroyable d'être avec toi, Quinn, mais j'ai parfois l'impression que tu te retiens de tout dire ou faire. Je veux que tu te sentes libre de me dire tout ce que tu as envie de faire. N'hésite pas.

— Tu n'as peut-être pas saisi que ton travail d'anticipation de mes désirs est très pertinent, dit-elle en l'embrassant. Je t'assure que je n'ai rien à redire.

— Content de l'entendre, dit-il en suivant son cou du doigt, légèrement. Je voudrais être sûr que tu ressens autant de plaisir que moi.

— De mon expérience, pourtant, les hommes n'aiment pas trop recevoir des instructions au lit, ils se sentent remis en cause dans leur virilité.

— Ah, tu as connu ce genre d'hommes, dit-il avec mépris. Ces imbéciles égoïstes uniquement centrés sur leur propre plaisir. Ils ne se rendent pas compte que c'est tellement meilleur lorsqu'on partage.

Max écarta les cheveux de son front et replaça tendrement quelques mèches derrière son oreille.

— Si un homme n'accepte pas que tu lui dises ce que tu aimes vraiment, ce ne sera pas seulement un égoïste au lit, ce sera un égoïste tout court.

— Oui, c'est très juste. Et toi, tu as découvert tout cela avec une femme ? demanda-t-elle en se redressant. Non, oublie ma question...

C'était ridicule, les relations de Max ne la regardaient en rien.

— J'ai appris en écoutant, en observant, mais aussi en demandant leur avis aux principales intéressées, répondit-il.

— Pardon, je n'aurais pas dû te poser cette question, ce que tu as fait et avec qui ne me regarde pas.

— Quinn, tu peux me demander n'importe quoi, dit-il, soudain grave.

Elle sentit son cœur gonfler en entendant cela, mais elle

se rappela qu'elle devait lutter, ne pas laisser les sentiments prendre le pas.

— Fais-moi l'amour, Max.

Le désir. Voilà ce sur quoi elle devait se focaliser, c'était moins risqué.

Elle crut voir une vague tristesse dans les yeux de Max. Il n'était pas dupe, il lui parlait émotions, sentiments et elle répondait par du sexe.

— Ce n'est pas une question, souligna-t-il.

— Tu as dit que je pouvais demander tout ce que je voulais, non ?

— C'est vrai ! dit-il en riant et en attrapant un préservatif sur la table de chevet avant d'éteindre la lumière.

— Non, dit-elle en retenant sa main. Laisse allumé.

Il sonda son regard et hocha la tête.

— Hum, quelle nuit magique s'annonce !

Ce serait le cas, car elle comptait bien en savourer chaque instant. Leur histoire avait hélas une date d'expiration qui se rapprochait. Bientôt, elle devrait retourner à Atlanta, mais cette fois-ci, elle comptait partir sans regrets.

Max ouvrit les yeux et un sourire se dessina automatiquement sur ses lèvres. Quelle nuit il venait de passer !

Il chercha Quinn de façon réflexe, mais ne la trouva pas auprès de lui.

Règle numéro 3 : chacun dort chez soi.

Il ne savait dire ce qui était le pire : être chassé du lit de Quinn ou se réveiller seul dans le sien.

Il saisit son téléphone pour regarder l'heure. Il avait tellement bien dormi qu'il n'avait pas entendu son réveil. Il allait falloir qu'il se dépêche s'il ne voulait pas arriver en retard à la réunion du lundi matin.

20

— Pardon, je ne me suis pas réveillé, s'excusa Max en prenant place près de Zora.

— Merci de nous honorer de ta présence, lança Duke Abbott en lui tendant l'ordre du jour. Ton grand-père et moi avons réfléchi à la proposition de Parker et il nous semble envisageable de prévoir une succession au mérite.

Les regards interrogatifs firent lever les mains de Duke en signe de défense.

— Nous n'avons pas encore décidé qui sera nommé, pour le moment, nous évoquons simplement le principe.

Parker remonta ses lunettes, un large sourire aux lèvres.

— Ne te réjouis pas trop vite, frangin, tu n'es pas le seul en lice, lança Max froidement.

Il s'était déjà réveillé mal luné, le sourire satisfait de son frère était la goutte d'eau qui faisait déborder le vase.

— L'énergie que tu emploies à me contredire devrait plutôt te servir à te remettre à niveau, suggéra Parker.

Il se passa quelque chose dans la tête de Max, comme un court-circuit. Il se leva d'un bond, faisant basculer sa chaise qui tomba au sol dans un fracas et se dirigea vers Parker qui se trouvait à l'autre bout de la table.

Zora et son grand-père crièrent son nom et Blake se leva pour s'interposer.

— Parker essaye précisément de te mettre hors de toi,

Max ! dit-il en retenant son frère. Ne tombe pas dans son jeu. Personne d'autre ici ne remet en question tes compétences.

— Max, qu'est-ce qui t'a pris ? Pourquoi sortir ainsi de tes gonds alors que tu connais ton frère ? Il est toujours dans la provocation et parle avant de réfléchir...

Lorsque Max se retourna, il nota que son grand-père se tenait l'arrière de la tête, l'air affecté.

— Est-ce que ça va, grand-père ?

— Je ne sais pas ce qui m'arrive, mais j'ai une migraine terrible et...

Le vieil homme se leva, semblant tanguer dangereusement et s'effondra aussitôt sur la table, laissant sa phrase en suspens.

Quinn avait oublié à quel point cuisiner pouvait être apaisant. Depuis trois jours, elle n'arrêtait pas de préparer à manger dans la grande cuisine de Benji et Sloane.

Trois jours plus tôt, elle était au bureau, toujours sur un petit nuage après une nuit merveilleuse avec Max lorsqu'une ambulance était venue chercher Joseph. Tout le monde à la distillerie était encore sous le choc.

L'insubmersible, l'éternel Joseph Abbott avait fait un AVC en pleine réunion et était depuis hospitalisé.

Elle avait eu l'occasion de discuter avec Cole, qui lui donnait des nouvelles régulièrement. Lorsque Zora avait mentionné les terribles plateaux-repas de l'hôpital, Quinn avait décidé de se charger de préparer à manger pour la famille Abbott. Elle avait sans doute cuisiné plus ces trois derniers jours qu'au cours des trois dernières années cumulées.

Elle était heureuse de pouvoir être présente pour la famille Abbott et tout particulièrement pour Max. Zora lui avait expliqué qu'il se reprochait l'AVC de Joseph.

Elle avait essayé de l'appeler, mais il ne répondait pas. Pas plus qu'à ses messages. Le seul contact de sa part était un e-mail professionnel l'informant, ainsi que Zora et Duke, qu'elle avait toutes latitudes pour prendre des décisions en son absence.

C'était elle qui avait insisté pour qu'ils restent secrets, mais elle se sentait blessée de son silence, maintenant... Elle prit son téléphone et se résolut à demander des nouvelles à Zora.

Comment va Joseph, comment allez-vous tous ?

Il est stable, Dieu merci. Nous nous efforçons de tenir bon. Cole essaie de nous remonter le moral, mais nous sommes tous à cran. Max en particulier se sent très coupable, même si le médecin nous a appris qu'il y avait déjà eu plusieurs alertes sans doute. Mais il ne dort pas. Maman a dû le renvoyer d'autorité chez lui pour qu'il se repose.

Embrasse tout le monde de ma part, je pense bien fort à Joseph.

Sans faute, merci. Tes repas sont une bénédiction au milieu de cette tempête !

Quinn était désemparée. Elle ne pouvait qu'imaginer la culpabilité qu'il ressentait, d'autant qu'il adorait son grand-père... Elle s'en voulait aujourd'hui d'avoir érigé des règles pour se protéger, pour protéger son cœur, et qui faisaient qu'elle ne pouvait le soutenir aujourd'hui. Il ne faisait que respecter ses conditions. Évidemment, elle devait accepter qu'elle se fût attachée à lui, progressivement. Il avait pourtant essayé de lui suggérer des aménagements qui allaient tous dans le sens d'une relation plus intime. Il avait même proposé de l'inviter chez ses parents pour une soirée... Mais elle avait toujours refusé.

La journée avait été longue et solitaire au bureau, alors qu'elle était rongée par l'inquiétude. Depuis qu'elle était rentrée, elle s'activait aux fourneaux. Elle avait besoin d'une pause. Elle vérifia les temps de cuisson des derniers plats, baissa le four, et alla prendre une bonne douche.

Une fois lavée et détendue, elle enfila son kimono préféré, en soie turquoise. Elle l'avait acheté dans une petite friperie de Toronto et adorait la sensation du précieux tissu contre sa peau.

Elle regagna ensuite la cuisine pour terminer ses préparatifs et repéra la lumière des phares d'une voiture qui approchait de la maison dans la pénombre.

Max.

Il gara sa voiture et sortit.

Quinn sentait son cœur s'emballer. Est-ce que quelque chose de nouveau s'était passé depuis les messages de Zora ?

Elle ouvrit la porte d'entrée.

— Max, est ce que tout...

Il ne la laissa pas terminer sa phrase et l'embrassa aussitôt, lui coupant le souffle. Elle s'abandonna à son étreinte, inhalant enfin son parfum boisé qui lui avait tant manqué.

Lorsqu'il mit un terme à leur étreinte, le souffle court, ses larges mains tenant son visage, elle eut l'impression qu'il était porteur d'un message qu'il ne parvenait pas à lui transmettre.

Oh non. Non, non, non.

Elle sentit la panique l'envahir, terrifiée par ce que Max n'osait pas lui dire.

— Qu'est-ce qu'il y a Max, qu'est-ce qui s'est passé ? demanda-t-elle. Parle-moi, je suis là pour toi. De quoi as-tu besoin ?

— De toi, Quinn, dit-il dans un souffle. J'ai besoin de toi.

Il l'embrassa à nouveau, la serrant contre lui avec force. Quinn était bouleversée par ses mots. Elle avait tant de questions, mais ce n'était pas encore le moment... Aussi s'abandonna-t-elle à ce baiser fougueux, tandis qu'il la soulevait de terre sans cesser de l'embrasser.

Il avait besoin d'elle. Que ce soit pour chercher du réconfort dans les bras de son amante ou pour le plaisir de s'offrir une parenthèse passionnée, elle était prête à le lui offrir.

Max la porta jusqu'à son lit, se déchaussant avec les pieds avant de la déposer sur le lit et d'enlever sa chemise. Quinn sentait son désir palpiter. Il la rejoignit, revêtu d'un simple jean.

Max dénoua son kimono et un sourire se dessina aussitôt sur son visage en découvrant qu'elle ne portait qu'une culotte en dessous. Il se mit à embrasser son corps, puis lui retira sa petite culotte qu'il laissa tomber au sol.

L'envie dans son regard était communicative. Elle sentait son corps frémir, et avait l'impression que son cœur remplissait sa poitrine. C'était plus que du désir, elle le savait. Elle avait besoin de lui et plus encore. Mais c'était là quelque chose qu'elle redoutait de formuler, même dans le secret de ses propres pensées.

Lorsqu'elle sentit la langue de Max juste entre ses jambes, elle perdit le fil de ses inquiétudes et de ses questions. Elle n'était déjà plus que sensations et cambra son dos en agrippant le drap alors que le plaisir croissait à chaque caresse de sa bouche experte.

Lorsqu'il glissa ses doigts en elle, ses soupirs se changèrent en gémissements de plus en plus impérieux, jusqu'à ce que le plaisir éclate, la laissant pantelante, les jambes tremblantes et son prénom sur les lèvres. Jamais elle n'avait connu ce genre de sensations avec un autre que Max.

Il se hissa un peu plus haut sur le lit et posa la tête sur son ventre, enlaçant son bassin. Ils restèrent un long moment ainsi en silence, les yeux clos. Quinn retrouvait petit à petit un rythme cardiaque normal. Elle posa la main sur sa tête.

— Est-ce que je peux te demander des nouvelles, maintenant ? demanda-t-elle prudemment.

Quinn avait connu une situation assez proche quelques années auparavant, lorsque son père avait été malade. Elle savait à peu près ce que Max pouvait ressentir à cet instant. Elle avait toujours été touchée qu'on lui demande des nouvelles de son père, mais n'avait parfois pas la capacité de répondre avant d'avoir pu s'octroyer une plage de respiration où elle pouvait parler d'autre chose.

— Je ne t'en ai pas donné beaucoup, hein ? dit-il en la serrant. Il nous a fait une sacrée frayeur, mais il a été pris en charge rapidement et on peut espérer qu'il récupère sans séquelle.

— Je comprends que tu aies été submergé. Je sais combien il est terrifiant de perdre quelqu'un qu'on aime. Mon père a fait une crise cardiaque il y a quelques années, il a dû subir un triple pontage... Ma grand-mère était morte peu de temps auparavant et je crois que je n'ai jamais été aussi terrifiée de toute ma vie.

Une sonnerie retentit dans la cuisine.

— C'est le minuteur ! dit-elle. Pour la tarte que j'ai promise à Zora. Je ferais mieux d'aller vérifier.

Elle se leva et saisit son kimono.

— Je reviens vite !

Sa tarte était presque cuite, mais pas assez dorée, elle la remit pour dix minutes supplémentaires, profitant de ces instants pour mettre à jour son agenda. Les mots de Max ne cessaient de lui revenir en tête.

J'ai besoin de toi, Quinn.

Lorsqu'elle regagna la chambre, Max avait retiré son jean et s'était glissé sous les draps. Il dormait profondément.

Elle le regarda, attendrie.

Et elle en pinçait pour lui, évidemment. À moins qu'elle n'ait tout bonnement jamais cessé de l'aimer ?

Elle se glissa contre lui et déposa un léger baiser sur son front.

Règle numéro 3 : Chacun dort chez soi.

Il avait été particulièrement dur de respecter cette règle au fil du temps, sans faire d'exception. D'autant qu'elle s'était tant de fois demandé ce que cela ferait de se réveiller auprès de lui.

Sans doute allait-elle pouvoir le découvrir, même si ce n'était pas exactement le scénario prévu...

21

Max se réveilla le lendemain, incapable de savoir combien de temps il avait dormi. Il se sentait toujours épuisé, mais il avait la sensation d'avoir dormi des heures. Il lui fallut un instant pour réaliser qu'il n'était pas chez lui.

Il regarda autour de lui et la soirée lui revint. Quinn. Il s'était endormi quand elle était partie à la cuisine. L'épuisement des derniers jours passés à l'hôpital avait eu raison de lui.

Et de la règle numéro 3...

Ce n'était pas prémédité, pourtant, même s'il avait rêvé de dormir avec Quinn dès leur premier soir à San Francisco.

En tous les cas, il lui devait des excuses, pour s'être endormi ainsi et avoir passé la nuit chez elle sans son consentement. Mais il sentait aussi qu'il avait besoin de savoir où ils en étaient tous les deux.

Il commença par prendre une douche et, une fois habillé, il suivit les effluves de bacon qui provenaient de la cuisine. Quinn était là, avec son délicieux kimono, ses cheveux réunis en un chignon improvisé.

Bon sang, elle était si belle !

Il serait si doux de se réveiller chaque matin auprès d'elle !

Quinn lui sourit tendrement.

— Bien dormi ?

— Je suis désolé, dit-il. Je ne m'endors jamais ainsi et puis je sais que tu préférais éviter cela.

— Les circonstances sont tout sauf normales, tu étais épuisé…, dit-elle en surveillant la cuisson du bacon dans la poêle.

Est-ce qu'elle minimisait par pure compassion ou bien considérait-elle réellement que ce n'était pas si grave ? Ou alors c'était un sujet important et elle ne savait pas plus que lui comment l'aborder.

Il s'assit à un tabouret devant le plan de travail.

— Est-ce que tu veux des pancakes ? proposa-t-elle.

— Oui, avec plaisir.

Elle lui tendit d'abord une tasse de café fumant puis le rejoignit avec des assiettes garnies de pancakes et d'œufs au bacon qu'ils mangèrent en silence. Aucun d'entre eux ne semblait prêt à parler de ce qui venait de se jouer.

Lorsqu'elle se mit à débarrasser, il prit les assiettes et se leva.

— Au sujet de la nuit dernière…

— Il n'y a aucun problème, coupa-t-elle. C'était une très belle nuit.

— Tant mieux, fit-il. Ce n'était pas très poli de ma part de m'endormir comme ça.

— Tu as des circonstances atténuantes, je te l'ai dit.

Max la rejoignit devant l'évier et l'enlaça doucement. Elle sentait bon. Il embrassa sa nuque.

Tout à coup, il songea que la tenir dans ses bras ne lui donnait plus l'impression de revivre son passé, mais bien un aperçu de ce que pourrait être le futur. Pourtant, elle ne répondit pas par un baiser ou un soupir, cette fois. Il la sentit se tendre.

Il la fit se tourner vers lui. Est-ce qu'elle était en colère ?

— Écoute, Quinn, je ne sais pas ce que tu penses, mais…

— Si tu comptes essayer de me convaincre que tu n'es pas venu juste pour le ça, c'est inutile. Notre arrangement repose sur le sexe et c'est très bien comme ça. Cela ne me pose pas de problème.

Encore une fois elle ramenait leur relation à un plan purement physique. Comme si cela ne signifiait pas plus que cela.

Ce n'était pas le cas.

— C'est vrai qu'en te voyant dans ton kimono, j'ai pu avoir quelques idées… Mais je ne suis pas venu juste pour coucher avec toi. J'avais vraiment besoin de te voir, dit-il en cherchant son regard.

— Pourquoi, alors ? s'exclama-t-elle soudain en le fixant.

Il sentit ses épaules se tendre et son cœur battre à tout rompre tout à coup.

Dis-le-lui.

— J'ai observé Blake et Parker à l'hôpital ces derniers jours. Et aussi Savannah et Kayleigh. Je les ai trouvés sacrément chanceux… J'ai réalisé que tout ce que je ressentais ces derniers temps… C'était ça. Je veux partager ça avec toi, Quinn. Tu es la seule femme avec qui j'imagine un avenir. J'avais totalement flippé à l'époque, parce que je ne nous pensais pas prêts, l'un comme l'autre, mais aujourd'hui je crois que je voudrais découvrir ce que le futur nous réserve.

Quinn cligna des paupières, les yeux humides. Les cinq ou dix secondes qui s'écoulèrent semblèrent à Max une éternité.

— Oh ! Max…, dit-elle en essuyant une larme. C'est tellement adorable… Mais tu es certainement très vulnérable en ce moment et…

— Tu crois que je te dis ça en réaction à ce qui vient de se passer ?

— Je ne veux pas nier tes sentiments, dit-elle, mais je ne peux pas risquer les miens si jamais tu devais changer d'avis prochainement…

— Si tu ne veux pas de relation entre nous, Quinn, je le respecterai, mais si c'est à cause de…

— Je ne sais pas si je peux y croire à nouveau. Sans engagements ni promesses, il y a moins d'attentes et moins de risques de souffrir. Ce que tu suggères est un grand pas et je ne suis pas certaine que nous soyons prêts à le faire.

Max sentait son cœur se serrer douloureusement dans sa poitrine. Et si elle avait raison ? Cela ne changeait pas ce qu'il ressentait, pourtant.

— Tu es en train de me dire que pour toi, il n'y a que le sexe, rien d'autre ?

— Je te dis que j'ai besoin d'être certaine de mes sentiments et des tiens.

— Je suis sûr de ce que je ressens, dit-il en posant doucement la main sur sa joue.

Dis-le. Maintenant. Avant de la perdre.

Max ne la quittait pas des yeux.

— Je suis amoureux de toi, Quinn. Et je ne veux plus le cacher. Je veux être avec toi parce que tu es la femme la plus incroyable que je connaisse et que je suis tellement fier de toi. Mon cœur est tout à toi. Il l'a toujours été. Je veux que tout le monde sache que je suis avec toi, déclara-t-il. Est-ce que c'est assez clair pour toi ?

Ses grands yeux noirs se remplirent de larmes devant lui. Elle le fixait en semblant chercher la réponse à une question non encore posée.

Quinn restait comme figée face à lui, le cœur prêt à exploser et les larmes aux yeux. Elle avait tant de choses à dire, mais ne savait pas par où commencer.

— Parle-moi, je t'en prie, dit Max en lui frottant le bras.

Quinn se plaça devant la fenêtre qui donnait sur le lac, elle inspira puis se retourna.

— Il y a quelque chose que je dois te dire. Que j'aurais sans doute dû te dire plus tôt.

— D'accord, dit-il en avançant vers elle pour lui prendre la main. Asseyons-nous.

Elle saisit sa main et ils gagnèrent le canapé.

— L'année dernière, j'ai été fiancée à un homme avec qui je travaillais. C'était le fils de mon patron. Nos fiançailles n'ont pas duré longtemps...

— Que s'est-il passé ? demanda Max.

— Je l'ai surpris avec sa secrétaire. Selon lui cela ne voulait rien dire, mais je ne pouvais pas l'accepter et je l'ai quitté. Son père était de son côté, évidemment, et ils ont fini par me licencier. C'est la vraie raison de ma présence ici, expliqua-t-elle. Et la robe que je portais pour l'anniversaire de mariage de tes parents aurait dû être celle de mes fiançailles.

Quinn avait mal au ventre tout à coup et elle essuya des larmes de colères qui lui montaient aux yeux. Elle aurait dû se méfier, anticiper...

— Je suis vraiment navré que tu aies vécu ça, Quinn, mais tu n'y es pour rien.

— Vraiment ? J'ai pourtant l'impression d'avoir jeté ma carrière à la poubelle. Je n'aurais jamais dû sortir avec le fils de mon patron et...

— Et maintenant tu as peur de refaire la même erreur avec moi ? continua Max. Je ne me bats pas seulement contre notre passé, mais contre ta précédente histoire, alors ?

Elle détourna le regard.

— Quinn, regarde-moi, dit Max en prenant sa main. Je sais que je t'ai blessée et je suis sincèrement désolé. J'étais jeune et stupide. Mais je peux t'assurer que je ne suis pas ce gars à qui tu devais te fiancer. Je ne suis même plus le jeune homme que j'étais il y a treize ans. T'avoir fait souffrir est le plus grand regret de toute ma vie. Nous avons là une deuxième chance, pour une fin heureuse. Je vais tout faire pour y arriver cette fois, je te le promets !

Elle voulait le croire, pouvoir lui faire confiance, parce qu'elle désirait de tout son cœur être avec lui. Elle avait rêvé de cela tant de fois, imaginé leur relation, leurs projets. Mais toujours elle s'était ressaisie pour ériger des barricades autour d'elle afin de protéger son cœur terrifié.

Chat échaudé...

— Je sais que tu attends une réponse, Max...

— Prends ton temps. Je comprends mieux, maintenant. Prends tout le temps dont tu as besoin, ma belle. Merci pour tout, dit-il en se levant. Je vais retourner à l'hôpital et te laisser réfléchir.

Elle se leva et déposa un baiser sur ses lèvres. Il l'enlaça et répondit avec ardeur à son baiser pendant quelques secondes qui suffirent à l'embraser tout entière.

Soudain, il s'interrompit et recula d'un pas.

Elle eut l'impression que tout son corps protestait. Ses seins étaient tendus, le désir avait envahi son bas-ventre.

— Je suis désolé de ce que tu as vécu à Atlanta, mais je suis heureux que tu m'en aies parlé. Heureux aussi que, grâce à cette sombre histoire, tu sois revenue dans ma vie. Ces derniers mois ont vraiment été importants à mes yeux, Quinn. J'espère qu'ils comptent pour toi aussi.

Il tourna les talons, signifiant qu'il n'attendait pas de réponse.

— Tu voulais que j'emporte des sacs à l'hôpital ?

— Oui, dit-elle en lui montrant les paniers-repas soigneusement emballés près de l'entrée.

Elle regarda Max charger sa voiture et s'éloigner en soupirant. Il lui manquait déjà.

Elle jeta un coup d'œil à son téléphone, elle avait un rendez-vous téléphonique avec un de leurs clients de Chicago.

Sa vie était peut-être incertaine avec Max, mais au moins leur projet professionnel tenait-il la route, avec plusieurs commandes fermes. Ils commençaient même à envisager une extension des bâtiments de production afin de satisfaire la demande grandissante.

D'ici quelques mois elle aurait rempli sa mission. Cela aurait dû la réjouir, mais c'était maintenant la perspective de quitter Max qui lui serrait le cœur.

Elle n'avait pas envisagé que Max lui déclare ses sentiments. Elle n'avait rien vu venir, même si elle avait passé des nuits sans sommeil à essayer d'envisager tous les risques et à craindre de se briser le cœur une nouvelle fois.

Elle n'en pouvait plus.

N'en pouvait plus de se laisser guider par la peur. Elle savait pourtant que c'était la pire des conseillères.

C'était là une des maximes de sa grand-mère. Elle avait réussi à la mettre en pratique dans sa carrière, mais saurait-elle l'écouter en ce qui concernait son cœur ?

22

Quinn paya les deux cafés et alla trouver une table à l'écart dans la cafétéria de l'hôpital. Depuis deux jours, elle avait beaucoup de travail, mais cela n'avait pas suffi à chasser de ses pensées les mots de Max. Elle pouvait presque les entendre. Elle se souvenait de son odeur boisée qui était mêlée à celle de son propre gel douche ce matin-là. Il avait un goût de café et de sirop d'érable, mêlé à l'odeur fumée du bacon.

Je suis amoureux de toi, Quinn.

Mon cœur est tout à toi.

Il l'a toujours été.

Ces phrases l'avaient replacée face à ses angoisses paralysantes et incitée à entrevoir un avenir avec Max Abbott, son premier amour, rencontré alors qu'elle entrait seulement dans le monde des adultes.

— Salut, Quinn, dit Max en avançant à sa rencontre, les traits tirés.

— Comment va grand-père Joe ? demanda-t-elle, en résistant à l'envie de le serrer contre elle.

Cela ne faisait que deux jours, et pourtant il lui avait terriblement manqué. Elle avait fini par compter les heures qui les séparaient.

— Il va plutôt bien. Il a retrouvé son énergie, et on commence à se dire qu'il nous enterrera tous, expliqua Max en semblant hésiter lui aussi à la serrer dans ses bras. Merci d'être venue, je voulais rester ici pour attendre les résultats des derniers examens.

— Je t'ai pris un café, dit-elle en lui tendant le deuxième gobelet.

— Tu voulais me parler ?

— Oui, fit-elle, un sourire nerveux aux lèvres.

Elle lui tendit les mains par-dessus la table. Max les saisit, une nuance d'espoir dans le regard.

— L'autre jour, lorsque tu as dit que...

Les mots restaient coincés dans sa gorge.

— Que j'étais amoureux de toi ? compléta-t-il en souriant.

— Voilà... C'était vraiment très émouvant. Et très beau. Mais j'ai pris peur.

— Je comprends, moi aussi j'étais terrorisé, reconnut-il en embrassant tendrement sa main. Mais c'est la vérité, Quinn. Je ne veux plus perdre de temps, je te veux dans ma vie, et dans mon lit, je veux que tu m'accompagnes aux mariages et que tu viennes passer les dimanches en famille avec moi. Je voudrais être ton homme, c'est aussi simple et aussi sérieux que cela.

Quinn sourit alors que ses yeux s'embuaient.

— Eh bien, c'est une bonne chose, parce que moi aussi je t'aime, Max et que je rêve de tout cela avec toi.

— Oh ! mon Dieu, je suis tellement heureux d'entendre ces mots ! s'exclama-t-il en se levant d'un bond pour la serrer. Ton silence ces derniers jours était une torture ! Mais j'étais prêt à tout pour entendre ces mots-là.

Il l'embrassa éperdument, la soulevant de terre.

— On devrait peut-être sortir avant qu'on nous chasse de la cafétéria pour exhibitionnisme ! suggéra-t-elle en riant.

— Bonne idée, tu me raccompagnes jusqu'à la chambre de grand-père ? Il sera content de te voir.

Elle acquiesça et ils saisirent leurs gobelets de café tiède avant de quitter la salle main dans la main.

Une fois dans l'ascenseur, ils s'étreignirent sensuellement, tout en se contorsionnant pour éviter de renverser leurs cafés.

Ils descendirent au cinquième étage et Max l'attira dans un couloir désert.

— Avant que nous ne rentrions dans la chambre, je veux être sûr que tu te rends compte de ce à quoi tu t'exposes !

— D'accord. Je t'écoute !

Il termina son café avec une grimace et jeta le gobelet.

— Mes frères vont se moquer de nous sans pitié. Ma sœur va vouloir nous marier avec insistance. Ma mère va commencer à lancer des allusions à des petits-enfants d'ici un ou deux mois, maximum.

— Tu exagères ! dit-elle en riant. Et puis j'adore ta famille et je suis prête à tout affronter, tant que tu me tiens la main.

— Tu ne pourras pas dire que je ne t'avais pas prévenue, lança-t-il avant de s'interrompre pour la fixer attentivement. Et d'ailleurs, il vaut mieux que tu saches que, si ce n'est pas encore clair à tes yeux, j'ai toutes les intentions du monde de t'épouser, Quinn Bazemore.

— Tu as plutôt intérêt ! répondit-elle en riant. Sinon, bonne chance pour expliquer à une autre pourquoi tu as mes initiales tatouées sur le torse !

— Tu n'as pas tort... D'ailleurs, cela me fait penser que nous devons réfléchir à quel poème tu vas te faire tatouer !

Ils éclatèrent de rire et s'étreignirent avant de gagner la salle d'attente, où Max devait retrouver les autres membres de sa famille venus attendre les derniers résultats. En les voyant entrer main dans la main, la mère de Max fronça les sourcils et se pencha vers son mari.

— Je croyais que Quinn était avec Cole !

— Je crois que c'est ce que Cole lui-même avait compris, répondit Duke.

Cole les foudroya du regard en remuant la tête.

— Personne ne m'écoute jamais dans cette famille...

Il se leva et aller embrasser Quinn, avant de serrer la main de son frère chaleureusement.

— Il était temps que vous ouvriez les yeux tous les deux !

Zora sauta de son siège et accourut pour serrer dans ses bras Max, puis Quinn.

— C'est pour quand, le mariage ? s'exclama-t-elle.

Max et Quinn s'installèrent en riant auprès de leurs proches. Même s'ils plaisantaient et les taquinaient comme prévu, il y avait aussi beaucoup de chaleur qui réchauffait le cœur de Quinn et la faisait se sentir vraiment accueillie.

Max et elle avaient sans doute pris une longue route, mais le résultat était finalement qu'elle se retrouvait très exactement là où elle avait toujours rêvé d'être.